Ulrich Wickert
Der nützliche Freund

Zu diesem Buch

Untersuchungsrichter Jacques Ricou sitzt mit Kollegen in seinem Lieblingsbistro in Paris. Bis ihn ein dringender Anruf erreicht: ein Todesfall im fünfzehnten Arrondissement. Der Mann liegt zerschmettert auf dem Pflaster. In seiner Wohnung hat man eine bewusstlose Frau gefunden – die engagierte Journalistin Margaux, die Freundin von Ricou! Noch in derselben Nacht nimmt er die Ermittlungen auf: Der Tote Marc Leroc war als Mittelsmann beim Kauf der Leuna-Raffinerie durch France-Oil dafür verantwortlich, Millionen zu waschen und an deutsche Politiker zu verteilen. Als die Affäre aufflog und sich zum deutsch-französischen Korruptionsskandal ausweitete, wurde Leroc als Einziger verurteilt. Mithilfe der Journalistin wollte er hierfür Rache nehmen. Wer aber machte ihm einen Strich durch die Rechnung? Welche Rolle spielt sein deutscher Gewährsmann Holm Mormann? Jacques muss schließlich mit der unerbittlichen Leipziger Staatsanwältin Karen von Rintelen kooperieren, um nicht selbst ein Opfer der skrupellosen Gentlemen-Verbrecher zu werden...

Ulrich Wickert, geboren 1942 in Tokio, lebte und arbeitete lange Jahre als ARD-Korrespondent in New York, Washington und Paris und moderierte bis 2006 die Tagesthemen der ARD. Seine Kriminalromane »Der Richter aus Paris«, »Die Wüstenkönigin« und »Der nützliche Freund« mit Untersuchungsrichter Jacques Ricou weisen ihn als Liebhaber und Kenner Frankreichs aus. Ulrich Wickert lebt in Hamburg und Südfrankreich, wo er neben seinen Kriminalromanen auch politische Sachbücher schreibt wie den Bestseller »Gauner muss man Gauner nennen«. Weiteres zum Autor: www.ulrich-wickert.de

Ulrich Wickert

Der nützliche Freund

Kriminalroman

Piper München Zürich

Mehr über unsere Autoren und Bücher:
www.piper.de

Von Ulrich Wickert liegen bei Piper vor:
Die Zeichen unserer Zeit
Gauner muss man Gauner nennen
Der Richter aus Paris
Die Wüstenkönigin
Der nützliche Freund
Der Ehrliche ist der Dumme

Ungekürzte Taschenbuchausgabe
Januar 2010
© 2008 Piper Verlag GmbH, München
Umschlaggestaltung: semper smile, München
Umschlagfoto: age fotostock / LOOK-foto
Autorenfoto: Arne Schulz
Satz: Uwe Steffen, München
Papier: Munken Print von Arctic Paper Munkedals AB, Schweden
Druck und Bindung: CPI – Clausen & Bosse, Leck
Printed in Germany   ISBN 978-3-492-25742-8

Für Julia

Café crème mit Margaux

Ein oder zwei Café crème und ein oder zwei Croissants, mehr brauchte er morgens nicht. Margaux hatte das Wochenende bei ihm in seiner neuen Wohnung in der Rue de Belleville verbracht, und nun frühstückten sie im altehrwürdigen Bistro Aux Folies, das der auvergnatische Bistrowirt Gaston gerade übernommen hatte.

»Das hätte man auch ein bisschen präziser aufbereiten können.« Margaux regte sich über den Artikel in *Libération* auf, in dem von der Pressekonferenz des Verlages mit Marc Leroc berichtet wurde. Sie knüllte die Zeitung zusammen und warf sie auf den leeren Bistrostuhl neben sich.

»Worum geht's denn?«, fragte Jacques, ließ seine Zeitung sinken und nahm einen Schluck aus der Tasse vor ihm.

»Es geht nur um eine Geschichte, hinter der auch ich gerade her bin«, sagte Margaux, die über andere Journalisten häufig sehr streng, manchmal gar abfällig urteilte. Mach dir nichts draus, hatte sie Jacques einmal gesagt. Wir Journalisten sind so. Und da Margaux unter den Zeitungsleuten in Paris einen guten Ruf als harte Rechercheurin mit Stil hatte, konnte sie sich manch bösen Kommentar über schlechte Artikel anderer erlauben.

»Wenn du hinter etwas her bist, dann ist das meist mehr als irgendeine Geschichte. Zeig mal!«

»Ist jetzt nicht so wichtig. Es geht noch mal um die schwarzen Kassen von France-Oil und die Frage, wer daraus Geld empfangen hat. Mich interessiert besonders die deutsche Komponente. Wenn du so willst, handelt es sich im weitesten Sinn um Korruption bei internationalen Geschäften. Natürlich kann das eine ganz große Geschichte werden. Und ich sitze als Einzige an der Quelle, glaube ich. Ein heißes Thema! Vielleicht das heißeste, das ich je angefasst habe.«

»Also doch! Ist da was für einen Untersuchungsrichter drin?«, fragte Jacques.

»Noch nicht. Ich sage dir schon rechtzeitig, wenn's so weit ist. Aber diese Pressekonferenz vom Verlag ist gut gelaufen.«

»Woher weißt du das denn?«

»Vom Autor persönlich. Der ist allerdings am Anfang sehr nervös gewesen und schon bei der Antwort auf die erste Frage ins Stocken geraten. Zum Glück hat sein Verleger dann gleich die Gesprächsführung übernommen.«

»Und wie lautete diese erste Frage?«

»Es ging um den Beweis dafür, dass der deutsche Bundeskanzler im Auftrag des französischen Präsidenten von France-Oil mit einigen Millionen bestochen worden ist. Und der Verleger hat schlicht geantwortet, dass in Lerocs spannendem Lebensbericht bewiesen wird, was der deutsche Bundeskanzler bekommen hat.«

»Damit haben sich deine Kollegen doch hoffentlich nicht zufrieden gegeben?« Jacques sah sie fragend an.

»Natürlich nicht. Jeder von uns weiß doch über die Einzelheiten des Leuna-Deals Bescheid, also auch darüber, dass France-Oil ein paar Milliarden an die Treuhandgesellschaft gezahlt hat, an diese Behörde, die von der deutschen Regierung eingesetzt worden war, um staatliches Eigentum der DDR zu verhökern. Aber Leroc hat schließlich erklärt, er könne und werde beweisen, wo heute noch Geld, das damals veruntreut wurde, aus schwarzen Kassen fließt.«

Margaux nahm die Zeitung wieder vom Stuhl und schlug sie auf. »Hier sind ein paar der wichtigsten Fragen und Antworten zitiert. Gegen Ende des Geplänkels wurde es sogar ziemlich interessant. ›Sind Sie nicht selber in diesem Fall zu zweieinhalb Jahren Gefängnis verurteilt worden? Wenn ich mich nicht täusche: wegen Untreue? Über Sie sind die Schmiergelder gelaufen. Warum haben Sie das alles in Ihrem Prozess nicht offengelegt?‹ Leroc antwortete: ›Weil ich in dem Prozess zum Sündenbock erklärt worden bin. Sie kennen ja die französische Justiz. Die Topmanager haben alle Schuld auf mich abgeschoben. Die wurden dann zwar auch verurteilt, sogar zu Gefängnis und Millionen an Geldstrafen. Aber von den Strafen hat keiner von ihnen auch nur einen Tag abgesessen, geschweige denn einen Centime gezahlt.‹«

Jacques wollte ihr die Zeitung aus der Hand nehmen. »Wenn das wirklich stimmt, was dieser Leroc sagt …«

Aber Margaux unterbrach ihn: »Hör doch erst mal zu, wie es weitergeht.«

Jacques nickte.

»Leroc hat gesagt: ›Durch meinen Bericht wird das politische System in Deutschland ins Wanken kommen. Ich werde eine bisher unbekannte Geldquelle aufdecken.‹ Darauf fragt ein Journalist: ›Was heißt Geldquelle?‹ Und die Antwort: ›Millionen, die auf einem Konto bei einer Bank in einer Steueroase liegen und für politische Zwecke abberufen werden. Meist in bar.‹ Nächste Frage: ›Warum kommen Sie damit jetzt erst raus?‹ Leroc: ›Die meisten Beweise habe ich erst nach mühseliger Arbeit zusammenstellen können. Und ein zusätzlicher Zeuge wird spätestens beim Erscheinen meines Buches öffentlich aussagen.‹ Frage: ›Wer ist dieser Zeuge? Hat er einen Namen? Wie ist er in die Sache verwickelt? Und: Weshalb trauen Sie ihm?‹ Lerocs Antwort: ›Wir haben viel zusammen gearbeitet. Ich würde sagen, er ist sogar ein Freund.‹« Margaux sah von der Zeitung auf. »Jetzt kommt sozusagen der letzte Satz, der natürlich von einer Journalistin stammte: ›In diesem Fall wohl ein nützlicher Freund.‹ Danach hat der Verleger die Pressekonferenz abgebrochen und auf das Erscheinen des Buches in zehn Wochen verwiesen.« Margaux stand auf. »So, das war's.«

»He, du kannst doch jetzt nicht gehen. Erzähl mir erst, was du über den nützlichen Freund zusätzlich herausgefunden hast«, entrüstete sich Jacques.

»Nix. Das muss dir jetzt erst mal reichen«, sagte Margaux und raffte ihre Tasche und den dünnen Mantel zusammen. »Ich muss jetzt los.«

Sie gab Jacques einen Abschiedskuss auf den Mund.

Gaston beobachtete sie aus einem Augenwinkel und fragte: »Kommst du heute Abend, ich gebe doch hier meinen Einstand?«

»Natürlich komme ich. Jacques hat es mir schon gesagt. Es wird vielleicht ein bisschen später. Ich habe um sieben noch einen Termin.«

Gaston schaute ihr hinterher, bewunderte ihre sportliche Figur und den energischen Gang, mit dem sie die Rue de Belleville hinuntereilte und im Eingang zur Métro verschwand.

»Noch einen Crème, Monsieur le juge?«, fragte der Bistrowirt, als Jacques kurz von seiner Lektüre aufschaute.

»Habe ich schon zwei?«

»Nein, du hattest erst einen Crème und ein Croissant.«

»Dann bring mir noch mal beides.«

»Herrlich warmer Frühling«, plauderte Gaston weiter, »schön, dass man schon draußen sitzen kann.«

Als Jacques nichts sagte, zwirbelte Gaston an seinem auvergnatischen Bart, der nach rechts und links außen und an den Enden nach vorn gezwirbelt wurde, und ging.

»Voilà, Monsieur le juge.« Ein paar Minuten später stellte er die Tasse und den Teller vor Jacques ab, nahm das benutzte Geschirr hoch und fragte: »Seid ihr eigentlich wieder zusammen?«

Jacques seufzte, schüttelte den Kopf, weil er nicht antworten wollte, sagte dann aber doch: »Ach, das ist mal so, mal so.«

Ein guter Wirt weiß, wann er zu schweigen hat. Gaston stellte sich an die Tür zu seinem Bistro und schaute sich das zunehmende Gewimmel auf der Straße an.

Als Jacques bezahlte, erinnerte Gaston auch ihn an die Fete am Abend: »Du gehörst doch zu den Stammgästen aus dem alten Bistro. Du musst kommen!«

»Und ob ich komme, ich bringe vielleicht noch ein paar Leute mit. Aber bei mir wird es wohl auch ein bisschen später, neun, halb zehn. Bei Gericht gibt's heute eine Coupe de Champagne, Marie Gastaud wird in ihr neues Amt eingeführt. Und da sie mich mitgenommen hat, gehört sich ein Act de présence.«

»Im Palais de justice?«

»Auf der Ile de la Cité. Die alten Büros sind zwar ein bisschen dunkler als die modernen am Gericht in Créteil, aber ich brauche jetzt kaum zehn Minuten mit der Métro.«

»Nimmst du nicht deinen Dienstwagen?«

»Hier finde ich sowieso keinen Parkplatz, also lasse ich ihn meist in der Dienstgarage.«

Bisher war Marie Gastaud Präsidentin des Gerichts von Créteil gewesen, an dem sich auch Jacques Ricou als Untersuchungsrichter seit vier Jahren durch allerhand skandalöse Fälle gewühlt hatte. Jedes Mal, wenn sie ihn zu sich rief, ging er mit gemischten Gefühlen in ihr Büro. Sie wirkte mit ihrer Betonfrisur und den langweiligen, aber teuren Seidenkleidern wie die Ehefrau eines erfolgreichen Bourgeois, der die ererbte Porzellanmanufaktur seiner Familie in Limoges in alter Tradition weiterführt. Aber Jacques hatte immer wieder festgestellt, dass sie mehr war als nur eine strenge Mutter von zwei Kindern, die die Aufnahmeprüfung in die ENA geschafft hatten, und die Ehefrau eines hohen Beamten. Marie Gastaud leitete ihr Gericht immer so unabhängig, wie es unter dem jeweiligen Justizminister möglich war. Jacques schätzte ihr feines juristisches Gespür und ihre schützende Hand.

Und die konnte er immer wieder brauchen. Denn unter französischen Politikern galt er als ein unerträglich harter Hund. In der Öffentlichkeit dagegen wirkte er wie ein Vorbild für Mut. Besonders für Mut vor dem Herrscherthron.

Einmal hatte er sogar – wenn auch vergeblich – den Staatspräsidenten vorgeladen, um ihn wegen einer Untersuchung von politischer Korruption der konservativen Partei zu befragen. Schließlich war der Präsident zur Zeit der finanziellen Unregelmäßigkeiten Parteivorsitzender gewesen. Zwar hatte Marie Gastaud Jacques damals vorgeworfen, das sei eine Schnapsidee, denn der Präsident werde nicht aussagen, stattdessen würde ihn solch eine Ladung in der Öffentlichkeit belasten. Aber Jacques hatte ihr geantwortet, man müsse allen, auch den unmöglichen, Spuren nachgehen. So laute nun einmal sein Arbeitsethos, das er immer noch für ein richtiges Prinzip halte, schließlich habe es ihm Erfolg gebracht. Dafür werde er gefürchtet. Und darauf sei er stolz.

Sein letzter Fall, in den Jacques persönlich fast tragisch verwickelt war, hatte ihm viel Anerkennung eingetragen und großes Aufsehen erregt, weil daraufhin der Innenminister und einige seiner Vertrauten ins Gefängnis wanderten.

Geschickt taktierend hielt ihm die Gerichtspräsidentin immer wieder den Rücken frei, wenn der Druck aus der Politik zu groß wurde. Und jetzt hatte sie ihn vom Gericht aus Créteil mitgenommen ins Palais de justice ins Zentrum von Paris auf die Ile de la Cité und auch noch befördern lassen.

GoldGenève

Sogar die *Tribune de Genève* hatte einen kleinen Zweispalter über die Pressekonferenz in Paris gebracht. Aber in diesem Blatt, wie in der gesamten französischen und deutschen Presse, wurde Marc Leroc nicht allzu ernst genommen. Der etwas hämische Artikel in der *Tribune* bereitete ihm trotzdem Sorgen.

G stand von seinem modernen Holzschreibtisch auf und drückte auf einen versteckten Knopf an der Wand neben einem Bild von Mark Rothko, das er in den Achtzigerjahren für gerade mal dreihunderttausend Dollar bei einer Galerie in Liechtenstein gekauft hatte. Ein großes orangefarbenes Rechteck verlor sich in dunkelgrün.

Heute würde er dafür einige Millionen bei Sotheby's bekommen.

Der Knopfdruck öffnete eine verborgene Tapetentür, und G trat durch einen kurzen Gang in das Büro des anderen G aus dem Namen GG – GoldGenève.

Die Bank hatten einst ihre Großväter als GG gegründet, weil beider Nachnamen zufällig mit dem siebten Buchstaben des Alphabets begannen. Die Enkel hatten sich später nur einmal darum gestritten, wer das erste und wer das zweite Schriftzeichen darstellte. Angefangen hatten die Großväter mit kleinen Wechselstuben an den Grenzen zu Frankreich, Italien und Deutschland. Am meisten hatten sie in Brissago am Lago Maggiore verdient, wo sie nur hundert Meter hinter dem Grenzbaum von Italienern Millionensummen an Bargeld einnahmen, die jene zu Zeiten harter Devisenbeschränkungen in ihren Alfa Romeos mit großen Taschen anschleppten und so vor der Steuer retteten. Lange Zeit half ihnen auch die Angst italienischer Millionäre vor den Kommunisten im eigenen Land, von denen sie Enteignung befürchteten.

Nach elf Jahren zogen die GGs in ein neu erworbenes Genfer Palais und verkauften die Wechselstuben für viele Millionen an einen Italiener.

Während des Zweiten Weltkriegs lagerte auch manche deutsche Familie ihr Vermögen bei GG ein. Und nach 1945 konnten sich viele nicht mehr melden, um es wieder abzuholen. Von der Zeit an gab sich GG äußerst seriös.

Der Mann aus dem Büro mit dem Rothko-Bild war vor neunundsechzig Jahren drei Tage nach seinem Partner geboren worden. Darüber hatten die Eltern damals laut gelacht und einen dreißig Jahre alten Champagner aufgemacht.

Im Büro von G dem Älteren hing etwas vollkommen anderes: ein Bild von Antoine Watteau, gemalt um 1714. Ein Satyr nähert sich einer Nymphe. Natürlich sind beide nackt.

Ihre Kunden teilten G der Ältere und G der Jüngere nach ihrem Kunstgeschmack auf. Die verfügten natürlich immer über viel Geld, aber nicht immer über die Geduld, sich nach vorgegebenen Regeln zu verhalten. Für diese besonderen Kunden boten die GGs eine Reihe sicherer Notwehrprogramme an. Notwehr vor dem Gesetz, das für Steuerhinterziehung oder Geldwäsche Strafen vorsieht.

Bisher war noch nie ein Verdacht auf die GGs gefallen, die mächtigen und honorigsten Privatbanker von Genf. Keiner ihrer Kunden verfügte über eine Einlage unter zehn Millionen Schweizer Franken. Hier konnten selbst Millionäre nicht so einfach ein Konto eröffnen. GG suchte sich seine Kunden aus und hielt ihre Beziehungen geheim.

Einen neureichen Russen mit Gasprom-Millionen würde GG wohl abweisen, aber nicht einen afrikanischen Diktator, der eine Milliarde aus Entwicklungs- oder Bestechungsgeldern mitbringt.

Der Russe würde mit seinem Geld protzen und die Bank in ein schlechtes Licht rücken.

Der Potentat aber würde seine Einlage geheim halten. Und ein Umsturz könnte neben dem Diktator auch die wenigen Lakaien beseitigen, die von dem Konto wussten. Ein Risiko, das GoldGenève gern einging. Denn verwaistes Geld würde den Millionenhaufen, der keinem Eigentümer mehr zuzuordnen war, nur noch vergrößern.

So hatte zum Beispiel der liberianische Rebellenführer Samuel Doe Blutdiamanten gegen Waffen und Dollars getauscht. Mit den Waffen eroberte er an der Seite von Charles Taylor die Macht in Liberia, die Diamantendollars – zig Millionen – gab er bei GG in Verwahrung.

Zwar beendete Samuel Doe als achtundzwanzigjähriger Armeefeldwebel die neokoloniale Ära Liberias und ließ gemeinsam mit Charles Taylor die bisherigen Kabinettsmitglieder erschießen, doch schon kurze Zeit später wurde er selbst von Taylors Kumpanen ermordet: Videoaufnahmen zeigten, wie Doe nach stundenlangen Folterungen seine eigenen Ohren aufaß.

Von nun an sammelte Taylor die Blutdiamanten und Millionensummen aus der liberianischen Staatskasse ein – und füllte so sein Konto in Genf. Er wählte dafür ebenso die diskrete GG. Doch dann wurde auch er gestürzt. Und als Taylor in Sierra Leone verhaftet und wegen Verbrechen gegen die Menschlichkeit vor dem internationalen Strafgerichtshof in Den Haag angeklagt wurde, berief er sich darauf, mittellos zu sein. Um Taylors Anwälte bezahlen zu können, hunderttausend Dollar im Monat, musste das Gericht sein Budget verdoppeln lassen. Selbst für seine Verteidigung hätte Taylor nie die geheimen Konten bei GG preisgegeben. Er wurde allerdings auch im Prozess nicht danach gefragt.

Die Hoffnung bleibt des Menschen Triebfeder.

Von dem Gerichtshof in Den Haag drohte Taylor höchstens eine lebenslange Strafe, aber nicht der Strang. So blieb ihm die Erwartung, doch einmal von dem geraubten Schatz leben zu können.

Hoffnung nehmen Despoten mit ins Grab.

G der Jüngere legte G dem Älteren den Artikel aus der *Tribune* auf den Tisch.

»Hast du das gelesen?«

G der Ältere rückte den Stuhl zurück, trat ans Fenster mit dem Blick auf die Berge und sagte: »Ja. Und heute bin ich froh, dass ich wirklich niemandem traue. Ich habe vorgesorgt. Ich glaube, hier handelt es sich wieder einmal um eine Zeitungsente. Dieses Buch wird nie erscheinen.«

G der Jüngere drehte sich lächelnd um, ging wieder in sein Büro, und G der Ältere drückte auf die Kurzwahltaste, die ihn mit Horni verband, so kürzte er den Nachnamen seiner Haushälterin Elfie Hornecker ab.

»Horni«, fragte er, »hat Ihr Bruder endlich wieder Chlöpfer geschickt?«

Was er mit Chlöpfer bezeichnete, kannte Horni als Servila, so hieß die Cervelawurst in Zürich. Aber manchmal benutzte sie auch den Begriff Stumpen, wie die Leute in Sankt Gallen die Schweizer Nationalwurst nannten. In Sankt Gallen hatte sie immerhin zehn Jahre in einer Metzgerei gearbeitet, bevor sie in die Dienste von G dem Älteren trat.

»Mein Bruder hat heute früh welche gestopft«, antwortete Horni, »und ein Paket einem Bekannten mitgegeben. Es kommt heute Nachmittag noch an. Wie soll ich sie denn heute Abend zubereiten?«

Ihr Bruder betrieb die Metzgerei Hornecker in Zürich und stellte die beste Cervela in der Schweiz her. Der Gourmetkritiker Wolfram Siebeck hatte in der *NZZ* sogar darüber geschrieben, die dezente Duftnote, der feine fleischige Brät in dem brasilianischen Darm machten Horneckers Wurst zu einer wahren Delikatesse. Seit G als Pfadfinder die Cervela auf angespitzten Ästen über dem Lagerfeuer gebraten hatte, gehörte sie zu seinen Lieblingsspeisen.

»Ach, da läuft mir jetzt schon das Wasser im Mund zusammen. Wie wär's im Schlafrock?«, sagte G.

»Mit Gruyère?«

»Und Schnittlauch und Basilikum!«

»Mein Bruder sagt, es wird sie bald nicht mehr geben.«

»Was wird es bald nicht mehr geben?«

»Die Cervela.«

»Unsinn. Warum sollte es sie bald nicht mehr geben?«

»Weil die Einfuhr der Wurstpelle verboten wurde. Bald geht meinem Bruder der Vorrat aus, und er bekommt nirgendwo Ersatz.«

»So'n Schwachsinn! Das kann ich mir nicht vorstellen. Ich ruf Ihren Bruder mal an, wenn ich Zeit habe«, sagte G der Ältere und machte sich mit Bleistift eine Notiz. »Hornecker wegen Chlöpfer.«

Agent Marc Leroc

Dich zu erinnern, das kannst du lernen, hatte ihm Colonel Claude Courdon vor zwanzig Jahren eingetrichtert, als er ihn zum Agenten ausbildete. Musst du lernen. Ist lebenswichtig, überlebenswichtig.

Erinnerung hat mit Biologie und Psyche zu tun.

Du musst also körperlich genauso fit sein wie seelisch.

Daran hatte Marc Leroc sich gehalten.

Zwei kurze Trompetenstöße ertönten an der Wohnungstür.

Margaux klingelte.

Wie verabredet um sieben Uhr.

Marc blickte auf den Monitor.

Ihm fiel auf, dass die Journalistin sich immer ein wenig flirtend in Pose stellte, wenn sie wusste, dass sie beobachtet wurde. Sie hatte eine neue Frisur. So wirkte sie zwar sportlich, aber ein bisschen eleganter als vorher. Marc drückte auf den Türöffner, ohne ein Wort in die Gegensprechanlage zu sagen. Das Bild des Monitors zeigte, dass sie unten in die Lobby trat. Marc fuhr sich unbewusst mit den Fingerrücken der linken Hand über den Kiefer. Die Bartstoppeln waren kaum fühlbar nachgewachsen. Am Morgen hatte er zweieinhalb Stunden im Fitnessstudio in der untersten Etage seines Hochhauses an Geräten gearbeitet, sich einen kräftigen

Adrenalinstoß geholt und erst nach dem leichten Mittagessen rasiert. Er fühlte sich wohl.

Als Margaux aus dem Aufzug trat, stand die Wohnungstür offen. Sie klopfte und ging hinein. In ihrer rechten Hand trug sie eine rote Ledertasche mit den Arbeitsgeräten und konnte sich deshalb nicht wehren, als Marc sie mit beiden Händen fest an den Schultergelenken fasste, sich zu ihr hinunterbückte und auf die rechte und linke Wange küsste. Und zwar richtig. Er gab ihr keine Bise, keine Berührung von Wange zu Wange, sondern benutzte seine Lippen.

Als habe sie die vorsichtige Annäherung nicht wahrgenommen, ging Margaux, in ein klassisches Tailleur gekleidet, mit energischen Schritten an ihm vorbei ins helle, große Wohnzimmer, setzte die Tasche auf dem gläsernen Esstisch ab und schlenderte durch die offene Schiebetür auf den Balkon.

»Einen herrlichen Blick haben Sie von hier oben. Und das bei dem Wetter!«

Wenige Zirruswolken zeichneten ein abstraktes Muster an den hellblauen Himmel. Darunter lag die Seine, auf der die Schatten der Abendsonne die Eisenstreben des Eiffelturms miteinander verwoben. Ganz leichtfüßig stand er da nebenan, wie ein alter Begleiter, so nah und vertraut wie früher Nachbars Kirschbaum. Über die obere Etage der alten Brücke, Bir-Hakeim, fuhr ein Métrozug. Margaux sah, wie sich die Menschen in den Wagen drängten. Auf dem rechten Ufer, im reichen Passy, waren die Häuser groß und schön, und weiter hinten über den Bleidächern des vornehmen sechzehnten Arrondissements leuchtete hell der

22

quadratische Kopf des Triumphbogens, noch heller jedoch – aber weiter oben im Norden – strahlte Sacré-Cœur auf dem Montmartre. Das alte Paris breitete sich unter ihr aus.

Marcs Appartement lag in der zweiundzwanzigsten Etage eines jener hypermodernen Hochhäuser aus den Siebzigerjahren, die als Zeichen des Aufbruchs in neue Zeiten von Präsident Georges Pompidou im fünfzehnten Arrondissement gebaut worden waren. Zum Entsetzen von Bürgern, die daran gewöhnt waren, dass im Paris des Baron Haussmann kein Gebäude mehr als fünf oder sechs Stockwerke hoch sein durfte. Wäre Pompidou nicht plötzlich gestorben, dann hätten Bagger wahrscheinlich den Louvre abgerissen, um einen Plan des als Jahrhundertgenie gefeierten Architekten Le Corbusier umzusetzen. Er wollte seine rechteckigen Wohnblocks mitten in die Stadt setzen.

Marc ging zu ihr hinaus. Sie stand zwei Meter vom Geländer entfernt.

»Sonst wird mir schwindlig.«

»Daran gewöhnt man sich. Und dieses Haus hat viele Vorteile. Hier lebt man ganz anonym. Noch nicht einmal die Etagennachbarn kennen mich.«

Es gab aber noch viel mehr Vorteile für einen Mann wie ihn: Ein Gebäude mit Tiefgarage und mehreren Ausgängen bedeutete Sicherheit vor allzu neugierigen Leuten.

Marc fragte: »Wollen Sie etwas trinken? Eine Coupe?«

Margaux zögerte. »Nehmen Sie auch eine?«

»Ich bin Sportler. Ich trinke nie Alkohol.«

»Sie haben recht! Für mich dann auch einfach ein Glas Wasser. Wir müssen schließlich noch arbeiten.«

Aber dann winkte sie auch schon flatterhaft mit der Rechten, um Marc zurückzuhalten.

»Ach, vielleicht doch kein Wasser, sondern Tonic. Aber ohne Gin. Da habe ich wenigstens das Gefühl, einen Sundowner zu trinken.«

Er lachte. »So kann man sich leicht selbst betrügen! Dann fehlt nur der leichte Wacholdergeschmack.«

»Aber das Bittere am Tonic überwiegt doch immer.«

Marc ging in die Küche, nahm ein Glas, holte aus dem großen amerikanischen Kühlschrank eine frische Dose Schweppes, goss ein, schnitt eine Zitrone auf und träufelte einige Tropfen dazu. Die Eismaschine warf zwei Eiswürfel aus.

»Ein Gin Tonic ohne Alkohol, bitte!«

Margaux lachte, aber schnüffelte misstrauisch an dem Glas, ob Marc nicht doch einen Schuss Alkohol hineingegossen hätte.

»Auch keinen Wodka?«

»Weil man den nicht riecht?«

»Bei Männern wie Ihnen weiß man nie!« Sie machte eine kleine Kunstpause. »Wenn man auch immer weiß, was sie wollen.«

»Ach, ich bin doch harmlos.«

»Charmeur!«

»Aber großes Ehrenwort: auch kein Wodka.«

Dabei hob er die Hand wie zum Schwur und schaute Margaux mit einem Schmunzeln an, von dem er hoffte, es würde verführerisch wirken.

»Na, trotzdem setze ich mich erst einmal auf die andere Seite des Tisches.«

Margaux zog ihre eng geschnittene Jacke aus und legte sie nachlässig auf einen Stuhl. Die drei oberen Knöpfe der Seidenbluse standen offen, und Marc warf natürlich einen Blick auf ihre Brust, als sie sich vorlehnte und zwei professionelle Mikrofone mit einem winzigen digitalen Aufzeichnungsgerät auf je eine Seite des Esstischs stellte. Aus der Ledertasche nahm sie eine Mappe mit Unterlagen, einen gelben Block und Stifte.

»Nach der Pressekonferenz sind die Journalisten jetzt ganz offensichtlich neugierig«, sagte sie. Und: »Wir müssen dringend weitermachen!«

»Wo waren wir denn stehen geblieben?«, fragte Marc.

»Drei Viertel haben wir wohl geschafft« sagte Margaux und schaute auf ihre Notizen. »Jetzt kommt nur noch das Ende des Einsatzes im Tschad, dann der Wechsel vom Geheimagenten zum Berater internationaler Konzerne mit Schwerpunkt: die deutsche Affäre. Die soll schließlich der Schlüssel Ihres Berichts sein. Deswegen wurden Sie ja auch verurteilt.«

———

Marc wusste genau, wer gelogen hatte.

Am Ende des großen Verfahrens aber waren die meisten glimpflich davongekommen. Es war ihnen gelungen, die Schuld auf andere, wie etwa ihn, zu schieben. Und weil sie die Macht hatten, glaubte man ihren

Lügen auch noch, als sie schon vor Gericht standen. Aber Marc besaß inzwischen die wichtigsten Unterlagen.

Jetzt kam die Sache in Deutschland wieder ans Tageslicht.

In Leipzig hatte ein fleißiger Polizist ein großes Korruptionsgeflecht aufgedeckt, das angeblich bis in Marc Lerocs Umgebung nach Paris führte. Die Beweise und auf Tatsachen gestützten Vermutungen des Polizisten führten in ein äußerst unappetitliches Milieu. Sie brachten ehemalige deutsche Politiker, Richter und Finanziers in die Nähe von Korruption bis hin zu Menschenhandel und zu Bordellen, die möglicherweise Minderjährige beschäftigten. Was sich da zusammenbraute, wirkte wie ein Streifzug durch das Archiv eines Schmierblatts.

Überall in der Welt aber scheint es auch Kräfte zu geben, die übereifrige kleine Wühler bremsen wollen. Das gilt auch für Leipzig.

Aber nicht überall finden sich hartnäckige Leute in der Justiz, die einem Verdacht auch dann nachgehen, wenn er mächtige Persönlichkeiten ins Zwielicht bringt, Leute, die den kleinen Wühler ausschalten wollen.

In Leipzig schien es so zu sein.

Eine als stur beschriebene Staatsanwältin nahm sich der Indizien an, die der Polizist gesammelt hatte, und äußerte den Verdacht, geachtete Politiker, ehrenwerte Finanziers und unbestechliche Richter hätten sich die Macht in der Stadt mit Millionensummen erkauft. Indizien deuteten darauf hin, dass ein Teil der Millionen aus schwarzen Kassen von France-Oil stammte. Und zwar aus Zeiten, als die ehemalige ostdeutsche Raffinerie Leuna und die Minol-Tankstellen gekauft wurden.

Sie wusste, dass Marc Leroc wegen der Verwaltung dieser schwarzen Kassen von France-Oil in Paris verurteilt worden war.

Angriff ist die beste Verteidigung, hatte Marc Leroc in Saint-Cyr gelernt. Er würde um seine Ehre kämpfen. Denn Zweck seines Handelns war stets die Mehrung des Ruhmes von Frankreich gewesen.

Frankreich zu dienen, dazu waren alle männlichen Lerocs seit Generationen erzogen worden.

Seine beiden Großväter hatten im Ersten Weltkrieg das deutsche Senfgas überlebt und sich im Zweiten Weltkrieg de Gaulles Widerstand gegen die Nazis angeschlossen. Sein Vater hatte sich freiwillig in den Indochinakrieg gemeldet und seinem Sohn nur ein Ziel vorgegeben: die Offiziersschule von Saint-Cyr. Dort erhielt Marc zum Abschluss den selten verliehenen Titel Ranger d'or, die Bezeichnung für den tapfersten, aber auch härtesten Offiziersanwärter seines Jahrgangs. Alles hatte Marc ertragen, er suchte das Abenteuer. Und wegen des Abenteuers ließ er sich lieber zum Geheimagenten ausbilden, als Karriere im Generalstab zu machen.

In zwanzig Jahren Einsatz für den französischen Auslandsgeheimdienst DGSE lernte Marc Leroc in CIA, BND, Mossad – ja sogar im KGB – alle wichtigen Personen kennen. Mit den meisten Diensten arbeitete er zusammen. Schließlich wurde er in Paris zum jüngsten Oberst seit Jahren befördert. Und schon ein halbes Jahr später von der neuen Regierung in den Ruhestand versetzt. Aber er musste nicht darben. Seine Kenntnisse machten ihn unerwartet schnell reich. Wirtschaftsunternehmen zahlten ihm hohe Kommissionen für Rat und Vermittlung nicht nur im Waffenhandel und Flugzeugverkauf, sondern auch in Öl- und anderen internationalen Geschäften. Deswegen flog er häufig nach Deutschland. In Bonn, in Berlin, in München und auch in Leipzig kannte er sich aus.

Marc war stolz, von sich sagen zu können, er habe zwar viel verschwiegen, aber nie jemanden betrogen.

Im Prozess um die schwarzen Kassen von France-Oil aber war von ihm das Bild eines schmuddeligen Geldwäschers gezeichnet worden.

Nie mehr würde er sich zum schwarzen Schaf stempeln lassen. Sein Bericht würde nur einen Zweck verfolgen: sich reinzuwaschen. Auch wenn es diesmal bedeutete, andere zu belasten.

Margaux war ihm von seinem Freund Louis de Mangeville, dem Senator aus Dijon und Herausgeber der dortigen Regionalzeitung *Le Bien Public*, empfohlen worden. Sie galt als kritische Journalistin und gute Schreiberin, die manche riskante Geschichte vor allen anderen erfahren, recherchiert und veröffentlicht hatte.

Louis verschwieg allerdings, dass er früher das eine

oder andere Wochenende mit Margaux auf den Schlössern seiner adeligen Freunde an der Côte d'Or verbracht hatte – bis seine Frau Marie-Claire Verdacht zu schöpfen begann.

Louis' Sekretärin hatte für Marc Leroc die Verbindung zu Margaux hergestellt. Und als sie ihm schon nach einer halbe Stunde aus dem, was er ihr erzählte, ein Konzept entwickelt hatte, zögerte Marc nicht, sich für sie zu entscheiden. Inhalt und Verpackung gefielen ihm.

Frauen hatten ihn zwar immer angezogen, doch häufig hatte er auf Abenteuer verzichtet. Er hatte sich dazu erzogen, das Abenteuer zuerst in der Arbeit zu suchen. Das brachte ihm mehr und anhaltendere Befriedigung. Diesmal jedoch, kam es Marc in den Sinn, ließe sich vielleicht das eine aus dem anderen entwickeln.

Nachdem Marc und Margaux sich darauf geeinigt hatten, das zu erwartende Honorar für die Veröffentlichung fünfzig zu fünfzig zu teilen, trafen sie sich jeden dritten Tag in der Wohnung oben im Hochhaus. Und das seit zwei Wochen.

Margaux fragte, Marc erzählte, das Mikrofon zeichnete auf. Hin und wieder musste er ein Dokument suchen. Margaux würde aus den Interviews ein Manuskript erstellen, und sie hatte sofort begriffen, was für sie, neben einem ordentlichen Honorar, dabei rausspringen würde. Sie hatte für sich das Recht gefordert, als Autorin des Berichts genannt zu werden, und die Bedingung gestellt, als Erste einen Vorabdruck in ihrer

Zeitung veröffentlichen zu dürfen. Das würde Furore machen.

Es wurde dunkel. Mit einer Fernbedienung schaltete Marc die Beleuchtung in der Wohnung an. In vielen Fenstern der Stadt brannten schon die Lichter.

»Wir müssen noch schildern, weshalb Sie zum Offizier der Ehrenlegion befördert wurden. Das erhöht Ihre Glaubwürdigkeit«, sagte Margaux.

»Aber es war eine geheime Aktion...«

»... die so lange zurückliegt, dass wir sie erzählen können.«

Margaux wedelte mit der nach oben geöffneten Hand schnell hin und her, so als wollte sie andeuten, komm, lass es schon raus, und fragte:

»Wann ist es passiert? 1988 oder 89 muss das doch gewesen sein.«

»Genau im März 1987. Wir haben Ghaddafi gedeckelt. Ohne dass er es Frankreich in die Schuhe schieben konnte. Der wollte sein Reich weit in den Tschad hinein ausdehnen, weil man dort wertvolle Bodenschätze vermutete. Er schickte seine Armee mit mehr als zweihundert Panzern und tausend Lastern los, die sich tief im Landesinneren, bei Wadidum, eingruben.«

»Warum hat ihn denn keiner daran gehindert?«

»Das ging zu schnell. Frankreich hatte zwar mit dem Tschad ein Verteidigungsabkommen und einige Flugzeuge und Legionäre dort stationiert. Aber gegen die libysche Übermacht konnten die nichts ausrichten.

Also sollte ich mir ausdenken, wie man die Libyer vertreiben könnte.«

»Und? Haben Sie die zweihundert Panzer einfach in die Luft gesprengt?«, fragte Margaux ironisch lächelnd.

»Ach, das war überhaupt nicht komisch. Die ganze Geschichte hat sich wochenlang hingezogen. Ich habe erst unauffällig einige Dutzend schneller Wüstenfahrzeuge einfliegen lassen, die mit Abschusseinrichtungen für Milan-Raketen ausgerüstet waren, und dann, als die libyschen Truppen einen Wachwechsel vornahmen, das heißt, als alle Lastwagen und Panzer ihre Basis verlassen hatten und die Ablösung noch auf dem Weg war, haben wir sie mit unseren schnellen Fahrzeugen angegriffen und Stück für Stück abgeschossen.«

»Haben die Libyer nichts geahnt?«

»Erst als es zu spät war. CIA und Mossad haben deren Kommunikation unentwegt elektronisch gestört. Hinterher haben wir die Ehre des Sieges natürlich Hassan Djamous überlassen, dem Generalstabschef des Tschad. Ein großer Kriegsherr.«

»Das war das Ende von Ghaddafis Ausdehnungspolitik?«

»Ja. Vierhundert Panzer haben wir ihm unter dem Kamelsattel weggeschossen. Und ein paar hundert Laster dazu. Er hat über zweitausend Mann verloren.«

»Wieso vierhundert Panzer? Es waren doch nur zweihundert dort stationiert?«, fragte Margaux.

»Zweihundert fuhren ab, zweihundert kamen als Ablösung! Und deshalb wurde ich zum Offizier der Ehrenlegion befördert.«

»Ist noch keiner auf die Idee gekommen, Ihnen die Ehrenlegion wieder abzuerkennen?«

»Warum?«, fragte Marc verwundert.

»Wegen der Verurteilung!«

Marc schaute sie nachdenklich an. Wäre das der Fall, ging es ihm durch den Kopf, dann hätte er sein Leben vergeudet.

»Verurteilt wurde ich wegen der Lügen der anderen beim Deutschland-Geschäft von France-Oil! Das hängt doch nicht zusammen.«

»Die Lügen der Manager?«

»Sie haben behauptet, die schwarzen Kassen seien eingerichtet worden, weil der Staatspräsident es so wollte: Damit sollte Geld an die deutsche Politik gezahlt werden.«

»Aber das haben sie doch ziemlich glaubwürdig vorgetragen: Sie haben ja auch klar gesagt, das Geld sei an die Regierungspartei gegangen, um die Wiederwahl des Kanzlers zu ermöglichen.«

»Der Prozess war doch von vorn bis hinten politisch manipuliert. Wer Geld bekommen hat und wer nicht, das kann ich jetzt erst minutiös beweisen. Und ja, es ist auch Geld nach Leipzig geflossen. Und das wird der Kern meines Berichts sein, an dem wir hier arbeiten.«

»Warum haben Sie das im Gerichtsverfahren nicht gesagt?«

»Der Komplex, der jetzt in Leipzig hochkommt, wurde bisher nirgends untersucht. Also habe ich geschwiegen. Einiges andere habe ich ausgesagt, aber man hat mir nicht geglaubt, weil ich angeblich ein Bösewicht bin. Bedenken Sie: erst Geheimagent, dann vermeintlicher Geldwäscher im Auftrag der Wirtschaft. Ich habe ja tatsächlich viele Millionen über Dutzende von Konten bewegt. Das sieht natürlich aus wie Geldwäsche.«

»Geldwäsche? Dieses Wort benutzt heute jeder, aber, können Sie mir in dürren Worten erklären, wie Geld gewaschen wird?«

»Das geht ganz einfach. Stellen Sie sich einen Waschbottich vor. Darin befinden sich zehn Liter Wasser.«

»Na ja, das Geld wird schließlich nicht gewaschen!«

»Nein, sicher nicht«, Marc Leroc lachte, »ich male doch nur ein Bild. Der Bottich ist ein Konto. Und die zehn Liter Wasser sind meinetwegen zehn Millionen Euro. Aber weiter: Zu diesen zehn Litern Wasser im Bottich kippt die Firma France-Oil weitere fünfzehn Liter, also, sie überweist fünfzehn Millionen zu den bisher vorhandenen zehn Millionen. Jetzt sind fünfundzwanzig Liter Wasser im Bottich. Von den fünfundzwanzig Litern schöpfe ich danach dreizehn in einen anderen Bottich, sieben in einen Eimer, drei in einen anderen Eimer, zwei in eine große Kanne. Und jetzt kippe ich das Wasser hin und her. Am Ende habe ich einen Bottich, in dem sind elf Liter. Einen anderen Bottich mit sieben Litern, einen dritten mit sechseinhalb Litern. Unterwegs sind hier und da einige Liter, insgesamt zweieinhalb, verloren gegangen, die hat ein durstiger Mensch getrunken. Das klingt verwirrend, aber das ist ja auch der Zweck.«

Marc sah, dass Margaux ihm sehr aufmerksam zuhörte, und fuhr fort: »Können Sie jetzt noch nachweisen, in welchem Bottich sich die fünfzehn Liter von France-Oil befinden? Nein. Und wenn Sie genau hinschauen, dann sind zehn Prozent verschwunden. Die hat der Geldwäscher bar für sich behalten. Wenn Sie also Geld über genügend Konten in Steueroasen immer wieder in verschiedenen Größenordnungen hin und her bewegen, dann kann zum Schluss kaum noch ein Gericht nachweisen, wer wessen Geld wohin überwiesen hat.«

»Und so haben Sie es gemacht. Was unterscheidet Sie dann von einem Geldwäscher?«

»Ich kann nachweisen, dass ich kein illegales Geld gewaschen habe. Deshalb habe ich mir die Belege von den Überweisungen mühsam besorgt. Gut, wenn man Freunde in anderen Diensten hat. Ich habe jetzt sogar Dokumente mit DNA-Spuren eines Empfängers. Und vielleicht kann ich auch einen neuen Zeugen überreden auszusagen.«

»Wen? Kenne ich ihn?«

»Nein, der ist noch geheim.«

Marc stand auf, lief zu seinem Schreibtisch, auf dem ein Haufen Papier lag, und kam mit einer Dokumentenmappe zurück. Er öffnete sie und nahm einen Briefbogen heraus, der in eine Klarsichtfolie eingeschweißt zu sein schien.

Margaux nahm den letzten kleinen Schluck Tonic aus ihrem Glas.

Marc schaute sie fragend an: »Noch ein Glas?«

»Ja, gerne, bevor es jetzt ernst wird!«

Als er sich über den Tisch beugen wollte, um Margaux' Glas zu nehmen, ertönten die beiden Trompetenstöße.

34

Erschrocken fragte Margaux: »Was ist denn das?«

Marc lachte verlegen. »Das ist meine Klingel.«

»Sollen wir uns vertagen?«

»Nein, ich erwarte niemanden.«

Mit ein paar schnellen Schritten war er bei der Tür, blickte auf den Monitor, riss zu Margaux blickend scheinbar verzweifelt die Augenbrauen hoch und stieß einen Seufzer aus. Er überlegte kurz, bis die Klingel noch einmal trompetete. Dann drückte er auf den Türöffner und lief schnell zum Esstisch.

»Sie müssen jetzt für ein paar Minuten verschwinden!«

Er ergriff Margaux' Tasche und Jacke, lief zu der Tür, hinter der sich sein Schlafzimmer befand. Überrascht folgte sie ihm.

»Ich kann ja auch gehen.«

»Nein, nein, da kommt nur jemand was abholen. Es hängt mit dem möglichen Zeugen zusammen und dauert höchstens fünf Minuten. Aber es ist besser, wenn man Sie jetzt nicht sieht.«

Er schloss die Tür.

Auf dem Tisch im Wohnzimmer sah er das Dokument liegen, griff danach, öffnete noch einmal die Schlafzimmertür und gab es der verdutzten Margaux, die sich auf die Kante seines breiten Bettes gesetzt hatte.

»Das können Sie so lange lesen. Es ist deutsch. Auf der Rückseite steht die Übersetzung.«

Vorsichtig nahm sie es in die Hand. Die Buchstaben GG waren in dunkelblauer Schrift in die Mitte des Briefkopfs gestanzt. In einer Zeile kurz über dem

unteren Rand standen in kleiner blauer Schrift GG –
GoldGenève – und eine Adresse in Genf. Den Namen
kannte sie, er gehörte zu einem der seriösesten Bank-
institute der Schweiz. Das Blatt wirkte elegant und war
schwer. Darauf standen in einer peniblen, aber eigen-
artig kindlichen Handschrift drei deutsche Sätze geschrieben, eine Unterschrift und ein Datum mit Orts-
angabe. Sie drehte die Plastikhülle um und las die
Übersetzung.

»Hiermit bestätigt der Unterzeichnete, dass das Konto
Nummer 12 345 008 ausschließlich von dem von mir
bevollmächtigten Holm Mormann geführt werden
wird. Ohne weitere Bevollmächtigung kann er alle
mit dem Konto verbundenen Geldgeschäfte tätigen.
Dies gilt nicht für die Schließung des Kontos.
Genf, den 9. September 1996   Kurt Ballak.«

Margaux legte das Dokument zur Seite, stand auf und
trat ans Fenster. Auch von hier aus hatte man einen
prächtigen Blick auf Paris, wenn auch in eine andere
Richtung als von der Terrasse. In den Südwesten der
Stadt. Sie schaute auf das hell angestrahlte Gebäude
von Radio France auf dem anderen Ufer der Seine.
Es bildete einen Kreis. Das sah originell aus, war aber
praktisch eine architektonische Dummheit. Wie häufig war sie dort durch die Gänge geirrt, wenn sie einen
Kollegen besuchen wollte. Weil alle Gänge im Kreis
liefen, gab es keinen Anfang und kein Ende.
    Margaux versuchte die Terrasse von Marc zu sehen,
aber die lag um die Ecke des Gebäudes. Zweiundzwan-

zig Stockwerke! Selbst hinter der geschlossenen Glasscheibe wurde ihr schwindelig.

Ganz klein sah sie unten einen Mann im dunklen Mantel auf einer Bank sitzen. Es war eine geschwungene Bank aus Stein oder Beton. Natürlich modern, wie alles hier. Sie beobachtete ihn einen Augenblick, doch er rührte sich nicht. Steif und wie eine Kunstfigur des amerikanischen Popkünstlers Duane Hanson hockte er da. Einsam.

Das Dokument kann ich nur verstehen, wenn Marc es mir erklärt, dachte sie. Sie kannte zwar die Namen der wichtigsten deutschen Politiker. Aber Ballak gehörte nicht dazu. Wahrscheinlich deutete der Brief der Schweizer Bank darauf hin, dass es sich um Geld aus einer schwarzen Kasse handelte. Doch wer waren Ballak und Mormann?

Sie blickte sich um.

Über Marcs militärisch präzis gebautem Doppelbett hing eine Sammlung von Stichen, die dezent mit versteckten Strahlern an der Decke angeleuchtet wurden. Offensichtlich Marcs Heiligenschrein: lauter Kriegsherren. Von Terrail de Bayard, dem Ritter ohne Furcht und Tadel, der 1503 im Krieg gegen Italien glänzte, über Marschall Turenne, der im Dreißigjährigen Krieg die französischen Truppen auf das deutsche Schlachtfeld führte, bis hin zu Napoleon und General Foch, der im Ersten Weltkrieg die Marneschlacht gewann, und zum Abschluss General Charles de Gaulle. Mit dieser Sammlung konnte sie gar nichts anfangen und fragte sich, ob diese martialischen Helden auf Marcs Freundinnen erotisch wirkten. Sie selbst fühlte sich von den verstaubten Kerlen eher abgeschreckt. Aber vielleicht stimulieren die Porträts von Militärs den Agenten so wie das Bild einer nackten Frau einen Playboy.

Sie lauschte, ob sie etwas von nebenan hören könnte. Nichts. Sie schlich zur Tür und legte ein Ohr an das weiß gelackte Holz, lächelnd, weil sie sich an ihre Kindheit erinnerte. Nichts. Warum sollte sie nicht gleich durchs Schlüsselloch schauen? Wie früher zu Weihnachten, wenn sie sehen wollte, wer die Geschenke brachte – und ihre Neugier nicht bezähmen konnte.

Sie kniete sich auf den dicken, weichen Teppich und dachte, hier kann man gut barfuß laufen. Der Schlüssel steckte im Schloss, aber auf ihrer Seite der Tür. Ganz behutsam drehte sie ihn, bis der Bart nach unten stand. Mit aller Vorsicht und so, wie sie es als Kind immer wieder geübt hatte, zog sie ihn heraus. Ohne ein Klappern.

Sie legte das rechte Auge an das Loch. Zunächst erkannte sie nichts. Dann identifizierte sie Marcs Rücken und zuckte zurück, als sie sah, dass er offensichtlich eine Frau küsste. Eine weibliche Hand legte sich zärtlich um seinen Hals.

Margaux setzte sich wieder auf das Bett und wartete.

Sie bewegte sich leicht hin und her und kam zu dem Ergebnis, dass es sich auf dieser Matratze wahrscheinlich auch angenehm liegen ließe. Und sie überlegte, wie es sich wohl anfühlte – mit Marc. Sie schob den Gedanken schnell wieder weg. Das würde nur einmal gut gehen. Höchstens zweimal. Auf sie wirkte er höchstens körperlich attraktiv. Aber, so fiel ihr ein, ein angenehmer männlicher Körper war das eine oder andere Mal ja auch ganz reizvoll gewesen. Ein angenehmer Duft lag in der Luft. Sie schnüffelte. War das ein Frauenparfüm? Oder Einbildung?

Noch einmal nahm Margaux das Dokument kurz hoch, dann zog sie mit einer entschiedenen Handbewegung die Bluse im Rücken aus dem Rock, schob die Plastikhülle in ihren Slip und verstaute die Bluse wieder. Um sich zu kontrollieren, drehte sie sich vor dem Spiegel, der eine ganze Tür ausfüllte. Nichts zu sehen. Zu viele Hemmungen darf man auch nicht haben, wenn man sein Ziel erreichen will. In dem Punkt ähnelte sie – ohne es zu wissen – Marc.

Dieser Fall, sagte sie sich, könnte sie endgültig in den Olymp des französischen Journalismus tragen. Vielleicht kämen dann endlich einmal Angebote von Sendern wie TF 1 oder von einem der politischen Wochenmagazine.

Die Spiegeltür führte zum Bad und stand halb offen. Margaux schaute hinein, schaltete das Licht an mit dem Hintergedanken, vielleicht Tuben, Salben oder Fläschlein zu finden, die darauf hindeuteten, dass hier eine Frau regelmäßig ein und aus ging. Fehlanzeige. Aber Marc hielt etwas auf seine Schönheit: Creme gegen Augenfalten, Gesichtscreme, zwei verschiedene Bodylotions.

Sie benutzte die Toilette, und bevor sie sich's versah, hatte sie auch schon automatisch die Spülung gedrückt. Sie erschrak vor dem lauten Geräusch. Mit wenigen schnellen Schritten ging sie auf Zehenspitzen zur Tür, kniete nieder, sah durchs Schlüsselloch, horchte. Als ihr Handy in der Handtasche zu klingeln begann, drehte sie sich automatisch um.

Da wurde die Tür aufgerissen, und sie verlor das Bewusstsein.

Ihre Armbanduhr zeigte kurz nach neun Uhr.

Jacques und Jean

Sie hatten Tränen in den Augen vor Lachen.

Jacques klopfte sich auf die Schenkel vor Vergnügen und warf einen Blick zu Jean Mahon, der laut über das Steuerrad hinweg wieherte.

Dabei hatten sie auf dem kurzen Empfang nach der Amtseinführung von Marie Gastaud als neue Erste Kammerpräsidentin im Palais de justice auf der Ile de la Cité gerade mal zwei Glas Champagner getrunken. Jacques hatte darauf gedrungen, zu gehen, damit sie nicht zu spät zur Einweihung von Gastons Bistro Aux Folies kämen.

Er blickte auf seine Uhr, es war jetzt kurz vor neun. Das ging noch.

Die beiden, der Richter und sein Freund, der Kommissar der Police judiciaire, lachten wegen eines unfasslichen Falles, den ihnen beim Verlassen des Empfangs im Palais de justice der kugelrunde Richter Claude Lombard erzählt hatte.

Eine Frau verklagte die französische Telefongesellschaft. Die hatte der Klägerin eine Nummer für ihr Handy zugeteilt. So weit, so gut. Allerdings hatte diese Nummer vorher Nicolas Sarkozy gehört, der inzwischen Staatspräsident war. Seine alte Nummer kannte aber in Paris inzwischen jeder, der nur ein bisschen Bedeutung hatte. Deshalb hatte Sarkozy sie schon vor

Monaten zurückgegeben, als er seine Kandidatur für das Amt des Staatspräsidenten bekannt gab. Aber der hektische Sarkozy war nachlässig, er teilte den Wechsel niemandem mit, und das hatte Folgen!

Denn jetzt riefen bei der neuen Inhaberin der Nummer junge Frauen an und flöteten »coucou Nicolas«, oder tiefe Männerstimmen fragten »allô, monsieur le président?«. Und wenn die Anrufer dann die weibliche Stimme der Telefonbesitzerin hörten, folgte unweigerlich das Erstaunen: »Sind Sie seine Sekretärin? Dann sagen Sie ihm doch…« Stellte die bald Verzweifelte auf Mailbox, dann musste sie sich hinterher von morgens bis abends Schmeicheleien, Gratulationen, sogar Vertrauliches von Chefärzten oder Vorstandsvorsitzenden großer Unternehmen anhören. Ein Verantwortlicher der Großen Moschee von Paris versicherte sie seiner Freundschaft. Ein Anwalt versprach »gute Geschäfte«. Und sogar Minister waren über den Wechsel der Nummer nicht informiert.

Am Anfang habe es die Frau nur amüsiert, erzählte Richter Lombard, wobei sein Bauch vor Lachen wabbelte. Sie habe geantwortet: »Ja, ich bin seine Sekretärin, aber er ist jetzt beschäftigt.« Doch dann wurde es ihr so lästig, dass sie eine neue Nummer beantragte, die sie auch ohne Zögern erhielt, nur stellte ihr die Telefongesellschaft dafür eine hohe Gebühr in Rechnung. Wogegen sie nun klagte.

Jacques brach wieder in schallendes Gelächter aus und malte sich aus, wer da alles angerufen haben könnte.

»Das muss ich dringend Margaux erzählen«, schüttelte er sich, »die kann daraus eine lustige Geschichte für ihr Blatt machen. Noch besser wäre es, sie würde sich die Nummer zuteilen lassen! Da hätte sie jeden Tag einen Scoop.«

Auf seinem Handy drückte er die Kurzwahl für Margaux. Als nach fünf Klingeltönen die Mailbox ansprang, brach er die Verbindung wieder ab, ohne eine Nachricht zu hinterlassen.

Sie kamen in der engen Straße nur langsam voran. Das nächtliche Partyvölkchen tummelte sich hier zwischen den Restaurants und Bistros des Marais und lief, ohne auf die Wagen zu achten, kreuz und quer über die Fahrbahn.

»Hast du kein Blaulicht?«, fragte Jacques. Sie amüsierten sich häufig über Politiker, die ihre Bedeutung mit Blaulicht und Tatütata unterstrichen.

Jeden Mittwoch gegen neun am Vormittag rasten Minister in ihren Dienstwagen mit viel Lärm durch den um diese Zeit flüssigen Verkehr zur Kabinettssitzung beim Präsidenten. Wer sich einmal daran gewöhnt hatte, über rote Ampeln zu fahren, der schien nach dem Blaulicht zu lechzen, auch nachdem er aus dem Amt geschieden war.

Der ehemalige Kulturminister Jacques Lang hatte sich vom Polizeipräsidenten in dem kleinen Städtchen, in dem er Bürgermeister war, sogar die Genehmigung geben lassen, ein Blaulicht in seinem Privatwagen mitführen zu dürfen. Und um Freunde zu beeindrucken, setzte er manchmal seinem kleinen Renault das Blaulicht aufs Dach und raste durch Paris, als wäre er ein Zivilfahnder im Kriseneinsatz.

Jean Mahon zog das an einem Kabel hängende

Drehlicht unter seinem Sitz hervor, ließ das Fenster ein wenig herunter und fragte scheinheilig ernst: »Soll ich?«

»Bist du wahnsinnig!«

Jean lachte und steckte das Blaulicht wieder weg.

Nachdem sie die Rue Rambuteau, die vom Centre Pompidou zur Place des Vosges führt, überquert hatten, ließ der Verkehr nach. Hier blieben die Leute um neun Uhr abends schon zu Hause.

Jacques arbeitete bereits lange mit dem Kommissar der Police judiciaire Jean Mahon zusammen. Mahon stand kurz vor der Pensionierung, doch er galt als kluger und erfahrener Kommissar, der sich im Laufe der Jahre eine hervorragende Truppe aus Spezialisten zusammengestellt hatte.

Als Jacques noch mit Jacqueline verheiratet gewesen war, fuhren die beiden Ehepaare sogar gemeinsam in den Urlaub. Im Winter in den Schnee, wo Jean und Jacques sich im Tiefschnee versuchten, wenn sie übermütig waren, während sich Jacqueline Ricou und Isabelle Mahon tagsüber jedem neuen Trend von Wellness hingaben, um abends für das Après-Ski faltenfrei und sportlich zu wirken. Die Falten bekämpften die beiden heimlich bei Botoxpartys.

Jacques, der ihr mit seinem Gehalt eines Untersuchungsrichters nicht unendlich viele Louboutin-Schuhe gönnen konnte, war zu bodenständig für diese Frau. Und als Jacqueline bei einer der immer häufiger werdenden Streitigkeiten um Geld eine Flasche Champagner nach ihm warf – und nicht traf –, packte er seinen Koffer und zog zu Margaux, die er kurz zuvor näher kennengelernt hatte.

Aber Jacques brauchte seine Unabhängigkeit.

Deshalb blieb er bei Margaux gerade so lange wohnen, bis er eine eigene kleine Wohnung am Boulevard de Belleville gefunden hatte. Ihre Beziehung ging auseinander, sie kamen wieder zusammen, gingen wieder auseinander. Und in Zeiten, in denen sie nicht zusammen waren, blieben sie sich doch nah.

»Margaux will übrigens nachher auch noch zu Gaston kommen«, sagte er aus seinen Gedanken heraus. »Aber sag mal, wie war Jacquelines Hochzeit? Du und Isabelle, ihr wart doch eingeladen.«

»Und wir waren auch dort«, sagte Jean. »Letztes Wochenende. Großartig, in den alten Pferdeställen von Chantilly, du weißt ja, wie schön die sind.«

»Und wahnsinnig teuer zu mieten.«

»Der Bräutigam hatte sogar sechs Gardes républicains in Festuniform gemietet, um den Eingang zu schmücken. Die hielten die Säbel vor den Helm mit Federbusch wie beim Empfang eines Staatsgastes im Élysée.«

»Ist doch absurd, dass der Staat heute seine Ehrengarde vermietet!« Jacques war empört. Frankreich verkauft seine Ehre. Wenn es um öffentliche Ausgaben ging, dann war der im Süden Frankreichs aufgewachsene Jacques äußerst kleinlich. Er kam aus dem Languedoc und gehörte zu den Bürgern, aus denen einst die Katharer und später die Hugenotten hervorgegangen waren. Religiöse Menschen, die nicht der katholischen Prasserei verfielen und anschließend um Absolution baten, sondern Bürger, die einen Sinn für Verantwortung und Gemeinschaft hatten. Viele von ihnen waren Opfer der Mächtigen geworden, Zehntausende Katharer und ebenso viele Hugenotten ließen die katholischen Fürsten hinrichten. Die Verfolgungen mochten zwar Jahrhunderte zurückliegen, aber immer noch stehen die Bürger dort im Süden Frankreichs der Staatsmacht in Paris kritisch gegenüber.

»Kennst du den Neuen?«, fragte Jean.

»Nee, nur das, was ich aus der Zeitung weiß. Reich, mondän, blasiert.« Jacques verkniff sich, hinzuzufügen, was er dachte: genau wie sie. »Haben die beiden sich nicht in dem verrückten Club des Croqueurs de Chocolat kennengelernt?«

»Ja, scheint so. Denn zu den wenigen ehrenwerten Mitgliedern gehört auch die Modemacherin Sonia Rykiel. Und die sollte immerhin zu der Feier nach Chantilly kommen.«

»Da wird Jacqueline begeistert gewesen sein. Wenigstens ein bisschen Prominenz! Aber mir soll's recht sein. Wenigstens brauche ich keinen Unterhalt mehr zu zahlen. Das tut meinem Konto gut. Deswegen kann ich mir jetzt auch die neue Wohnung leisten.«

Jacques war erst vor zwei Wochen vom Boulevard de Belleville in die Rue de Belleville gezogen, keine fünfhundert Meter Luftlinie voneinander entfernt. Er drehte sich zu Jean, der auf die Place de la République einbog, und fragte: »Weißt du, was sie in ihrem Schokoladenverein jetzt als letzten Schrei erfunden haben?«

»Nein, was?«

»Sie essen nur noch handgemachte Schokolade, auf der das japanische Schriftzeichen für ›Langes Leben‹ als Goldplättchen aufgetragen ist.«

»Und was ist der höhere Sinn davon? Gold schmeckt doch nach nichts.«

»Angeblich haben die Japaner rausgefunden, dass der Mensch unter Stress positive Ionen produziert. Davon wird man schlecht gelaunt. Aber Gold stimuliert den Körper, negative Ionen herzustellen. Yin und Yang vereinen sich. Du weißt doch! Und schon ist der Mensch wieder im Lot und fühlt sich wohl.«

»Ich konsumiere Ionen lieber flüssig!« Jean Mahon ließ sich durch nichts mehr irritieren. Und jetzt zeig mir mal, wie ich fahren soll, das ist zu unübersichtlich hier mit den Einbahnstraßen.«

Jacques lotste seinen Freund über die Avenue de la République in die enge Rue Jean-Pierre Timbaud. Diese Straße stammt zwar noch aus Zeiten vor der Revolution, doch erst seit 1945 trägt sie den Namen Timbaud. Jean-Pierre Timbaud war 1941 von den Deutschen als Geisel genommen und erschossen worden.

An der Ecke zum Boulevard de Belleville, auf dem es wieder vor Leuten wimmelte, deutete Jean Mahon auf einen neu eröffneten Friseurladen mit chinesischen Schriftzeichen, und sagte: »Da siehst du, wie schnelllebig die Zeit ist. Gaston ist doch noch keine zwei Wochen draußen!«

Bisher hatte hier Gastons Bistro L'Auvergnat gestanden, wo Jacques morgens sein Croissant gegessen und einen oder zwei Grand crèmes bei der Lektüre der Zeitungen getrunken hatte. Als die Pacht abgelaufen war, wurde sie so drastisch erhöht, dass nur noch eine Modeboutique sich die Ladenfläche hätte leisten können. Oder eben ein Friseur. Dieser hier schien auf junge Mode zu machen. Die Fenster waren hell erleuchtet, auf Regalen schimmerten Dutzende von Flaschen in allen Neonfarben der Welt.

»Das wirkt richtig kultig«, meinte Jacques.

»Cooltig«, sagte Jean und lachte.

»Ja, sage ich doch: kultig!«

»Ach, du verstehst den Witz nicht: cooooooltig«, rief Jean.

»Oh, wo hast'n das her?«

»Ich bin eben in! Und wie kommst du mit dem Umzug von Gaston zurecht?«

»Das neue Bistro liegt sowieso praktischer für mich«, sagte Jacques, »von meiner neuen Wohnung gehe ich höchstens zweihundert Meter die Rue de Belleville runter. Und im Aux Folies macht er nicht schon abends um acht zu, sondern erst weit nach Mitternacht!«

Der einsame Mann auf der Bank

Er trug einen dunklen Mantel, weil Männer mit dunklen Mänteln nicht auffallen. Besonders abends nicht. Die Rechnung lag schon in dem Plastikschälchen vor ihm, und er trank gerade den Kaffee aus, als er sie auf der anderen Straßenseite sah. Schnell zog er seine Kappe über den Kopf. Vorn war *All blacks* draufgedruckt. So nannte sich die Rugbynationalmannschaft von Neuseeland. Und deshalb war die Kappe auch schwarz. Logisch.

Weil er kaum noch Geld hatte, war er gegen Viertel vor acht in dem kleinen algerischen Bistro in der Rue du Commerce eingekehrt und hatte für acht Euro ein Couscous gegessen und einen Quart de Rouge getrunken, Vin du pays. Natürlich algerischer Landwein. Im Hintergrund lief arabische Musik. Rai-Musik, sagte der Wirt, von Rachid Taha, und machte mit seinem Arm eine große Geste. Stark.

Damit konnte der Mann im dunklen Mantel jedoch nichts anfangen. In den letzten Jahren hatte er seine Musikwünsche mit Country befriedigt. Sein vorletzter Zwanzig-Euro-Schein flog auf die Rechnung. Auf das Wechselgeld verzichtete er, denn er wollte die Frau nicht aus den Augen verlieren. Über der Tür zur Küche hing eine alte Reklameuhr in der Form einer merkwürdig bauchigen Limonadenflasche

»qui fait pschitt«, die Zeiger standen auf zwanzig vor neun.

Sie hatte eine helle Jacke an, wahrscheinlich, weil Frauen meinen, in hellen Jacken jünger auszusehen. Gestern Abend, als sie zu ihm in seine kleine Wohnung an der Place du Commerce gekommen war, hatte sie nicht so klein gewirkt wie jetzt. Vielleicht trug sie heute Laufschuhe mit niedrigeren Absätzen. Sie wirkte, als hätte sie sich für eine Verabredung zurechtgemacht. Über ihrer linken Schulter hing eine große Ledertasche. Er konnte nicht beurteilen, ob die nun modisch war oder einfach nur hässlich.

Vor fünf Jahren war er untergetaucht, da blieb man – was Damenmode angeht – nicht auf dem Laufenden. Aber vielleicht hatte das ja bald ein Ende. Sie würden es nur richtig einfädeln müssen. Seit Januar 2008 galt in Deutschland wieder die Kronzeugenregelung, die 1999 abgeschafft worden war. Und nur in Deutschland wurde er gesucht. Wenn alles klappte, so wie sie es sich vorstellten, dann würde er sich als Kronzeuge stellen und gleichzeitig seinen Freund aus alten Agentenzeiten entlasten.

Sie kannten einander, seit Marc Leroc beim französischen DGSE Dienst getan und er für den BND gearbeitet hatte. Damals gehörte Marc zu einer kleinen Einsatztruppe, die im Hafen von Hamburg und anderswo Schiffe von Waffenhändlern versenkte. Die Franzosen nahmen den Deutschen ab, was denen gesetzlich verboten war.

Sie schaute sich kurz um, als sie von der Rue du Commerce in die Rue du Théâtre einbog, aber er hielt sich so weit zurück, dass sie ihn mit einem flüchtigen Blick nicht erkennen würde. Immer wieder suchte er die Nähe eines Hauseingangs, nutzte parkende Autos auf der anderen Straßenseite als Sichtschutz.

Selbst nachdem sie gestern Nacht bei ihm geblieben und erst früh am Morgen gegangen war, als er tief schlief, war er sich ihrer nicht sicher.

Vor vierzehn Tagen hatte sie ihn vom Flugplatz Orly abgeholt, wo er mit einem kanadischen Pass als Jonathan McGuire aus Cayenne kommend gelandet war. Nach seinen Papieren war er ein Ingenieur bei Arianespace, der in Kourou auf der Raketenabschussbasis arbeitete. Vom Flughafen brachte sie ihn in das kleine, erstaunlich fröhlich eingerichtete Appartement und zeigte ihm einen geheimen Fluchtweg: aus dem Schlafzimmerfenster auf das Nachbardach, von dort durch eine Luke in den Speicher des gegenüberliegenden Hauses und dann eine Treppe runter, die direkt auf die Avenue Émile Zola vor die Métrostation führte.

In einem Briefumschlag gab sie ihm zehntausend Euro in bar.

Marc hatte sie als vertrauenswürdige Mittelsperson geschickt. Aber als sie mit einer vagen Abschiedsgeste ging, wusste er noch nicht einmal ihren Namen. Und so war es geblieben. Dann hatte er sie nicht wiedergesehen, bis sie gestern Abend bei ihm klopfte. Sie solle nach ihm sehen und sagen, übermorgen könne er, sobald es dunkel sei, Marc in dessen Wohnung aufsuchen. Aber er solle nicht den Haupteingang benutzen, sondern einen versteckten Weg über die Tiefgarage des nebenan liegenden Novotel nehmen. Sie lasse ihm eine Skizze da.

Später, als sie nackt und schwitzend auf ihm lag, fragte er sie, wie er sie nennen könne. Aber da murmelte sie nur, jeder Name, den sie sagen würde, sei so zutreffend wie seiner, wie Jonathan.

Vor vier Wochen war er in San Diego durch die offenen Schlagbäume der US-Immigration in Richtung Tijuana gefahren, ohne ein Papier vorweisen zu müssen. Die Grenzbeamten waren abends an die vielen amerikanischen Männer gewöhnt, die sich für eine Handvoll Dollar mit Mexikanerinnen vergnügten.

Von Mexiko flog er als Claudio Mereno, italienischer Journalist, nach Trinidad in den Urlaub. Dann machte er sich als US-Tourist James Beam per Boot auf nach Venezuela, nahm als Rucksackreisender den Bus nach Guyana, überquerte als Schweizer Arzt Jacques Breuser, der für die World Health Organisation arbeitete, die Grenze nach Surinam. In einem Bordell in Paramaribo hatte Marc für den schmuddeligen Belgier Jean Déjerne ein Treffen mit einem ihm vertrauten Agenten der DGSE, des französischen Auslandsdienstes, arrangiert.

Mit der Pirogue wurden sie nachts von einem Indianer nach Französisch-Guyana gebracht.

Dort stiegen sie in einen Jeep der französischen Armee, und nach einer nächtlichen Fahrt durch den Dschungel bis Kourou schmuggelte der Agent den Belgier in die europäische Abschussbasis für Ariane-Raketen. Und dort stieg er dann als der proper rasierte kanadische Ingenieur Jonathan McGuire in einen Shuttlebus von Arianespace zum Flughafen nach Cayenne, um mit einer Gruppe europäischer Journalisten, die einen Abschuss der Ariane V erlebt hatten, nach Orly zu fliegen. Weil Cayenne französisches Territorium ist, werden bei der Ankunft in Orly keine Personalien geprüft.

Sie überquerte die Rue Émeriau und ging schnell auf die modernen Hochhäuser zu. Jetzt musste er sich beeilen, um sie nicht zu verlieren. Gott sei Dank war hier mehr Betrieb, Autos kamen aus Tiefgaragen, mindestens drei Frauen und einen Mann sah er mit Hunden an der Leine und Plastikhandschuhen, mit denen sie den Dreck der Köter einsammelten. Das hat sich auch hier geändert, dachte er. Früher sagte man: In New York schaut man hoch, um die Wolkenkratzer zu sehen, in Paris blickt man auf das Trottoir, um nicht in Hundescheiße zu treten. Jetzt wird in Paris wie in New York aufgeräumt. Jeder kleine Unterschied wird wegglobalisiert.

Ob sie zu Marc geht? Ob sie auch mit ihm schläft?

Geradewegs lief sie auf das Hochhaus vorn am Quai de Grenelle zu, das der Seine noch einen Schritt näher stand als das Novotel links daneben. Gestern hatte er ihr noch gesagt, dass er alles Geld ausgegeben habe. Was? Die zehntausend seien schon weg? Ja, er habe sich neu einkleiden müssen. Anzug, Schuhe, Hosen, Hemden. Er besitze nur noch achtzig Euro.

Und jetzt blieben ihm gerade mal zwanzig, nachdem er bei dem Algerier das Couscous so großzügig bezahlt hatte. Damit würde er zur Not bis morgen durchkommen. Marc würde ihm wieder aushelfen. Schließlich hatten sie beide Millionen zusammen gebunkert. In Genf.

In den letzten Jahren kommunizierten sie nur über Internetcafés. Denn diese Anschlüsse waren nicht zu überwachen, das wussten sie aus alten Zeiten. Marc hatte ihm schon damals, als er abtauchte, eine Notrufnummer gegeben. Die galt immer noch. Wer sie anrief, landete direkt auf dem Schreibtisch von Serge Normandin, einem Staranwalt, der undurchschaubar war, weil niemand wusste, ob er Gangster nur verteidigte oder auch selber einer war. Aber Holm Mormann hatte die Nummer nie benutzen müssen. Jetzt war er auf die dringende Bitte von Marc nach Paris gekommen. Es gehe nicht anders, sie müssten sich sehen, um eine gemeinsame Strategie auszuarbeiten. Marc war zu zweieinhalb Jahren wegen Untreue verurteilt worden, hatte aber bisher keinen Tag von seiner Strafe absitzen müssen. Nun aber fürchtete er sich vor dem Gefängnis, denn es drohte eine neue Untersuchung: In Deutschland war eine ehrgeizige Staatsanwältin in Leipzig wach geworden.

Marc brauchte seinen Freund als Entlastungszeugen.

Und der Freund hatte es satt, ständig zu fliehen.

Sie ging tatsächlich auf den hell erleuchteten Eingang zu, öffnete die Tür, und dann konnte er sie nicht mehr sehen. Einige Minuten lang versteckte er sich hinter Büschen, die zwischen Eingang und Quai lagen. Aber sie kam nicht wieder heraus. Wahrscheinlich war sie zu ihm hochgefahren. In die zweiundzwanzigste Etage.

Er kannte die Wohnung gut.

Als er noch mit Marc gemeinsam Geschäfte betrieb, hatten sie dort oben am späten Abend ab und zu noch den einen oder anderen Cognac getrunken, die Lichter im Wohnzimmer gelöscht und den Panoramablick auf das beleuchtete Paris genossen.

Er erinnerte sich an sein Erstaunen, als er zum ersten Mal mitten auf der Seine auf dem Pont de Grenelle die Freiheitsstatue entdeckte. Die kleine Kopie der großen Schwester aus New York stand hier schon seit 1885, genannt »la statue qui éclaire le monde« – die Statue, die die Welt erleuchtet, was so viel poetischer klingt als »statue de la liberté« – Freiheitsstatue.

Holm Mormann schaute zum Eingang, sah sie immer noch nicht herauskommen und wagte dann mit einer schnellen Kopfbewegung einen Blick hinüber zu der Statue. Er entdeckte zwischen den Bäumen, die erste hellgrüne Blätter trugen, die angestrahlte nach oben gestreckte Hand mit der Fackel. Wenn hier ein Bistro stünde, könnte er darin warten. Aber hinübergehen ins Novotel, das lohnte sich nicht. Von dort ließe sich der Eingang auch nicht überwachen.

Neben dem Busch stand eine Bank aus Beton, der wie Marmor aussehen sollte. Der Sinn einer Bank ist, sich darauf zu setzen. Nichts ist natürlicher als das. Er nahm Platz. Wartete, langweilte sich. Er hob zwei Kieselsteine auf, legte sie neben sich auf die Bank und in die Mitte zwischen die Kiesel einen kleinen Ast. Zwei Augen, eine Nase. Darunter ein weiteres Stück leicht gekrümmtes Holz, und fertig war das fröhliche Mondgesicht. Er lächelte über sich selbst, weil er es kindisch fand. Ewig zu warten hatte allerdings auch keinen Sinn. Jetzt war es kurz nach neun Uhr. Bis halb zehn würde er hier sitzen und Ausschau halten. Vielleicht blieb sie auch bei Marc bis in den frühen Morgen.

Im Dunkeln verschwand ein Mann im dunklen Mantel.

GG: Risikoanalyse

Raclette mit Pellkartoffeln hatte sich G der Ältere heute zum Abschied des Winters noch einmal bei Horni bestellt. Nicht zu viel, drei Scheiben geschmolzener Käse, vier kleine Knollen. Dazu trank er zwei Glas herben Fendant aus Epesses, den er regelmäßig von Pascal Fonjallaz bezog, Winzer in der vierten Generation, die schon immer auf den Spitznamen »Fritz« hörten, um sich von den anderen Fonjallaz in Epesses zu unterscheiden. Schon vor vierzig Jahren hatte er von Pascals Vater seinen Wein bezogen. Und ihm in schweren Zeiten finanziell beigestanden. Über dem Genfer See lag leichter Nebeldunst.

Am Nachmittag hatte er Hornis Bruder, den Metzger aus Zürich, angerufen und gefragt, was denn an der Behauptung dran sei, die Cervelawurst sterbe aus. Der Schlachter hatte daraufhin laut gelacht. Der Arbeiterforelle gehe es an den Kragen, und schon herrsche Panik unter den Fans der Frauenfelder Salzisse. Arbeiter-Cordon-bleu, warf G der Ältere ein und bemühte sich, weitere Namen für die geliebte Wurst zu finden. Doch dann erklärte Metzger Hornecker ernst, die Servila, noch ein Begriff für die Cervela, stecke in einer Pelle aus brasilianischem Rinderdarm. Aber eine ihm suspekte Weltorganisation für Tiergesundheit habe Brasilien als Land mit kontrolliertem BSE-Risiko

57

eingestuft. Zwar sei in Brasilien noch nie BSE aufgetreten, aber so sei das. Die EU habe daraufhin ein
Einfuhrverbot beschlossen, dem sich der Bundesrat in
Bern angeschlossen habe. Und jetzt gingen die Vor-
räte zur Neige. Vielleicht könne G bei der Regierung
etwas erreichen?

Der Bankier versprach's.

Gegen halb zehn schaltete G der Ältere die Beleuchtung seines Parks an, zog sich warm an – draußen war
es kühl geworden –, schloss die Terrassentür hinter
sich und lief mit schnellem Schritt zum Bootssteg. Mit
drei Handbewegungen löste er die Leinen des Motor-
bootes, startete den dumpf schnurrenden Motor und
lenkte die alte Riva in die Mitte des Sees.

Ein nagelneues Handy lag neben ihm. Niemand
hatte es je benutzt. Alles hinterlässt heute elektronische
Spuren. Jedes Telefon, jede SIM-Karte in jedem Telefon. Also galt es, jeden möglichen Hinweis zu tilgen.

Gestern hatte er eine Anzeige auf die Internet-Platt-
form car4you.ch gestellt, einen alten Fiat Uno angeboten und die Nummer dieses Handys als Kontakt angegeben.

Er drosselte den Motor und zündete sich ein Ziga-
rillo an. Warten machte ihn unruhig. Oben an den
Berghängen leuchteten die Lichter von Epesses und
dem Weingut von Pascal.

Seine Villa lag in dem beleuchteten Park am Ufer,
und ein wenig ungeduldig schnippte er die Asche seines Zigarillos ins Wasser.

Die Sache war lästig. Aber zu kontrollieren.

Auch diesen Fall würden sie wie immer regeln, mit

Ruhe, Übersicht und Präzision. Selbst wenn es Geld kostete. Aber das war gut angelegt. GG leistete sich immer nur die besten Mitarbeiter. Die allerbesten. Und die diskretesten.

Keiner kannte die Frau, die er jetzt wieder eingesetzt hatte.

Ein elektronischer Klingelton erschreckte G, er hatte ihn noch nie gehört. Er schaltete das Gerät ein, ohne sich zu melden.

»Wir sind in seiner Wohnung«, sagte eine Frauenstimme, »er ist außer Gefecht gesetzt. Im Schlafzimmer befindet sich eine Frau, auch ruhiggestellt.«

»Die Journalistin?«

»Ja.«

»Was hat sie mitbekommen?«

»Nichts.«

»Hundertprozentig?«

»Ganz sicher. Sollen wir beide...?« Sie ließ das Ende des Satzes offen.

G überlegte und sagte dann: »Risikoanalyse: Sie nicht. Zu bekannt. Würde zu viele Fragen nach sich ziehen. Er wie geplant.«

Beide schwiegen. Dann schaltete er das Handy wieder aus und ließ es außen an der Bordwand in den Genfer See gleiten. Keine Spuren hinterlassen, erst recht keine elektronischen!

Bistro Aux Folies

»Jetzt links in den Boulevard de Belleville«, mit der Hand wies Jacques in die Richtung.

»Du hast dahinten rechts am anderen Ende gewohnt.« Jean zeigte auf die gegenüberliegende Seite, und ihre Finger stießen zusammen. Jacques lachte und sagte, jetzt dürften sie sich etwas wünschen. Und dann wieder ernst: »Da drüben steht auch die Bank mit dem Gedenkschild an John-Kalena Senga. Du weißt, der freundliche Clochard, der hier auf der Bank wohnte und deshalb alles über uns wusste, und dann von Agenten der Renseignements généraux totgeschlagen wurde, weil er gesehen hatte, wie sie ein Abhörgerät bei mir anbrachten.«

»Und die dich auch umbringen wollten. Das war eine wüste Geschichte. Warum bist du jetzt eigentlich umgezogen?«

»Dafür gab's mehrere Gründe. Mir war's da schon lange ein bisschen eng, ich kann jetzt mehr Miete zahlen, und die Concierge wurde mir zu neugierig.« Er lachte, denn diese Ausrede verstand jeder in Paris. In Wahrheit hatte er das Gefühl, dass er einen Neuanfang in seinem Leben brauchte, selbst wenn von außen gesehen alles so weiterliefe wie bisher.

»Wahrscheinlich hat die Concierge deinen Freundinnen nachspioniert.«

»Ach, so aufregend ist das bei mir ja nicht. Aber sie hat viel rumgetratscht und dabei wahrscheinlich kräftig hinzuerfunden. Ich glaube, sie mochte Margaux nicht. Die war immer etwas streng mit ihr. Und die neue Wohnung ist auch viel größer und heller. Ich habe einen sensationellen Blick über die ganze Stadt. Von Bellevue, schöne Aussicht, ist schließlich der Name abgeleitet. Dort ist nämlich der höchste Punkt von Paris.«

»Ich dachte, das sei der Montmartre.«

»Irrtum. Belleville. – Und da vorne rechts, an der Brasserie La Vielleuse, da liegt dann auch schon die Rue de Belleville. Und in der La Vielleuse kann man sehen, dass es hier noch einen Sinn für die Geschichte des Viertels gibt! Stell dir vor, dort wurde erst vor drei Jahren der Spiegel hinter der Theke erneuert, der vor fast neunzig Jahren im Ersten Weltkrieg durch die Erschütterung einer Kugel der deutschen ›dicken Bertha‹ zerstört worden war. Und über dem Spiegel steht auch heute noch der Satz: »La Vielleuse – Die Leierspielerin –, hat nie aufgehört, die Hymne des Sieges zu spielen, trotz der Verletzung durch Bertha am 9. Juni 1918.«

Als Jean in die Rue de Belleville einbog, fuhren zwei Mannschaftswagen der Polizei mit Blaulicht an ihnen vorüber, und Jacques sagte: »Da siehst du's. Blaulicht, nur um wieder schnell zum Büroschlaf aufs Revier zu kommen.«

Vor Gastons Bistro herrschte Tumult, auf Jacques wirkte es zunächst so, als feierten die Stammgäste des Aux Folies ihren Wirt. Doch dann stellte er fest, dass die Menschen wegen eines Polizeieinsatzes aufgeregt und erbost waren. Junge Juden, die noch ihre Kippa vom Besuch in der nahe gelegenen Synagoge trugen, diskutierten heftig mit Arabern, Chinesen und alten Franzosen.

Jacques winkte Gaston vom Trottoir aus zu, und der rief ihm über die Köpfe der Menge hinweg zu: »Ihr kommt einen Moment zu spät. Wir hätten euch gut brauchen können«, und machte den Umstehenden ungeduldig Zeichen, sie sollten den Eingang frei machen.

»Was war denn los?«, fragte Jacques.

»Drüben hat eine Razzia mit mindestens zwanzig Polizisten stattgefunden. Die waren hinter einer Chinesin her, die keine Papiere hat.« Gaston war wütend.

Jacques blickte hinüber. Der Laden mit den chinesischen Schriftzeichen über der Tür hatte noch geöffnet. Auf den Balkonen des hässlichen zehnstöckigen Hochhauses hingen Wäsche und Bettdecken zum Lüften aus, und von fast allen Stockwerken schauten Chinesen auf die Straße.

»Und haben sie die Frau gefunden?«, fragte Jacques.

»Nee, aber dann haben sie offenbar eine andere erwischt, die sich mit ihrem Baby schnell verdünnisieren wollte. Weil sie auch keine Papiere hat.«

»Wie so viele hier«, murmelte Jacques.

»Und du weißt ja, wie die Bullen sind. Die haben versucht, der Frau das Baby zu entreißen – mit aller Brutalität. Sie hat sich dann hier zu uns ins Bistro geflüchtet. Und da hättest du mal erleben können, was Solidarität ist. Alle standen auf wie eine Mauer und haben den Bullen die Stirn geboten.« Er lachte stolz. »Wir haben die Frau und das Kind hintenrum rausgelassen und erst danach einem etwas zivilisierteren Sergeanten erlaubt, das Bistro zu inspizieren. Dann sind die Bullen abgezogen.«

Gaston zog Jacques am Arm und deutete auf einen Tisch, der an den aufgeklappten Fenstern an der Terrasse stand: »Dahinten werdet ihr schon erwartet! Die erste Coupe geht auf mich. Heute ist Festtag.«

Jacques schlängelte sich durch die eng stehenden Stühle, grüßte ein paar Stammkunden aus dem alten Bistro, aber viele kannte er nicht. Er drehte sich kurz um und winkte Jean, ihm zu folgen.

Martine hatte zwei Plätze für sie frei gehalten. Sonst waren alle Stühle auf der Terrasse, aber auch drinnen besetzt. Die Gästeschar war bunt gemischt, wie es Belleville entsprach. Alteingesessene Franzosen, Abkömmlinge von Polen und Armeniern, Algerier und Chinesen. Junge Leute, von den billigen Mieten angelockt. Handwerker, Kopfwerker, Kinovorführer, Köche, Buchhändler und auch der eine oder andere gut verdienende Scheinaussteiger.

»Bonsoir, Martine«, begrüßte Jacques seine Mitarbeiterin, der er kein Bisou, keinen Wangenkuss, gab. Anders als manche seiner Kollegen wahrte er eine gewisse Distanz. Alles andere wäre ihm unangenehm gewesen.

»Das war wirklich aufregend«, sagte Martine. »Und diesmal war ich richtig sauer auf die Polizei.« Sie wandte sich zu Jean Mahon: »Das hat nichts mit dir zu tun, Jean.«

Martine Hugues gehörte wie Jean zur »Familie«, wie Jacques gern sagte. Seit Jahren war sie ihm als Gerichtsprotokollantin zugeordnet, und so wie Marie Gastaud ihn mit ins Palais de justice auf die Ile de la Cité mitgenommen hatte, war Martine ihrem Maître gefolgt. Und auch ihr Wechsel war mit einer kleinen Gehaltsverbesserung verbunden.

Neben ihr saß eine pummelige, kurzbeinige Frau, zu der sich Jacques beugte und ihr rechts und links eine Bise gab.

»Eh, Françoise, das ist aber schön, dass du auch gekommen bist. Aber hättest du mit deiner Autorität nicht eingreifen können?«

Françoise wurde ein bisschen rot. So viel Zuneigung zeigte Jacques selten: »Um Gottes willen, ich habe mich ganz klein gemacht. Da wollte ich mich lieber raushalten. Wenn die gemerkt hätten, dass ich zur Justiz gehöre, wäre ich zum Schluss noch gelyncht worden.«

Im Palais de justice auf der Ile de la Cité galt Françoise als unangenehme Untersuchungsrichterin. Während Jacques als Richter hart und unerbittlich auftrat, galt er privat als charmant, gebildet und witzig. Dagegen sagten böse Zungen von Françoise, sie beiße zu wie eine Hyäne, durchwühle die Akten ihrer Fälle wie ein Dachshund und sehe aus wie ein Mops.

Zu Anfang war Jacques mit Françoise nicht gut ausgekommen. Doch ein komplizierter Fall, den sie gemeinsam bearbeiten mussten, hatte ihn gezwungen, sich zu arrangieren. Es ging damals um Waffenhandel und Schmiergelder, und je länger er mit ihr zusammenarbeitete, desto besser verstand er sich mit ihr. Erstaunt hatte er eines Tages festgestellt, dass der Mops sogar als Sängerin bei einer Jazztruppe auftrat. Inzwischen wurden Jacques und Françoise von bösen Zungen »Black and White« genannt, wie die beiden Scotchterrier im Wappen des schottischen Whiskys. So manchen Arbeitstag ließen sie im Büro von Kommissar Jean Mahon mit einem kleinen Glas Whisky ausklingen. Wohlgemerkt, erst nach sechs Uhr. Jacques bestand strikt darauf, die Tropenregel einzuhalten. Keinen Tropfen Alkohol vor Sonnenuntergang.

»Schade, dass ihr jetzt erst kommt.« Jérôme, der auch am Tisch saß, schlug Jacques freundschaftlich auf die Schulter. »Ihr hättet gleich ein Protokoll wegen Körperverletzung im Amt aufnehmen können.«

Mit einer Handbewegung deutete Jacques auf den Kommissar und stellte beide einander vor. Jérôme Lacroix sei seit mehr als dreißig Jahren der Hausarzt von Belleville, und in seinem Handy – Jacques zog es aus der Jackentasche – habe er die Taste drei mit dessen Nummer belegt. Man müsse doch immer seinen Arzt erreichen können. Jean wollte schon fragen, wer sich wohl unter Taste eins oder zwei melden würde, aber als er Jérômes ernste Miene sah, hielt er sich zurück.

»Ich habe die Frau und das Kind hinten in der Küche kurz untersucht. Ganz schön viele Abschürfungen, Hämatome und Kratzer.«

Vier Stunden am Tag saß Jérôme, ein fülliger Mann von Mitte fünfzig mit nur noch wenig, wirr über den Schädel gekämmtem, Haar in seiner Praxis, aber mehr als die doppelte Zeit stieg er enge Treppen hoch, quetschte sich in alte Aufzüge, besuchte den, der ihn brauchte. Er ging gern in Wohnungen seiner Patienten, ihn interessierte, wie sie lebten. Er verstand sich als Menschenpfleger.

Fühlte sich eine alleinstehende junge Mutter schlecht, weil sie mit ihrem aufmüpfigen kleinen Sohn nicht mehr zurechtkam, dann bestellte sie Jérôme zum Hausbesuch. Der Arzt kam, spielte den Mann im Haus, stutzte den Knaben zurecht – was die erwartete Medizin war –, und der Mutter ging es wieder gut.

»Manchmal kriege ich einen dicken Hals, wenn ich diese Bullen sehe, wie sie mit den Leuten umgehen«, sagte Jacques.

»Das sagst du als Untersuchungsrichter, der weiß Gott wen nicht alles mir nichts, dir nichts in Untersuchungshaft steckt«, antwortete Jean Mahon, der Jacques' Ausfälle gegen »die Bullen« kannte und sich jedes Mal wieder darüber ärgerte.

»Jean, verzeih, aber du weißt, dass ich dich nicht meine. Und wenn ich jemanden einloche, dann führen deine Leute ihn ab. Und war da je ein harmloser Araber oder Chinese drunter?«

»Streitet euch nicht!«, versuchte Jérôme sie zu besänftigen und drehte sein Gesicht zu Jean: »Die Chinesin haben sie wirklich bös zugerichtet.«

»Hast du sie versorgt, oder wer?«, fragte Jacques und setzte sich neben den Arzt.

»Nein, das war nicht nötig. Ich habe sie Madame Wu überlassen. Die konnte sich wenigstens mit ihr verständigen. Die Frau sprach ja kein Wort Französisch und laberte chinesisch auf mich ein!«

»Muss ich Madame Wu kennen?« Jacques blickte Jérôme neugierig an, wurde jedoch von Gaston unterbrochen, der zwei Champagnergläser für die Neuankömmlinge brachte.

Dann füllte er auch die anderen Gläser am Tisch und sagte: »Madame Wu gibt dem ganzen Lokal einen aus.«

»Mon dieu«, entfuhr es Jérôme, dessen violett geäderte Nase seine Vorlieben widerspiegelte, »da dürfen wir eigentlich nicht mittrinken!«

»Warum nicht?«, fragte Jacques, während Gaston weiter eingoss und murmelte: »Habt euch nicht so. Schließlich hat sie die arme Chinesin beruhigt und in einer sicheren Wohnung untergebracht.«

Jérôme nahm einen Schluck und sagte: »Ich weiß nicht, zum wievielten Mal Madame Wu inzwischen von der Polizei abgeholt und bestraft worden ist.« Er prostete in Richtung Eingang, wo eine aufgetakelte alte Chinesin mit pechschwarzem Haar saß. In ihrem weiß gepuderten Gesicht verzog sich kein Muskel, sie nickte kaum merkbar.

»Wieso? Ist sie eine Anlaufstelle für Illegale?«, fragte Jacques.

Jérôme beugte sich ein wenig nach vorn und sagte leise: »Madame Wu Heilan ist die Engelmacherin von Belleville.«

»Gibt's das überhaupt noch?«, fragte Martine. »Abtreibungen sind doch erlaubt.«

»Ja, aber du musst zum Abtreibungszentrum, einen Termin holen, der liegt dann vier Wochen später, wie das halt so ist«, erklärte der Arzt. »Bei Madame Wu

bekommst du es schneller, wenn auch nicht ungefähr-
lich. Obwohl sie eine studierte Frauenärztin ist. Allerdings kennt sie sich nur in chinesischer Medizin aus. Im
Jahr verdient sie sicher über hunderttausend Euro. Und
in den letzten Jahren ist sie dreimal verurteilt worden
zu jeweils dreitausend Euro Geldstrafe. Das sind aber
für sie nur Betriebskosten, wie auch der Champagner,
den sie uns ausgibt.«

»Wieso?«, fragte Jacques und trank sein Glas aus.

»Keiner von uns hier am Tisch kennt sie richtig. Aber
sie schickt uns Champagner, damit wir über sie reden.
Und«, Jérôme deutete auf Gaston, der sich mit mehreren Champagnerflaschen zwischen den Tischen in seinem überfüllten Bistro durchkämpfte, »wir sind nicht
die Einzigen. Jetzt reden alle über sie. Und bessere Werbung als Mund-zu-Mund-Propaganda gibt es nicht.«

»Ist das da vorne nicht der Schauspieler Guy Marchand?« Aufgeregt stieß Martine die kleine Françoise
an.

»Wo?«

»An der Theke, na klar, mit seiner schrägen Mütze
als Markenzeichen!«

»Der ist auch in Belleville geboren«, sagte Jacques,
und lachend schlug er seiner Mitarbeiterin auf den
Arm, »soll ich dir ein Autogramm holen?«

»Würdest du das machen?«, fragte die und neigte
sich zu Françoise, »für dich auch?«

»Nee, das ist mir zu peinlich!«

Also winkte Martine ab und wandte sich an Jérôme:
»Bist du auch hier geboren, oder warum bist du hier
hängen geblieben?«

»Ich stamme aus Tours an der schönen Loire, wo die Bourgeoisie heute noch stolz darauf ist zu herrschen. Aber als junger Arzt habe ich häufig Vertretungen in Praxen in Paris gemacht. Und als es so weit war, mich entweder in Belleville oder im vornehmen siebten Arrondissement niederzulassen, habe ich mich umgehört. Zuerst habe ich gedacht: Im Siebten wohnen die reichen Leute, da gibt's mehr zu verdienen. Aber Kollegen gaben mir den Rat, nach Belleville zu gehen. Da sind die Leute das ganze Jahr über da und brauchen dich. Im Siebten sind sie im Sommer zwei Monate auf ihrem Landsitz, und zu Weihnachten und Ostern fahren sie jeweils zwei Wochen weg. Während dieser ganzen Zeit sitzt du in deiner Praxis, langweilst dich, und es kommt nichts rein. Hier bin ich jetzt seit dreißig Jahren. Und kenne jeden Flecken, jede Wohnung, fast jeden Bewohner. Und wenn du mich mit verbundenen Augen rumführen würdest, könnte ich dir allein anhand der Gerüche sagen, wo wir uns befinden.«

»Ach, ich riech nix«, sagte Jean.

»Was riechst du denn wo?« Martine wollte mehr wissen.

»Auf der Rue de Ménilmontant duftet es orientalisch«, sagte Jérôme. »Dann biegst du um die Ecke auf den Boulevard de Belleville, da riecht es immer noch orientalisch und dazu tropisch. Und gehst du dann an der Rue Bisson vorbei, duftet es plötzlich nach gegrilltem Mais. Das ist ein ganz besonderer Geruch. Und wenn du schließlich die Rue de Belleville hochsteigst, wo Jacques jetzt wohnt, dann riechst du den Chinesen, wie die Leute hier sagen.«

Gaston zog sich vom Nebentisch einen Stuhl herüber und quetschte sich zu ihnen. »Ich glaube, in Belleville findest du heute jeden Geruch der Erde, weil die Leute von überall kommen. Schon seit Ewigkeiten. Zuerst die Armenier und Griechen, dann nach 1933 deutsche Juden, Spanier, die vor Franco fliehen mussten, Algerier, Tunesier, Afrikaner – und seit zehn Jahren die Chinesen. Und nicht nur die.«

Er zeigte auf die Säulen, die um seinen Tresen standen, und sagte zu Martine: »Da hängen die Plakate vieler Künstler, die im Lauf des letzten Jahrhunderts in diesem Laden aufgetreten sind. Die Piaf und Chevalier haben hier in ihren Anfangszeiten gesungen. Ich will jetzt die alte Tradition wieder aufleben lassen und wenigstens samstags ein bisschen Programm machen.«

»Angeblich ist Édith Piaf ja sogar mitten auf der Straße in der Rue de Belleville zur Welt gekommen«, sagte Jacques, »und zwar genau vor meinem Haus.«

»Das ist wohl eine Legende«, sagte Jérôme. »Aber eins stimmt. Ihre Eltern und Großeltern wohnten hier. Der Vater trat als Schlangenmensch auf, die Mutter als Sängerin. Nach einem Auftritt setzten bei ihr die Wehen ein, am frühen Morgen mitten auf der Straße. Sie wird es aber wohl noch ins Hospital Tenon geschafft haben. Aber die Piaf hat tatsächlich die ersten Lebensjahre bei ihren Großeltern in der Rue de Belleville gewohnt, weil Vater und Mutter ständig auf Tournee waren. Maurice Chevalier ist ja auch um die Ecke zur Welt gekommen.« Er zeigte mit der rechten Hand die Richtung aus dem Bistro hinaus: »Gleich hier die Rue de Belleville rauf, dann zweite Straße links in der

Rue Julien Lacroix. Aus Belleville stammen eben viele Künstler.«

»Aux Folies ist unschlagbar, Gaston.« Fröhlich prostete Jacques dem Wirt zu und leerte sein Glas.

»Willst du noch eine Coupe?«

»Un demi pression, bitte – einfach ein gezapftes Bier«, bestellte Jacques, »ich brauch was gegen den Durst.« Gaston rief die Order einem seiner Garçons zu, die er danach aussuchte, wie schlagfertig und freundlich sie waren.

»Kommst du überhaupt auf deine Kosten?«, fragte Jacques und sagte zu Françoise: »Hier kostet ein Halbes gerade mal zwei Euro. Ein Caipi viereinhalb!«

»Die Menge macht's«, antwortete Gaston. »Und wenn ich hier neun Euro für ein Halbes verlangen würde, wie etwa im Deux Magots, dann könnte ich zumachen. Dort ist es um diese Uhrzeit, kurz nach eins, schon gähnend leer. Hier geht's meist bis zwei!«

Vor den Tischen auf der Straße spielte ein alter Mann Akkordeon. Leise Töne entlockte er seiner Quetschkommode, alte französische Weisen. Als er aufhörte, applaudierten die Gäste, und der Musikant trat in das überfüllte Lokal, Gaston rief ihm ein freundliches Wort zu und ob er was zu trinken wolle. Gleich, gern, einen Roten. Mit dem Kopf machte er eine fragende Bewegung, darf ich? Ja, nickte Gaston zurück.

»Das ist der Clown, der Akkordeon spielt«, erklärte Jérôme. »Früher trat er in einer Doppelnummer als Clown auf. Aber seit seine Partnerin gestorben ist, trauert er und kann nicht mehr Clown sein. Jetzt verdient er sich so sein Geld.«

Etwa ein Dutzend schwarz gekleideter Jugendlicher drängte sich um zwei Stehtische, Künstler, die in Belleville die leer gewordenen Werkstätten von Schustern und Metallarbeitern für wenig Miete bezogen hatten. Ein Mädchen mit kurz geschorenem Haar versuchte den Musiker etwas zu fragen. Er beugte sich zu ihr, weil er sie im Lärm nicht verstand. Dann nickte er, ja, er würde ihren Wunsch erfüllen.

Vorsichtig setzte er die Finger auf die Tasten, wartete einen Augenblick, und vielleicht weil er so leise ansetzte, wurde es plötzlich ruhig im Bistro.

Und dann erklang *L'hymne à l'amour,* das Liebeslied der Piaf, aber es war eine moderne Bearbeitung des alten Chansons. Der französische Akkordeonspieler Richard Galliano hatte es erst vor Kurzem, als Hommage an seinen Freund Astor Pantaléon Piazzolla, verjazzt. Piazzollas ganz besonderer Stil war deutlich zu erkennen.

Ein Handy klingelte laut und störend.

Am Tisch von Jacques schauten sich alle wie ertappt an. Françoise und Martine griffen zu ihren Taschen. Aber es war der Apparat von Jacques. Er sah auf das Display, es erschien kein Name, sondern eine Nummer. Er drückte den Anruf weg. Doch das Telefon klingelte sofort wieder.

Das Lied klang aus. Einige klatschten leise. Das Mädchen bedankte sich schüchtern und gab dem Clown spontan einen Kuss. Gaston reichte ihm ein großes Glas Rotwein.

»Ich verstehe Sie nicht«, sagte Jacques in das Handy und machte Zeichen, damit seine Freunde aufhörten zu reden. »Nein, ich habe keinen Bereitschaftsdienst.« Er horchte: »Das müsste ich doch wissen. – Moment mal.« Jacques schaute zu Martine: »Da ruft jemand an und sagt, ich hätte Bereitschaftsdienst. Weiß du was davon?«

»Nein.«

»Ach du lieber Gott«, rief Françoise und schlug die Hand vor den Mund. »Ich sollte Dienst haben, aber habe mir freigeben lassen, um mit euch feiern zu können. Wenn es ganz blöd gekommen ist, dann haben sie dich dafür eingetragen. Und irgendjemand hat vergessen, es dir zu sagen. Aber komm«, Françoise deutete mit einer Handbewegung an, er solle ihr das Handy geben, »ich mach das schon.«

»Nein, nein. Lass mich ruhig mal!« Jacques zog die Luft durch die Nase, blähte die Brust auf und legte das Handy wieder ans Ohr. Er spielte den Gentleman.

»Worum geht es denn?«

Ein Mann sei am Quai de Grenelle zerschmettert aufgefunden worden, meldete Sergeant Philippe Villers von der Wache des fünfzehnten Arrondissements. Er könne schlecht abschätzen, ob es sich um Selbstmord handele oder um einen Unfall. Der Mann sei wahrscheinlich aus seiner Wohnung gestürzt. Und auf dem Balkon dieser Wohnung habe man eine bewusstlose Frau gefunden.

Jacques sagte: »Ich komme. Rühren Sie nichts an.« Er schaute Jean fragend an. Der ahnte, was Jacques' Blick bedeutete, und nickte. Ja, sagte Jacques daraufhin, er bringe einen Kommissar der Police judiciaire mit, und wiederholte, niemand solle irgendetwas an-

73

fassen. Jean Mahon griff zu seinem Telefon und mobilisierte den Diensthabenden von der Spurensicherung.

»Soll ich nicht wirklich…?« Françoise ließ die Frage offen.

So, als sei das Männersache, schüttelte Jacques den Kopf und lächelte sie an. Und ein wenig war er auch so erzogen worden: »Wenn es darum geht, Verantwortung zu übernehmen, dann steht man parat.«

Die Uhr hinter der Theke zeigte halb zwei.

Das Bistro leerte sich nur langsam. Jacques verabschiedete sich von Jérôme mit einem Handschlag, winkte den anderen flüchtig zu. Pech, so ist das eben in diesem Job. Jean Mahon trank sein Glas im Stehen aus, nickte allen am Tisch zu und lief hinter Jacques her.

Wieder klingelte das Handy, das Jacques in der Hand hielt. Auf dem Display erschien: »Margaux«.

»Hallo, wo bist du denn?«

Stille, dann fragte eine männliche Stimme: »Hier spricht Sergeant Philippe Villers von der Wache im fünfzehnten Arrondissement. Mit wem spreche ich?«

»Untersuchungsrichter Jacques Ricou. Haben wir nicht gerade miteinander gesprochen? Ich bin auf schon auf dem Weg, ist denn noch was?«

»Ja, ich glaube schon, Monsieur. Denn ich habe dieses Handy gerade aus der Tasche der bewusstlosen Frau genommen. Es zeigte einen Anruf in Abwesenheit an. Da habe ich auf die Nummer des Anrufers gedrückt und zurückgerufen. Und so bin ich bei Ihnen gelandet.«

Jacques erschrak.

»Wie sieht die Frau aus? Mittelgroß, dunkle, halb-
lange Haare?«

»Ja, und elegant gekleidet.«

»Ich habe Ihnen doch gesagt, Sie sollen nichts anfas-
sen. Wir sind in zehn Minuten da.«

Der Tote am Quai de Grenelle

Auf gefährliche Situationen lässt sich Margaux eigentlich nicht ein, dachte Jacques, während Jean seinen Polizeiwagen mit Blaulicht auf dem Dach über die Boulevards jagte. Er machte sich Sorgen. Ist es nicht besser, runter an die Seine zu fahren und dann über die Quais, hatte er noch vorgeschlagen, aber Jean hatte mehr Erfahrung, was kurze Wege anging. An den Quais kannst du bei Saint-Michel jetzt noch im Stau stecken.

Aber auch auf den Boulevards waren immer noch viele Leute unterwegs, liefen unachtsam über die Straße, fuhren unvorsichtig, weil angeheitert, bei Rot über die Ampel. Eine Bande junger Chaoten warf dem Wagen mit Blaulicht halb volle Bierflaschen nach.

»Weit gefehlt«, sagte Jacques, der sich umdrehte und sah, wie die Flaschen zehn Meter hinter dem Wagen schäumend auf dem Pflaster zerplatzten.

Was war es nur, das Leute zu sinnloser Gewalt reizte? Er erinnerte sich an seinen eigenen Schrecken, als Agenten der Renseignements généraux ihn eines Nachts in seinem Bett umbringen wollten, weil er zu viel über Gesetzesverstöße der regierenden Partei herausgefunden hatte. Aber sie hatten sich etwas ganz Gewieftes ausgedacht. Sie wollten ihm Botox einflößen, sodass es aussähe, als sei er an einer akuten Lebensmittelvergiftung gestorben. Das war aber schon lange her.

Über den Tod seiner Freundin Lyse konnte er immer noch nicht nachdenken. Das schmerzte zu sehr. Obwohl damals der Berufskiller Paul Mohrt auch ihn mit allen Mitteln hatte töten wollen. Aber das empfand Jacques als Berufsrisiko. Ihm war ja schließlich nichts passiert. Margaux aber war als Edelfeder und gleichzeitig Maulwurf ihrer Zeitung in anderen Sphären zu Hause, eher in den Salons der Politik und der hohen Bourgeoisie.

An der Ecke der Rue Royale zur Place de la Concorde schaltete der Kommissar die Sirene ein, um bei Rot über die Ampel zu fahren. Als Jacques einen seitlichen Blick in die Champs-Élysées warf, war er erstaunt, dort noch einen Stau zu sehen.

Paris schläft spät.

Über den Pont de la Concorde, dann endlich die leeren Quais hinunter in die Unterführung am Eiffelturm. Sie schafften die Strecke in elf Minuten. Keine schlechte Zeit, sagte Jacques, der lange geschwiegen hatte, weil er an Margaux dachte und daran, was sie ihm heute Morgen beim Frühstück im Bistro erzählt hatte.

Von Weitem leuchteten die Blaulichter durch die hellgrünen Blätter der Bäume und Büsche vor dem Hochhaus am Quai de Grenelle. Jacques musste sich festhalten, als Jean mit großer Geschwindigkeit vom Quai links abbog und dann wieder rechts in die kleine Seitenstraße raste, bis er vor einer »Salatschleuder« hielt. So nannten sie die Mannschaftswagen, in denen Polizisten wild hin und her geworfen wurden, wenn der Fahrer mit Blaulicht ohne Rücksicht auf die Insassen mit quietschenden Reifen um die Ecken bog.

Jacques schnallte sich los, sprang zur Tür hinaus und rannte auf eine Gruppe von Polizisten zu.

»Guten Abend. Untersuchungsrichter Jacques Ricou. Wer von Ihnen ist Sergeant Villers?«

Ein großer Polizist trat auf ihn zu, salutierte kurz und streckte Jacques die Hand hin. »Das bin ich.«

Jacques nahm die Hand, stellte Kommissar Jean Mahon vor und fragte: »Wo ist die Leiche, wo ist die Frau. Wie geht es ihr?«

»Die Frau wird da vorne im Krankenwagen behandelt, sie ist noch ohne Bewusstsein, aber anscheinend stabil. Der Tote liegt zwischen den parkenden Autos.«

Eine Plastikplane war über die Leiche gedeckt worden. Doch als sich Jacques und der Kommissar der Stelle näherten, zog ein Polizist sie weg. Der Körper eines kräftigen Mannes mittleren Alters lag mit merkwürdig verdrehten Gliedern auf der Bordsteinkante. Blut war kaum zu sehen.

»Was wissen Sie darüber?«, fragte Jacques den Sergeanten.

»Wir haben vor knapp fünfundzwanzig Minuten einen Anruf erhalten, hier aus dem Haus. Ein Bewohner hatte seinen Hund ausgeführt und die Leiche entdeckt. Es musste gerade passiert sein, denn der Mann war kurz zuvor mit seiner Frau nach Hause gekommen und hatte seinen Wagen ein wenig weiter hinten geparkt. Und als er beim ersten Mal hier vorbeiging, lag die Leiche noch nicht da.«

»Und wer ist der Tote?«

»Er hat seine Papiere in der Brieftasche. Marc Leroc.«

Jacques konnte sein Erschrecken kaum verbergen.

»Wohnt im zweiundzwanzigsten Stock«, fuhr der Sergeant fort. »Von dort oben ist er runtergefallen. Wir sind rauf, haben geklingelt, und als niemand öffnete, haben wir die Tür mit Gewalt geöffnet. Dort fanden wir die bewusstlose Frau auf der Terrasse in der Nähe des Geländers. Und so, wie die Frau ausgesehen hat, könnte es zwischen beiden ein Handgemenge gegeben haben. Vielleicht wollte Leroc was von ihr, was sie nicht wollte, und dabei könnte sie ihn so heftig gestoßen haben, dass er über die Brüstung gefallen ist.«

Jacques hatte zwar schon viele Mordfälle bearbeitet, aber ihm war immer wieder unwohl, wenn er ein Opfer sah. Die meisten Untersuchungsrichter drängten sich danach, Todesfälle zu bearbeiten. Wer am Jahresende keinen Mordfall gelöst hatte, der galt als Weichei. Jacques war das egal. Und wenn er es mit einem Mordprozess zu tun hatte, hasste er jedes Mal die Geschworenen, die nach den merkwürdigsten Kriterien entschieden. Er hatte es oft selbst erlebt. Ein Metzger, der mit scharfem Messer den Knochen aus dem Gigot schält, gilt immer als blutrünstig. Ein Bäcker, der uns »unser täglich« Brot gibt, kann doch mit Mehl niemandem Böses antun. Gut, dass er sich um den Ablauf von Prozessen bis hin zum Urteil jetzt nicht mehr kümmern musste. Wenn er die Untersuchung abgeschlossen hatte, reichte er den Fall weiter. Mit der Empfehlung, den Prozess zu eröffnen oder das Verfahren einzustellen.

Jetzt aber wollte er ganz schnell zum Krankenwagen, zu Margaux.

»Kümmere du dich mal um die Frau«, sagte Jean
in dem Moment, wohl ahnend, dass es Jacques zwar
drängte, nach Margaux zu schauen, dass er sich aber
nicht traute, seinen persönlichen Gefühlen Vorrang
einzuräumen. »Gleich kommen meine Leute von der
Spurensicherung.«

Auf der Pritsche im Krankenwagen lag Margaux bewusstlos mit bleichem Gesicht und wirren Haaren.
Jacques hätte am liebsten ihre Hand genommen, aber
er wollte nicht zu erkennen geben, dass er die Frau
kannte, und erst recht nicht, wie nah sie ihm stand.

Kleine Schweißperlen standen auf ihrer Haut.

So hilflos hatte er sie noch nie erlebt. Als er sah, wie
unordentlich und sogar an einigen Stellen zerrissen ihre
Kleidung war, dachte er sofort, jemand müsste sie überfallen haben. Und das konnte nur ein kräftiger Mann
gewesen sein, denn er wusste, wie stark die schmale
Margaux war und wie sie mit ihrer Willenskraft ihre
Stärke noch verdoppeln konnte. Fast schmerzte es ihn
selbst, als er sah, wie eine junge Notärztin eine Nadel
in die Vene des linken Arms von Margaux stach und
ihr eine Infusion legte.

»Wie ist ihr Zustand?«, fragte er und stellte sich vor.

»Wir haben am Hinterkopf eine Platzwunde festgestellt, die sieht so aus, als wäre die Frau nach hinten auf den Kopf gefallen. So, als hätte jemand sie von
sich weggestoßen. Ich tippe auf Gehirnerschütterung.
Schauen Sie, Monsieur le juge, was die Augen sagen.«

Die junge Frau schob mit dem Daumen das rechte Lid von Margaux hoch. Der Augapfel war nach oben weggedreht, aber mit einem kleinen Druck des Zeigefingers brachte die Ärztin die Pupille zum Vorschein. Sie leuchtete mit einer kleinen Taschenlampe hinein.

»Keine Reaktion«, sagte sie. »Eigentlich müsste die Pupille sich jetzt zusammenziehen. Und die Reaktion ist seitengleich. Im anderen Auge bleibt die Pupille genauso unverändert. Das spricht für eine tiefe Bewusstlosigkeit. Ich habe sie gerade an einen Tropf gelegt und gebe ihr einen Plasmaexpander. Der Blutdruck ist niedrig, der Puls hoch, das könnte auf einen beginnenden Schock hinweisen. Am besten wäre es, wir könnten die Patientin so schnell wie möglich untersuchen.«

»Fahren Sie los«, sagte Jacques. »Bringen Sie die Frau ins Krankenhaus Pitié-Salpêtrière.«

»So weit weg, ins Dreizehnte? Aber wir liefern solche Fälle meist hier im Fünfzehnten ein«, versuchte die Ärztin ihm zu widersprechen, doch Jacques unterbrach sie autoritär. »Auf meine Verantwortung. Ich rufe dort an und sage Bescheid.«

In Paris gab es kein besseres Unfallkrankenhaus. Selbst die verunglückte Lady Diana war damals, nach dem Unglück in der Unterführung des Pont de l'Alma, dorthin gebracht worden.

Jacques nahm sein Handy, ließ sich von der Auskunft mit der Notaufnahme im Hospital Pitié-Salpêtrière verbinden und den Namen des diensthabenden Arztes geben. Dominique Simmonet.

Weil er aus Erfahrung wusste, dass es in Krankenhäusern wenig nützte, die autoritäre Justiz rauszukehren, gab er sich besonders kollegial, als er mit dem Arzt sprach. Gleich werde mit dem Notarztwagen eine sehr bekannte Journalistin eingeliefert. Sie sei in tiefer Bewusstlosigkeit. Und bei der Presse sei ja immer besondere Sorgfalt angebracht. »Ich sag Ihnen das nur, damit es später kein großes Jammern gibt, wenn irgendwas Unangenehmes in der Zeitung steht.« Und dann fügte er hinzu: »Ich komme, sobald wir mit der Spurensicherung fertig sind.«

Als der Notarztwagen abgefahren war, lief Jacques zu Jean, beruhigte ihn schnell über Margaux' Zustand und fragte ihn, ob er inzwischen mehr über den Toten herausgefunden habe.

»Ja, das war nicht schwer«, sagte der Kommissar, »heute stand gerade ein Artikel über ihn in den Zeitungen. Er gehörte zu den Verurteilten in der Affäre um France-Oil und die Schmiergelder, die nach Deutschland gezahlt worden sind. Und jetzt wollte er irgendeine Wahrheit aufdecken. Na ja! Leroc ist zwar nicht mehr offiziell Agent der DGSE, aber vielleicht sollten wir den Geheimdienst trotzdem von seinem Tod unterrichten?«

Das wäre jetzt vielleicht nicht gut für Margaux. Er müsste erst mehr von ihr erfahren.

Nur einen kurzen Augenblick zögerte Jacques, dann sagte er: »Nee, lieber nicht. Sonst vermasseln die uns den ganzen Fall. Sobald sich der Todessturz rumspricht, schicken die sowieso jemanden zum Aufräumen. Deshalb lässt du zwei deiner Leute rund um die Uhr in der Wohnung von Leroc. Wollen wir mal rauffahren?«

Auf der Terrasse und in der Wohnung gingen vier Beamte der Spurensicherung ihrer Arbeit nach. Jacques trat an das Geländer, das anderthalb Meter hoch war.

»Da fällst du so leicht nicht runter«, sagte er. »Kannst du schon sagen, wie was passiert ist?«

»Lass uns mal alles in Ruhe auswerten«, sagte Jean. »Du weißt doch, was wir rausfinden, wenn wir erst einmal mit dem Staubsauger über alle Feinheiten gegangen sind.«

Weil Jean Mahon die Untersuchung leitete und er ihm vertraute, ließ sich Jacques gegen halb vier von einem Polizeiwagen zum Krankenhaus Pitié-Salpêtrière fahren.

Er hoffte, Margaux schon wieder bei Bewusstsein anzutreffen.

Dominique Simmonet entpuppte sich als netter, fröhlicher junger Arzt, der Jacques mit Respekt begegnete.

»Monsieur le juge«, sagte er und machte eine Handbewegung, als bäte er Jacques, vor ihm durch die Tür zu gehen, »kommen Sie mit. Es sieht nicht schlecht aus.«

»Kann ich sie sprechen?«, fragte Jacques, doch Simmonet schüttelte den Kopf und erklärte, Margaux sei zwar noch bewusstlos, aber nichts deute auf eine innere Verletzung hin. Er glaube auch nicht an eine schwere Gehirnerschütterung. Auf Verdacht hin habe er eine Blutuntersuchung veranlasst, vielleicht seien Drogen im Spiel gewesen.

»Das kann ich mir nicht vorstellen«, platzte Jacques heraus.

Erstaunt schaute Dominique Simmonet ihn an: »Wieso. Kennen Sie die Patientin?«

»Ich kenne ihren Ruf. Sie gilt als eine sehr sachliche Frau, die mit Drogen nie experimentieren würde. Ich gehe davon aus, dass sie bei einem Arbeitstreffen war«, antwortete Jacques. »Haben Sie noch nie etwas von ihr gehört?«

»Ach, ich lese keine Zeitungen. Alles, was ich wissen muss, das steht im Internet, und Politik interessiert mich nicht.« Solche Aussagen nervten Jacques, der jeden Morgen mindestens drei Zeitungen las, die er am Kiosk kaufte.

»Na, wenn das mal kein Fehler ist. Ich komme ohne meine Zeitungen nicht aus. Aber Sie könnten alles, was wichtig ist, natürlich auch im Internet lesen. – Wie lange wird sie im Krankenhaus bleiben müssen?«

»Wenn sie bald aufwacht und wir keine Symptome für irgendeine innere Verletzung finden, die wir bei unserer bisherigen Untersuchung nicht entdecken konnten, dann sollte sie vielleicht noch einen Tag zur Beobachtung bleiben.«

»Ich werde sie vernehmen müssen«, erklärte Jacques. »Hat es Sinn zu warten?«

Nein, zu warten sei sinnlos. Dominique Simmonet begleitete den Untersuchungsrichter hinunter zum Ausgang und überraschte ihn, als er zum Abschied die Hand ausstreckte und dabei sagte, er habe im Internet ja schon einiges über ihn und seine Fälle gelesen. Jacques gehe ja manchmal ganz schön mutig vor. Das sei gut für die Demokratie. In Frankreich kämen so viele Leute ungestraft davon, da brauche man mehr Rich-

ter wie ihn. Es sei ihm eine Ehre, den Untersuchungsrichter getroffen zu haben. Wann immer etwas sei,
stünde er zur Verfügung. Jacques drückte ihm fest die
Hand. Selbst wenn er seine Gefühle gern verbarg, tat
es ihm gut, gerade von einem jungen Arzt anerkannt
zu werden. In der Jugend, so hoffte Jacques, lebt die
Demokratie.

Er nahm ein Taxi zu seiner Wohnung. Es stank nach
Rauch und klapperte.

Jacques drehte das Fenster herunter, aber von draußen strömte nur unangenehm kalte Luft herein. Als
der Wagen in die Rue de Belleville einbog, öffnete
Nicolas gerade seinen Kiosk. Jacques überlegte kurz,
ob er aussteigen sollte, verwarf die Idee aber gleich,
weil in den Zeitungen noch nichts über den Fall stehen
konnte. Und dann stieß er drei kurze Lacher aus. Margaux hat ja noch nichts schreiben können. Als er die
Taxitür zuschlug, war ihm, als wehte ein Hauch von
frischen Croissants um seine Nase.

Paris wacht früh wieder auf, ging es Jacques durch
den Kopf, als er wenige Minuten später hinter der
großen Fensterscheibe seines neuen Wohnzimmers
stand und auf die Stadt schaute.

Unbewusst summte er die Melodie von *Paris s'éveille.
Il est cinq heures ...*

GG: Doppeltes Honorar

G hatte sich einen Scherz erlaubt und bei car4you.ch nicht nur einen Fiat Uno, sondern unter einer anderen Telefonnummer auch einen Fiat Duo angeboten. Den gab es wirklich, ein Camper, gebaut von der deutschen Firma Pössl auf Basis des Fiat-Ducato.

Der Anruf kam fast auf die Sekunde genau, wie er es liebte. Tatsächlich – nur vier Sekunden später! Es sprach für die Frau, dass sie seine Marotten kannte – und sich danach richtete.

Er sah über das Wasser in Richtung Évian. Die Morgensonne schien von dem wolkenlosen blauen Himmel schräg über die Berge. Der See spiegelte das gleißende Licht wider.

»Eins ist erledigt«, sagte die Frauenstimme, »aber wir haben das GG-Papier nicht gefunden.«

»Bei der Journalistin?«

»Wir haben ihre Tasche mitgenommen und waren noch in der Nacht in ihrer Wohnung. Dort hatte sie zwar eine Menge Dokumente von eins, aber nicht das besondere, das wir suchen.«

»Kann sie es woanders versteckt haben?«

»Das wäre verwunderlich. Wir haben ihre Bänder abgehört. Er war mit seinem Bericht noch nicht so weit gekommen.«

»Dann kann es nur zwei haben«, sagte G.

»Ich war vorletzte Nacht bei ihm, habe aber keine Unterlagen gefunden.«

»Vielleicht hat er sie noch ausgelagert. Ziel zwei.«

»Zur Not terminal?«

»Ja. Doppeltes Honorar.«

Er horchte in das Handy und glaubte, ein Geräusch der Zufriedenheit zu vernehmen. Dann schaltete er aus. In Notfällen war G großzügig. Er schob den Gashebel langsam hoch, steuerte die Riva in eine Linkskurve und richtete das Boot auf den Steg aus.

Auch dieses Handy, das er nur einmal benutzt hatte, ließ er unauffällig an der Bordwand hinunter in den See gleiten.

Noch ein Beweismittel vernichtet!

Am Ufer kam ihm Haushälterin Horni entgegen, begleitet von einem stämmigen Bauern, Klaus Bütti, seit zwölf Jahren Präsident des Schweizer Fleischfachverbands. G hatte ihn zu sich gebeten, um über die Hülle der Cervela zu sprechen.

Bütti zeigte sich verzweifelt. Schweizer Rinder bewegten sich in den Bergen zu wenig, der Darm sei zu fett und zu groß. Nein, nur Därme von frei in der Pampa herumrennenden brasilianischen Rindern seien fein genug für die Herstellung einer guten Cervela, und Argentinien entfalle wegen BSE. Zur Not könne man auf Uruguay ausweichen. Allerdings würden deren Därme nicht für hundertsechzig Millionen Cervela im Jahr ausreichen. – So viel essen die Schweizer? – Ja, so viel.

Die Politik muss ran. Bütti, solothurnisches Mitglied

des Ständerats, empfahl, bei der nächsten Session der Eidgenössischen Räte eine Interpellation vorzuschlagen, um den Bundesrat unter Druck zu setzen. G versprach, alle ihm bekannten Räte auf Linie zu bringen.

Der nützliche Freund

Mit seinen hochgezogen Lippen drückte der vor ihm stehende Polizist aus, dass auch er sich ein wenig vor dem ekelte, was er jetzt tun musste.

Holm Mormann stand fast nackt in dem fensterlosen Untersuchungszimmer. Jedes Stück Kleidung nahmen die beiden Polizisten sofort unter die Lupe, sobald er es ausgezogen und ihnen gereicht hatte.

Den dunklen Mantel zuerst. Dann die Jacke, das Hemd. Die Schuhe, die Hose und endlich die Socken.

Nur ein alter Tisch und zwei Holzstühle standen in dem Raum, und an den schmuddeligen Wänden hing kein Bild. Nicht einmal einer dieser langweiligen Kalender, wie sie früher, als er noch wichtig war, zu Weihnachten dutzendweise als Geschenk von Deutscher Bahn, Post und Gewerkschaften in sein Sekretariat kamen mit Fotos von Bikinimädchen oder auch nur mit Blumen oder Lokomotiven oder Schiffen oder Bergen. Und er hatte sich damals nicht getraut, sie wegzuwerfen. Hier hätten sie hingepasst.

»Die Unterhose!«, sagte der Kleinere der beiden. Serge nannte ihn sein Partner Hervé.

»Die Unterhose?«, fragte Holm Mormann leicht fröstelnd. Französische Polizeistationen wurden offenbar nicht gut geheizt. Oder man sparte, weil es draußen schon ziemlich warm war.

»Alles. Auch die Unterhose«, betonte Hervé und deutete ihm mit beiden Händen pantomimisch an, die Boxershorts auszuziehen. Über seine Unterhose hatten Serge und Hervé kurz gelacht, als Holm Mormann sich so weit ausgezogen hatte. Denn auf den rot gestreiften Shorts hüpften Mickymäuse herum. Die Hose hatte Mormann in Wallowa im wilden Nordosten von Oregon gekauft, als er in den Wäldern dort fast vier Jahre lang in einer Blockhütte untergetaucht war. Er hatte sie aus Nostalgie behalten, obwohl er sich in den letzten Tagen im Kaufhaus Bonmarché nahe der Métro Sèvres–Babylone an der Grenze zwischen sechstem und siebtem Arrondissement Hemden, Hosen, Jacken, Anzüge und auch Schuhe und Strümpfe gekauft hatte. Bei der Unterwäsche hatte er gezögert. Die sieht man ja nicht, hatte er gedacht. Außerdem betrachtete er die Mickymaus-Shorts als so etwas wie einen Talisman. Darüber hatte schon so manches betrunkene Farmgirl in Oregon gelacht.

Er empfand die Lage, in der er sich befand, als demütigend.

Wann war man das letzte Mal so mit ihm umgegangen? Vielleicht bei der Musterung. Aber das lag so lange zurück, dass er sich kaum noch daran erinnerte. Als ehemaliger Staatssekretär im Bundeswirtschaftsministerium in Bonn war er respektvolle Behandlung gewohnt. Besonders in Frankreich, wo man einen Sinn für Würde hatte.

Bei einem Staatsbesuch in Paris waren in seiner Amtszeit alle Mitglieder der deutschen Delegation in den Rang eines Commandeur der Légion d'honneur, der Ehrenlegion, erhoben worden. Das sei die dritthöchste Stufe in der Ordenshierarchie, hatte ihm der französische Wirtschaftsminister mit Hochachtung erklärt. Danach gieren die meisten Franzosen vergeblich! Und scherzhaft fügte er hinzu, mit der Légion d'honneur seien einige wichtige Privilegien verbunden. In Frankreich solltest du den Orden im Auto immer dabei haben. Wenn die Polizei dich dann beim Rasen erwischt, lassen sich dich ungestraft wieder laufen, sobald sie den Orden sehen.

Und, fügte der französische Politiker noch hinzu, als Mitglied der Ehrenlegion hast du im Gefängnis das Anrecht auf eine Einzelzelle. Du kannst sogar das ungenießbare Gefängnisessen zurückweisen und stattdessen ein Menü aus dem nächstgelegenen Restaurant kommen lassen. Darüber hatten beide herzhaft gelacht.

Der Polizist Serge riss eine Papiertüte auf, nahm den Plastiküberzug für einen Finger heraus und stülpte ihn über den Mittelfinger der rechten Hand.

»Jetzt müssen Sie sich umdrehen und nach vorne neigen«, sagte Hervé. »Am besten legen Sie beide Hände hier an die Tischkante.«

»Non«, entfuhr es Holm Mormann, und er herrschte die Polizisten an: »Ich verbiete es Ihnen. Vor Ihnen steht ein Commandeur de la Légion d'honneur!«

Serge blickte Hervé fragend an, der zuckte mit den Schultern, und fast erleichtert streifte der Polizist den Plastiküberzug wieder ab.

»Ziehen Sie sich wieder an«, sagte er.

Irgendetwas war falsch gelaufen. Dabei hatte er sich genau an die Anweisungen und den Plan gehalten, den die namenlose Frau vorgestern Nacht bei ihm gelassen hatte. Er fühlte sie in Gedanken noch an seiner Brust liegen. Und auch das Bild von gestern Abend hatte er nicht vergessen, als sie in ihrer hellen Jacke vor ihm herlief bis zum Hochhaus, in dem Marcs Wohnung lag.

Und wo blieb Marc?

Ob es Spaß war oder vielleicht doch Aberglaube, das konnte er sich selbst nicht erklären. Jedenfalls war er gegen drei Uhr am Nachmittag von seiner Wohnung in der Rue du Commerce noch einmal den gleichen Weg gegangen wie gestern Abend, als er die bekannte Unbenannte verfolgt hatte. Die Sonne schien warm. Wieder die Rue du Théâtre entlang, in der die Geschäfte geöffnet hatten. Jetzt wirkte sie nicht mehr so öde wie gestern im Dunkeln, als kein Mensch zu sehen gewesen war. Wieder zwischen den Hochhäusern hindurch, diesmal bis zum Eingang des Novotel, das erst vor Kurzem modernisiert worden war.

In der Empfangshalle waren auf großen Flachbildschirmen kleine Filme gelaufen, von denen man glaubte, es wären wichtige Nachrichten, aber es handelte sich nur um geschickt verpackte Werbung.

Aus der Tür zum Tour Eiffel Café quoll eine laut schwatzende Reisegruppe schlecht gekleideter skandinavischer Rentner. Er hatte gewartet, bis sie an ihm vorbeigegangen waren, und sich dann an einen Tisch gesetzt, von dem aus er die Empfangshalle gut überblicken konnte.

In den letzten Jahren hatte er einen sechsten Sinn entwickelt, der ihn spüren ließ, wenn jemand ihm folgte. Über kleine Orte in Südostasien, dann über Lateinamerika und Kanada war er in Oregon gelandet, und zwar in der Nähe vom Snake River, der durch den Hells Canyon fließt. Doch diesen Höllenort hatte Holm Mormann als Paradies empfunden. Denn in den Bergen ringsum lebten Menschen, für die Freiheit noch etwas galt, so wie es dem alten Pioniergeist der Leute vom Oregon-Trail entsprach. Wer sich hier als Jimmy Smith vorstellte, der war Jimmy Smith, ganz gleich, ob er in einem anderen Leben Holm Mormann getauft und inzwischen per internationalem Haftbefehl wegen Untreue, Bestechung und Geheimnisverrat von der Staatsanwaltschaft in Leipzig gesucht wurde. Wer hier nach dem Wetter gefragt wurde, antwortete: »Jetzt oder in einer Stunde?«, und die beliebteste Barbecuesauce wurde mit Pendleton-Whisky hergestellt.

Nachdem er im Tour Eiffel Café einen Cappuccino getrunken und mit seinem letzten Geldschein bezahlt hatte, war er mit dem Aufzug in die unterste Etage der Tiefgarage des Novotel gefahren. Der Plan hatte ihm den Weg durch die Unterwelt der Heizungsrohre in eine andere Tiefgarage gezeigt, die zu dem Hochhaus gehören musste, in dem Marcs Wohnung lag. Die Tür zum Treppenhaus hatte sich ohne Weiteres öffnen lassen.

Zu Fuß in den zweiundzwanzigsten Stock, denn im Aufzug steckte eine Überwachungskamera.

Der vierstellige Nummerncode zum Öffnen der Tür vom Treppenhaus auf den Etagenflur hatte gepasst. Dann hatte Holm Mormann an der Tür zu Marcs Appartement geklingelt und gelächelt, als er die beiden ihm bekannten Trompetenstöße hörte. Ungeduldig hatte er gewartet und gehofft, dass jetzt niemand aus den anderen Wohnungen kommen und ihn sehen würde. Die Anzeigetafel der Aufzüge hatte er im Auge behalten und war schließlich fast versucht gewesen, noch einmal zu klingeln, als die Tür aufgerissen wurde, zwei Männer heraussprangen und ihre Pistolen auf ihn richteten.

Die Staatsanwältin aus Leipzig

Ihre Stimme irritierte jeden Mann. In den weichen, melodischen Klang mischte sich so etwas wie weibliche Hilflosigkeit, die sich an den Urinstinkt des Beschützers zu wenden schien. Weil sie meist einen sanften Ton anschlug, zog sie jeden in ihren Bann, mit dem sie sprach. Und der schaute dann in hellblaue Augen, die nur so wenig ungerade zur schmalen, in der Mitte leicht angeknickten Nase standen, dass sie die Frage auslösten, ob sich darin ein Silberblick versteckte oder vielleicht doch nicht? Und wer ihr nahe kam, hörte sie nicht nur, sah sie nicht nur, sondern wurde, ohne es wahrzunehmen, von ihrem milden Duft betört.

»Wer hat uns wann die Verhaftung gemeldet?«, fragte sie in die Runde. Gerade weil sie sich völlig unbeteiligt gab, wagte niemand zu antworten. Sie wiederholte die Frage mit Betonung auf den Worten »wer« und »wann«.

»Weder Interpol noch Europol haben es bisher gemeldet«, antwortete schließlich Oberinspektor Juschka von der Kriminalpolizei Leipzig und nahm all seinen Mut zusammen, um zu fragen: »Woher wissen Sie es denn, Frau Staatsanwältin?«

Karen von Rintelen leitete die morgendliche Sitzung ihres Referats. Als Staatsanwältin beim Oberlandesgericht in Leipzig waren ihr Wirtschaftsstraftaten zugeordnet, worunter auch Bestechungen jeder Art fielen. Und wer sie kannte, wusste, dass Gefahr im Verzug war, wenn sie so scheinbar unbeteiligt tat. Sie konnte hart auftreten und dabei doch sachlich bleiben.

Äußerst sachlich. Und äußerst hart. Aber immer mit dieser betörenden Stimme.

Sie verkörpert den Begriff »Widerspruch« in sich, hatte ihr oberster Chef, der Generalstaatsanwalt beim Oberlandesgericht in Dresden, einmal gesagt, als selbst er sich von ihrem sanften Auftreten hatte täuschen lassen.

Gegen acht Uhr hatte sie ihren Wagen in der Straße des 17. Juni geparkt. Um diese Zeit gab es vor dem Gebäude der Staatsanwaltschaft immer noch einige freie Plätze. Zufällig kletterte Kriminalkommissar Harry Spengler aus dem Wagen vor ihr und rief ihr fröhlich einen guten Morgen zu. Mit der Fernbedienung schloss er sein neues Auto, einen tiefergelegten Audi mit Sechszylindermotor, während sie den Schlüssel im Schloss an der Fahrerseite ihres alten Saab umdrehte. Den würde sie nie verkaufen. Sie liebte ihr Auto.

»Herzlichen Glückwunsch«, sagte der Kommissar und streckte ihr seine Rechte entgegen. Verwirrt reichte sie ihm die Hand, die in einem Handschuh aus weichem Leder steckte.

»Wieso? Ich hab doch noch gar nicht Geburtstag, mein lieber Kommissar.« Sie mochte den vierschrötigen Spengler, der zur Kontaktstelle des Leipziger Polizeipräsidiums zu Interpol versetzt worden war, nachdem er nicht aufgehört hatte, im Sumpf von Bestechung und Politik, Bauwirtschaft und Bordellen herumzustochern.

»Gestern Nachmittag ist Mormann in Paris verhaftet worden. Und zwar aufgrund Ihres Haftbefehls!«

»Warum habe ich das noch nicht offiziell erfahren?«, fragte Karen von Rintelen leise.

Harry Spengler beugte sich nah zu ihr. »Die französische Polizei hält es noch geheim. Ich weiß es auch nur, weil ich gestern Nachmittag mit einer Untersuchungsrichterin in Paris telefoniert habe, mit der ich meine Jazzleidenschaft teile. Ich habe sie beim Festival von Montreux vor zwei Jahren kennengelernt. Ich höre ja nur zu. Aber sie singt Jazz. Phantastische Stimme.«

»Spricht sie Deutsch?«

Harry Spengler lachte. Nein, er dagegen könne ganz gut Französisch, da er in Dresden das RoRo, die Romain-Rolland-Oberschule, besucht habe. Da sei man auch zu DDR-Zeiten… Er konnte den Satz nicht beenden, denn Karen von Rintelen unterbrach ihn.

»Wie komisch! Da war ich auch. Tu te souviens de Mademoiselle Toucoulou?«

Unwillkürlich hatte sie ihn auf Französisch geduzt.

»Certainement«, antwortete Harry Spengler, er erinnere sich an Mademoiselle Toucoulou, die französische Kommunistin, die als Sprachlehrerin in der DDR helfen wollte, die Internationale zu verwirklichen. »Mademoiselle Toucoulou nannte sie sich oder Tuculu, je nachdem, ob sie auf ihrer baskischen Herkunft bestand oder nicht.«

»Ach, das wusste ich nicht«, Karen von Rintelen steckte ihre Schlüssel in die Tasche, »sie war Baskin? Militant?«

»Dazu war die kleine Frau doch viel zu lieb, aber tatsächlich fuhr sie alle paar Jahre zum Familientreffen nach Isturits. Ein kleines Dorf im französischen Baskenland. Gratianne hieß sie mit Vornamen. So benannt nach einer Urahnin.«

»Gratianne«, rief Karen von Rintelen fröhlich aus, »was für ein schöner Name. So würde ich auch gern heißen. Gratianne. Das klingt doch viel weicher als dieses nordische Karen.«

Lachend gingen die beiden auf das Gebäude der Staatsanwaltschaft zu, traten durch einen der sieben großen Bögen vor dem Eingang, der mit Kameras beobachtet wurde, stiegen die wenigen Treppen zu den Türen hoch, und erst dann legte die Staatsanwältin behutsam ihre Hand auf den Arm des Kommissars.

»Danke, Harry, Sie sind ein Schatz. Können Sie denn so lieb sein und ein wenig mehr über die Verhaftung erfahren?«

»Natürlich, Frau Staatsanwältin«, Spengler wurde es warm, »und was halten Sie davon, wenn ich eine Anfrage an Interpol richte, damit wir eine offizielle Antwort erhalten? Dann könnten Sie ans Werk gehen!«

»Harry«, jetzt drückte sie sogar seinen Arm leicht, blieb stehen, drehte sich zu ihm und schaute ihm in die Augen. »Sie sind einfach genial. Machen Sie schnell?« Und hauchte noch ein fragendes »Ja?« hinterher.

Später, am Kopf des Konferenztisches sitzend, räumte die Staatsanwältin ihre Papiere zusammen und sagte: »Oberinspektor Juschka, Sie wissen, dass ich meine Quellen gern für mich behalte. Ich wäre Ihnen nur dankbar, wenn Sie sich die Mühe machten, den Vorgang aufzuklären. Sobald ich eine behördliche Bestätigung habe, möchte ich das Auslieferungsverfahren einleiten.«

Sie erhob sich und ging. Ganz milde ließ sie noch ein »Auf Wiedersehen« fallen und tat so, als würde sie jedem der Anwesenden ganz persönlich in die Augen sehen.

Margaux

Sie frühstückten wieder bei Gaston im Aux Folies ein Croissant mit einem Grand crème. Und beide fühlten sich wohl. Sehr wohl.

Margaux hatte Jacques am Abend zuvor angerufen und gesagt, sie habe Angst, die Nacht allein in ihrer Wohnung zu verbringen. Als Gentleman biete ich dir natürlich meinen Schutz an, hatte Jacques geantwortet. Und meine Möbel kennst du ja. Im Bett war sie dann über ihn hergefallen, als ginge es um ihr Leben.

Es war so frühlingshaft warm, dass die Glastüren offen standen. Sie saßen draußen an einem Tisch und hatten die Zeitungen, die sie am Kiosk von Nicolas gekauft hatten, auf die beiden leeren Stühle neben sich gelegt. Die Sonne schien auf das Haus gegenüber, der chinesische Laden hatte schon längst geöffnet.

Jacques klopfte sich die dünnen Krümelsplitter des Buttercroissants von der Hose, griff blind zur Tasse und nahm einen langen Schluck, während er den Artikel von Margaux las. Ab und zu brummte er einen kritisch klingenden Laut, so als wollte er sagen, na ja, na ja, hm hm.

Kaum hatte Margaux gestern das Krankenhaus verlassen, war sie in die Redaktion gefahren und hatte ihren Bericht über den Unfall von Marc Leroc geschrieben. Die Agenturen hatten den Tod des ehemaligen Agenten und Verurteilten in der Affäre um die schwarzen Kassen von France-Oil groß gemeldet und als Vermutung Selbstmord angegeben.

Dass es auch Mord gewesen sein könnte, stand nur in dem Artikel von Margaux. Sie hatte sich von ihrem Chefredakteur vier Spalten auf der ersten Seite geben lassen und berichtete von ihrem Erlebnis gerade so viel, wie sie jetzt darüber sagen wollte. Sie behauptete, wegen eines Interviews bei Marc Leroc gewesen zu sein. Aber sie gab nichts vom wirklichen Inhalt ihrer Gespräche preis. Auch nicht, dass sie in der Wohnung betäubt worden war, bevor Marc vom Balkon fiel. Sie wollte die Konkurrenz nicht hellhörig machen.

Jacques schlug die Zeitung zu, trank den letzten Schluck seines zweiten Grand crème und sagte: »Na ja, du hast mir ein bisschen zu viel von dem Fall erzählt. Manche Dinge sollten jetzt noch nicht rauskommen, das könnte sonst die Untersuchung gefährden. Ich muss jetzt los. Sei so gut und schreib nichts mehr, bevor wir nicht klarer sehen. Und hiermit übergebe ich dir ganz offiziell die Vorladung.«

Mit seiner Rechten führte er eine Bewegung aus, als überreichte er ihr ein wichtiges Dokument. Sobald es um einen Fall ging, den er übernommen hatte, nahm er alles, was damit zu tun hatte, ernst.

»Ich muss deine Aussage natürlich protokollieren lassen«, sagte er.

»Aber ich muss auch meinen Job als Journalistin machen«, gab sie zurück, was er gar nicht so gern hörte. Jacques zog die Augenbrauen hoch, kniff die Lippen zusammen und merkte, dass sich Margaux davon überhaupt nicht beeindrucken ließ.

»Ich kann doch nicht alles zurückhalten«, sagte sie und kramte in ihrer Tasche, um ihm nicht in die Augen schauen zu müssen. »Auf jeden Fall komme ich heute Nachmittag in dein neues Büro, schon allein um zu sehen, wo du deine Tage verbringst.«

Auf das Papiertischtuch zeichnete Jacques den Weg vom Boulevard du Palais zu seinem neuen Amtszimmer im Palais de justice auf der Ile de la Cité.

»Du findest das sonst nie, im Palais de justice arbeiten mehr als viertausend Leute. Also: Eingang bei Nummer sechs, dann in den Hof der Sainte-Chapelle.«

»Die liebe ich, die Sainte-Chapelle«, rief Margaux emphatisch.

Jacques seufzte. Er erinnerte sich, dass seine Exfrau Jacqueline ihn immer wieder mit einer Gruppe ihrer Freunde zu Kammerkonzerten in die frühere Palastkapelle geschleppt hatte. Da hatte er dann müde gesessen und seinen Blick planlos über die feingliedrigen gotischen Bögen und die zwölf Meter hohen Glasfenster schweifen lassen. Die fromme Stimmung ließ ihn jedes Mal schaudern.

»Wenn man sich vorstellt«, sagte Margaux, »dass da die Dornenkrone und Teile des wahren Kreuzes liegen!«

»Das glaubst aber auch nur du!« Jacques ärgerte sich und sprach zu ihr, als wäre sie ein dummes Kind. Katholisch erzogen, aber doch nicht religiös, hatte sich Margaux immer noch einen letzten Zweifel an allem bewahrt.

»Ja, das glaube ich!« Margaux sah ihn an.

»Eben das ist Glauben! Glauben, aber nicht wissen! Mit Vernunft hat das nichts zu tun. Wenn du den Devotionalienhandel aus dem Mittelalter nüchtern betrachtest, ging es doch nur darum, Träume zu verkaufen. Wo war denn die Dornenkrone tausend Jahre lang nach der Kreuzigung, bis irgendein pleitegegangener König aus Byzanz sie in seiner Schatzkammer ›entdeckt‹ und einem verblödeten König in Frankreich verkauft hat?«

Jacques nahm den kleinen Streifen, der unter seiner Tasse steckte, schaute nach, wie viel er schuldig war, zahlte und legte ein gutes Trinkgeld dazu. In seinem Stammbistro ist man nicht geizig, hatte er Margaux schon mehrmals erklärt, wenn sie ihn darauf aufmerksam machte, dass er zu viel gebe. Jacques stammte aus bescheidenen Verhältnissen, und als Student hatte er als Kellner in einer Studentenkneipe ausgeholfen. Er wusste also, was Trinkgeld bedeutete.

Um zu den Treppen zu gelangen, die zum Eingang H führten, musste Margaux im Hof der Sainte-Chapelle einen Block moderner, vorgefertigter Büros umrunden.

Eine Schande, solche hässlichen Container hier aufzustellen, hatte Jacques gegrummelt, und dann läufst du die Treppen hoch und durch nicht enden wollende, hohe und dunkle Gänge.

Auf der Etage der Untersuchungsrichter musste Margaux einem Polizisten in einem schusssicheren Glaskasten noch einmal den Passierschein vom Haupteingang zeigen. Er prüfte das Papier gewissenhaft und wies ihr die Richtung.

In der Wand genau gegenüber von seinem neuen Büro, hatte ihr Jacques erklärt, sei in eine ovale Nische der Kopf einer Erinnye eingelassen.

»Warum eine Erinnye?«, hatte Margaux gefragt.

»Gott, du weißt doch, wie Architekten ticken. Die wollten alle möglichen Symbole verwenden. Und weil die Erinnyen als Rachegöttinnen bei den alten Griechen jeden verfolgen, der gegen die Sittengesetze verstoßen hat, passen die nach deren Ansicht natürlich hierhin. Obwohl Recht mit Rache nun gar nichts zu tun hat. Aber du findest in diesem Palais alles: Zeus, als die göttliche Justiz, Themis, seine Frau, die das Gesetz und die moralische Ordnung verkörpert, bis hin zum Hahn als Symbol der Sonne, die Quelle allen Lichtes und Lebens ist!«

»Das ist ja auch so ein Blödsinn«, hatte Margaux entgegnet, »der Hahn als Symbol für Licht und Leben und dann noch Wappentier Frankreichs!«

»Was ist daran Quatsch?«, hatte Jacques gefragt.

»Mein Metzger hat immer gesagt, der Hahn sei das einzige Tier, das selbst noch Hurra schreit, wenn es mit den Füßen im Mist steckt.«

Beide lachten.

Was für einen bösen Blick die Erinnye mit ihren Schlangen im Haar auf Jacques' Büro wirft! Margaux klopfte. Sie landete in Jacques' Vorzimmer.

»Cool, neue Frisur, steht dir gut«, sagte Martine, nachdem sie Margaux mit zwei Wangenküssen begrüßt hatte, »wer hat die gemacht?«

»Du wirst es nicht glauben. Der Chinese, der

in Gastons altem Bistro jetzt einen Salon eröffnet hat.«

»Den müsstest du doch boykottieren!«

»Warum das denn?«

»Weil er Gaston das Lokal weggenommen hat.«

»Gaston hat es doch freiwillig aufgegeben, weil die Pacht zu hoch wurde. Und weil er Aux Folies übernehmen konnte.«

»Ich meinte ja nur…« Martine machte eine wegwerfende Handbewegung.

»Ich bin eigentlich nur aus einer Laune hingegangen«, sagte Margaux. »Und was entdecke ich: einen reizenden, höflichen Asiaten. Er beschäftigt nur junge französische Mädchen. Und die sind hervorragend! Sie haben es doch gut gemacht, oder?«

»Mit den Haaren scheinen sie ja Weltklasse zu sein.« Martine blies die Backen auf. »Aber was für ein Rassist, dieser Chinese! Stellt nur Weiße an!«

»Würdest du zu einem chinesischen Friseur gehen, der nur Asiatinnen beschäftigt? Da denkst du doch eher an einen langen Zopf als an eine modische Frisur.«

»Finde ich nicht. Schanghai liegt heute schon vor New York mit allem, was im modischen Trend liegt. Hat Jacques dich schon so gesehen?«

»Ja. Aber er hat nichts gesagt. Ist er da?«

»Ja. Ich finde es schon ein bisschen komisch, dass du zu uns zum Verhör kommst, was?« Martine lachte bei der Vorstellung, Jacques würde Margaux vernehmen. Schließlich hatte er seine Frau ihretwegen verlassen.

Schön, danach waren andere gekommen, die Kreolin Amadée, dann die Angolanerin Lyse. Nach deren gewaltsamem Tod war Amadée noch einmal aus Martinique angereist, um Jacques zu trösten. Und sie hatte ihm noch einmal die linke Seite ihres großen Bettes auf der Plantation Alizé angeboten. – Wieder vergebens.

Jacques brauchte Paris, das war sein Leben, der Stress, die verzweifelte Suche nach Gerechtigkeit.

Und Margaux gehörte als beständiger Teil zu diesem Paris.

»Ich muss schließlich aussagen, weil ich an dem Abend bei Leroc war, als er vom Balkon fiel oder was auch immer geschehen ist.«

»War das nicht furchtbar?«, fragte Martine und strich Margaux sanft über den Arm.

Das Telefon klingelte.

Während Martine nach dem Hörer griff, kam Jacques zur Tür herein. Margaux ging auf ihn zu, lehnte ihre neue Frisur an seine Brust und umarmte ihn.

»Da bist du ja schon.« Er legte kurz, aber liebevoll einen Arm um ihren Rücken und fragte leise: »Du siehst ein bisschen spitz um die Nase aus.« Er sagte immer noch nichts zur neuen Frisur. Weil er sie nicht bemerkt hatte.

Jacques fühlte sich unwohl. Eben hatten sie noch die Nacht in seiner neuen Wohnung zusammen verbracht. Und jetzt war er hier in offizieller Funktion. Als Untersuchungsrichter, als ein anderer Mann. Hier galten keine Gefühle. Eigentlich.

»Wie war dein Tag?«, fragte er und musste sich Mühe geben, persönliches Interesse zu zeigen.

106

»Ich war heute schon wieder ganz normal im Büro«, sagte sie. »Ich bin kaum vom Telefon losgekommen. Und natürlich hat der Chefredakteur mich aufgefordert, eine Folgegeschichte zu schreiben. Ich hab es aber sein lassen und ihn vertröstet. Ich müsse erst mehr erfahren. Und dann habe ich mich damit rausgeredet, dich jetzt in deinem Büro treffen zu wollen.«

»Na ja, ich hoffe, du wirst mir mehr erzählen, als ich dir!«

Jacques führte Margaux in sein nüchtern eingerichtetes Zimmer. An der Wand gegenüber seinem Schreibtisch hatte er in einem großen Rahmen ein Original des Titelblatts jener Ausgabe von *L'Aurore* aufgehängt, in der Émile Zola sein »J'accuse« in der Dreyfus-Affäre veröffentlicht hatte. Er hing daran, weil sich mit ihm eine ungewöhnliche Geschichte verband.

Eines Tages war ein Paket bei der Poststelle des Gerichts für ihn angekommen. Weil es keinen Absender trug, wurde es durchleuchtet und besonders kritisch untersucht. Aber es befand sich nur eine Bildrolle mit einem anonymen Brief darin.

»Mein Ahn hat diese Ausgabe von *L'Aurore* im Januar 1898 von dem wenigen Geld, das er verdiente, gekauft, und seitdem befindet sich das Blatt in unserer Familie. Ich habe es von meinem Vater erhalten, so wie mein Vater es von seinem Vater übernahm. Heute meine ich, ›J'accuse‹ gebührt Ihnen. Mögen Sie daraus die gleiche Kraft schöpfen, wie sie in Émile Zola wirkte.«

»Ach, das hast du immer noch. ›J'accuse‹ passt auch zu niemandem besser als zu dir. Sieht ja fast so aus, wie ich es mir vorgestellt habe, dein neues Büro. Altmodisch. Und eher hoch als lang«, lachte sie und deutete auf den Holzstuhl vor seinem Schreibtisch: »Soll ich mich dahin setzen?«

Jacques nickte, ging um den mit Akten vollgeladenen Bürotisch und setzte sich in seinen alten gepolsterten Sessel, den er immer mitnahm, wenn er umziehen musste. Der gehörte zu ihm wie zu manchen Menschen Glücksbringer.

Martine kam fröhlich zur Tür herein und nahm sich den Stuhl an dem kleinen Pult rechts von Jacques, um das Protokoll zu führen. Links stieß der Schreibtisch an die Wand mit dem hohen Fenster nach Süden. Das Sims war so hoch, dass Jacques sitzend nur nach oben herausblicken konnte. Und manchmal erwischte Jacques Martine während einer Vernehmung dabei, dass ihr Blick verträumt im blauen Himmel hängen blieb.

Auf seinem gelben Block hatte Jacques Fragen notiert, die er Margaux stellen wollte.

Zuerst ließ er sich noch einmal den Ablauf des Abends in Marc Lerocs Appartement minutiös schildern. Jacques nannte den Toten nicht Marc, wie es Margaux tat, sondern sprach immer nur von Leroc.

»Wie sah die Hand der Frau aus, die Leroc küsste?«, fragte er.

»Die Frau muss sehr viel kleiner gewesen sein als er. Denn der Arm schien von ziemlich weit unten zu kommen.«

»Und ist dir an der Hand etwas aufgefallen?«

»Schmal, helle Haut. Ich überlege, ob ich die Fingernägel gesehen habe. Auf jeden Fall kann ich mich an nichts Besonderes erinnern. Dann können sie auch nicht aufregend schön gewesen sein.«

»Schmuck?«

»Stimmt! Sogar zwei oder drei Ringe. Davon ein großer.«

»Gold? Silber? Was für ein Stein?«

»Gold, Silber, weiß ich nicht. Eher Gold. Und zwar mit einem dunklen Stein. Ein großer, modischer. Wie du sie in jedem teuren Geschäft heute findest. Zu dem Stein passt nur Gold.«

»Kannst du ihn näher beschreiben? War er rund, oval?«

»Geschliffen. Und zwar eher im Viereck. Aber mit abgestumpften Ecken.«

»Mehr hast du von ihr nicht gesehen?«

»Mir war das peinlich, die beim Knutschen zu beobachten. Ich dachte mir schon, dass er ihr gegenüber die Anwesenheit einer anderen Frau verheimlichen wollte.«

»Aber ihr hattet doch nur ein Arbeitsverhältnis?«

»Jacques!« Margaux verdrehte die Augen. Martine schmunzelte. Jacques errötete leicht.

»Also, er fand mich wohl schon ganz attraktiv.« Margaux deutete ein kaum merkbares Lächeln an. »Und ich kann mir auch vorstellen, dass er ein erfahrener Verführer ist.« Sie machte eine Pause. »War. Wir haben uns gesiezt, falls das interessiert, Herr Richter. Und auf dem Esstisch standen auch noch Mikrofon und Aufnahmegerät. Nur meine Tasche und meine Jacke habe ich mitgenommen.«

»Wie hat er reagiert, als es klingelte?«

»Klingelte! Seine Klingel trompetet. Er schien kurz zu zögern, überlegte wohl, ob er öffnen sollte. Dann schaute er am Eingang auf seinen Monitor, und nachdem er erkannt hatte, wer es war, sagte er, es dauere nur fünf Minuten, jemand komme etwas abholen. Es hänge mit dem möglichen Zeugen zusammen.«

»Du hattest also den Eindruck, er öffnete jemandem, den er gut kannte?«

Margaux fand die Frage ein wenig überflüssig: »War ja wohl auch so. Wie sich herausstellte, als sie sich küssten.«

»Und der Zeuge, weißt du etwas über ihn?«

»Nein, so weit waren wir noch nicht gekommen.«

»Könnte es der Deutsche sein, der am Tag drauf vor seinem Appartement erschien und ihn besuchen wollte?«

»Das halte ich für gut möglich. Denn es ging ja bei seinem Entlastungsbericht um die neuen Vorwürfe aus Leipzig. Aber warum hat der Deutsche noch bei Marc geklingelt, obwohl er doch von dessen Tod wissen musste?«

»Vermutlich weil er doch nichts mitbekommen hatte. Schließlich wird der Todesfall erst heute in den Zeitungen gemeldet. Und wahrscheinlich hat er weder Radio gehört noch ferngesehen. Das wiederum spricht dafür, dass er nicht zu den Tätern gehört. Ist dir irgendetwas aufgefallen, das neben der Anwesenheit der Frau auch noch auf die eines Mannes hindeuten könnte?«

»Nein.«

»Hast du vielleicht irgendein Rasierwasser gerochen?«

»Marc benutzte keins, er hatte nur Cremes. Aber wo

du es sagst, in seinem Schlafzimmer roch es schwach nach irgendeinem Parfum. Allerdings schon bevor ich betäubt wurde.«

Margaux zog Luft durch die Nase ein, wie um den Duft noch einmal in ihre Erinnerung zurückzuholen. »Ein Frauenparfum. Und zwar, warte mal, ein neues. Deswegen ist er mir auch aufgefallen. Ich kenne es und war erstaunt, es hier zu riechen.«

Martine fragte: »Ein neues?«

»Ja. Vielleicht fällt es mir ein.«

Jacques, der wusste, wie man eine Erinnerung wecken konnte, ging methodisch vor: »Was ist das Besondere an diesem Duft? War er schwer oder leicht?«

»Eher schwer.«

»Eine Blume, die überwiegt?«

»Es ist eine Pflanze, aber – es kommt mir vor, als ...« Margaux senkte den Kopf und stützte ihr Gesicht auf Daumen und Zeigefinger beider Hände. »Der Blumengeruch steht in besonderem Bezug zu einem anderen Geruch.«

»Bei Parfums mischt man gern Kontraste. Blume und Zitrone. Riecht frisch.«

»Nein, das war es nicht. Aber mir fällt ein, es ist von dem Typen, der sich durch die Düfte in seinem Garten in Marrakesch anregen lässt. Ich erinnere mich an schweren Jasmingeruch.«

»Meinst du Serge Lutens?«, rief Martine.

»Genau!« Margaux ließ die Hände fallen, hob den Kopf und sagte zu Martine: »Jasmin, vermischt mit Tabak oder Leder. Das Süße im Kontrast zum Herben. Das ist es. Und es heißt ...«

111

»Sarrasins«, warf Jacques ein, ohne eine Miene zu verziehen. »Lutens bezieht seine Anregung von den Mauren, weshalb er den neuen Duft nach den Sarazenen genannt hat.«

Beide Frauen blickten sich erstaunt an.

»Woher weißt du denn das? Hast du es mal verschenkt, und ich habe was nicht mitbekommen?«, fragte Margaux.

»Letzten September hat mich jemand mitgenommen zum Salon du parfumeur unter den Arkaden des Palais Royal. Und da habe ich es gerochen. Ein bisschen süßlich, finde ich. Aber trotzdem verführerisch.«

»Ich würde es schon benutzen«, sagte Margaux.

»Das gehört eher in die Preisklasse von Jacqueline. Eine kleine, edle schwarze Flasche kostet etwa tausend Euro«, sagte Jacques, und damit war das Thema für ihn erledigt.

Er vertiefte sich in seine Notizen, um dem neugierigen Blick von Margaux zu entgehen. Dass er sich mit Parfums auskannte, hätte sie ihm wahrscheinlich nicht zugetraut. Und sie brauchte auch nicht mehr zu wissen, als er gesagt hatte.

Er schaute wieder auf und sagte: »Du hast die Toilette gespült…«

»Ja, sehr schlau von mir!« Margaux schüttelte den Kopf über ihre eigene Dummheit.

»… dann bist du zur Schlafzimmertür gegangen. Wolltest du ins Wohnzimmer?«

»Nein, ich wollte ganz kindisch durch das Schlüsselloch gucken, ob jemand etwas gemerkt hat. Ich glaube, ich hatte mich auch schon hingekniet.«

»Und hast du was gesehen?«

»Nein. Aber da fällt mir ein, ich habe mich umgedreht und nach meiner Handtasche geschaut, weil das Handy klingelte.«

»Das war offenbar mein Anruf«, sagte Jacques, aber er war jetzt nicht in der Laune, ihr die Geschichte mit der Handynummer des Staatspräsidenten zu erzählen.

»... und danach erinnere ich mich an nichts mehr.«

»Hast du die Tür aufgehen sehen?«

»Nein. Ich glaube nicht. Irgendjemand muss sie ganz schnell aufgerissen und mich mit einem Schlag auf den Kopf betäubt haben.«

»Wir gehen eher davon aus, dass dir jemand ein K.-o.-Spray ins Gesicht gesprüht hat. Davon bist du sofort weg. Denn deine Kopfverletzung ist hinten rechts. Da sich die Schlafzimmertür aber von dir aus gesehen nach links öffnete, hätte der Schlag auch deine linke Seite getroffen. Die Platzwunde entstand wahrscheinlich, als sie dich auf dem Balkon fallen ließen. Es sollte so aussehen, als wärest du dort ohnmächtig geworden. Wir gehen außerdem davon aus, dass es zwei, wenn nicht sogar drei Täter waren. Eine Frau allein hätte Leroc nie über die Balkonbrüstung hieven können. Und sie waren sehr geschickt, denn sie wollten es so aussehen lassen, als wärest du für den Sturz vom Balkon verantwortlich. Sie haben dich dort hingestellt, wo in etwa Marc vom Balkon gefallen ist, dann haben sie dich nach hinten gestoßen. Sie haben dafür gesorgt, dass du auf den Hinterkopf fällst, als hättet ihr miteinander gerungen. Und damit es so aussieht, als hätte Leroc dich willenlos machen wollen, haben sie in deinen Gin Tonic

K.-o.-Tropfen geträufelt. Und dir das Zeug eingeflößt. Deshalb warst du so lange bewusstlos.«

»Mein Glas war aber leer, als die Frau klingelte.«

Margaux setzte sich vorn auf die Kante ihres Stuhles, stützte den Ellenbogen auf Jacques' Schreibtisch und schaute ihn an: »Als es trompetete, wollte Marc doch gerade aufstehen und mir ein neues Glas Tonic holen.«

»Dein Glas war halb voll, als es untersucht wurde.«

»Und war Gin drin?«, fragte Margaux.

»Ja«, sagte Jacques, »und auch allerbester: Bombay Sapphire.«

»Ich hatte aber nur Tonic getrunken – ohne Alkohol.« Und um Jacques' Verdächtigungen auszuräumen, fügte sie hinzu: »Ich wollte wirklich nur mit ihm arbeiten. Das war doch ein toller journalistischer Coup für mich!«

»Mit dem Gin waren sie unvorsichtig.« Jacques lächelte sie an. »Vermutlich haben die Täter den Gin in Lerocs Küche gefunden. Standen da Flaschen?«

»Ich war nie in seiner Küche«, antwortete Margaux.

Jacques ließ sich nicht anmerken, wie zufrieden er registrierte, dass sie dann dort auch nie gefrühstückt hatte.

»Aber wie wollten sie mir den Sturz von Marc in die Schuhe schieben?« Margaux schaute ihn fragend an.

»Das habe ich dir doch gerade erklärt: Sie haben dich so hergerichtet, dass es aussah, als hätte Leroc sich an dir vergreifen wollen. Die Polizei sollte denken, Leroc hätte dir die K.-o.-Tropfen in das Glas geschüttet, dann hätte die Droge angefangen zu wirken, und er hätte sich an dir vergehen wollen. Man sollte glauben, du wärest noch nicht ganz hinüber gewesen, hättest mit ihm gekämpft, und dabei wäre er vom Balkon gestürzt.«

»So'n Quatsch! Und die Bluse ist völlig hin. Dabei hatte ich sie gerade an dem Tag gekauft.«

Jacques schwieg. Ein wenig betroffen. Auch Martine schwieg. Ein wenig vergnügt. Kaum hatte sie es gesagt, ärgerte sich Margaux auch schon über ihre Bemerkung.

»Marc hätten auch zwei Männer nicht runterwerfen können«, fügte sie schnell hinzu. »Dazu war der viel zu durchtrainiert.«

»Der Pathologe hat in Lerocs Lunge auch Überreste eines K.-o.-Sprays gefunden. Das Spray wirkt noch schneller als Tropfen. Möglicherweise hat die Frau ihn damit betäubt, als sie ihn umarmte. Das wäre ja nicht das erste Mal, dass ein Mann so außer Gefecht gesetzt wird. Ein alter Trick von Huren, um ihre Kunden auszurauben. An seinen Lippen befanden sich außerdem nicht mehr sichtbare Spuren eines Lippenstifts.«

Margaux blickte an der Schreibtischlampe vorbei Jacques geradewegs in die Augen. Er erwiderte den Blick, ohne eine Miene zu verziehen.

»Der aber nicht mit deinem übereinstimmt.«

Jacques' obere Lippe zuckte nur kurz, als müsste er ein Schmunzeln unterdrücken. Und er hatte das Gefühl, als lachte Margaux erleichtert. Martine grinste.

»Aber warum haben sie so lange gewartet? Mich müssen sie gegen neun betäubt haben. Und Marc wurde doch erst gegen eins runtergeworfen?«, fragte Margaux nach kurzem Nachdenken.

»Vermutlich weil es so spät keine Zuschauer mehr gab.«

»Auf dem Esszimmertisch hatte ich zwei Mikrofone aufgebaut und an ein digitales Aufnahmegerät angeschlossen.«

»Die sind verschwunden.«

»Habt ihr meine Ledertasche gefunden?«

»Deine Ledertasche war weitgehend leer, aber Jean hat sie trotzdem der Spurensicherung gegeben.«

Jacques konnte nicht ahnen, dass in Margaux' Handtasche das eingeschweißte Dokument lag, das sie in Marcs Schlafzimmer in ihrem Rock versteckt hatte. Und sie wollte Jacques nicht die Details erzählen. Deshalb sagte sie: »Zu Hause habe ich noch eine Reihe von Papieren, die mir Marc mitgegeben hat. Ich habe viele davon noch nicht durchgesehen. Meinst du, da wäre was für dich drin?«

»Die will ich alle haben! Natürlich brauche ich die. Du bekommst Kopien für deine Arbeit, wenn du willst.«

Sosehr Jacques jetzt noch fragte, bohrte, nachfragte, Margaux fiel nichts Zusätzliches mehr ein.

Martine rutschte nervös auf ihrem Stuhl herum, und als Jacques es merkte, schaute er sie ein wenig verwirrt an.

»Geht es dir nicht gut?«

Margaux lachte und sagte mit weiblicher Intuition: »Martine, wann hast du denn dein Rendezvous?«

»Ist nix Wichtiges. Ich bin nur zum Squash verabredet. Das kann ich auch absagen.«

Jacques streckte sich in seinem Stuhl und schaute

auf die Uhr. Es war halb neun. »Mir fällt jetzt auch nichts mehr ein. Mach, dass du loskommst, Martine. Bis morgen früh.«

Und als Martine die Tür so schnell schloss, dass sie fast knallte, entspannte er sich. So, als könnte er mit einem Fingerschnipsen den Untersuchungsrichter ausschalten, knipste Jacques ein jugendliches Lächeln an. Erleichtert sah Margaux in seinen Augen ein jungenhaftes Blitzen.

Dann sagte er: »Ich habe für neun im L'Ami Louis einen Tisch bestellt. Wär das was für dich?«

Margaux sprang auf, kam um den Schreibtisch herum, umarmte ihn, gab ihm einen Kuss auf den Mund und sagte: »All meine Schmerzen sind vergessen. Gib mir eine Viertelstunde. Wo ist hier ein Spiegel?«

Seitdem Jacques Chirac mit Bill Clinton im Chez l'Ami Louis gegessen hatte, traf man dort auch schon mal auf Hollywoodgrößen wie Tom Cruise oder dessen Verflossene, Nicole Kidman. Denn nachdem der Wirt von Chez Edgar sein Restaurant in der Rue Marbeuf verkauft hatte, mussten sich Journalisten, Politiker und Leute, die zum engeren Kreis der Macht in Paris gehören wollten, eine neue Heimat suchen. Die hatten sie nun im alten Bistro Chez l'Ami Louis gefunden.

Später am Abend sagte Margaux zu Jacques: »Wir könnten ja jetzt zu mir fahren, dann gebe ich dir die Dokumente von Marc.«

GG: Beschaffungsauftrag

Bei car4you.ch wurde ein Punto TrePorte unter einer Schweizer Handynummer angeboten. Zwei Tage nach der Verhaftung von Holm Mormann nahm G der Ältere in seinem Motorboot auf dem Genfer See einen Anruf entgegen. Nein, sagte die Frauenstimme, den Kraftfahrzeugbrief habe sie auch in der Wohnung des anderen Vorbesitzers nicht gefunden. Vielleicht sei er schon bei der offiziellen Stelle.

G zögerte nur kurz. Er schaute wieder auf die von der Morgensonne angestrahlten Weinberge und sagte: »Beschaffungsauftrag.«

»Das wird noch teurer.«

»Ich bleibe beim Doppelten. Denn beim letzten Mal haben Sie versagt.«

»Nein, der letzte Auftrag war schon nicht mehr auszuführen. Und hier handelt es sich um eine öffentliche Person. Um einen bekannten Richter. Vielleicht hat er sogar Personenschutz!«

»Gut. Ich verdopple noch einmal. Aber nur unter der Bedingung, dass der Kraftfahrzeugbrief bei mir landet.«

»Okay.«

Er schaltete das Handy aus und ließ es an der Außenwand der Riva ins Wasser gleiten.

G der Ältere schaute sinnend auf die Berge. Vielleicht kam er im Kampf für die Cervela doch ein Stück weiter. Er hatte den Chef des Bundesamts für Veterinärwesen angerufen, der sich sofort – als er Gs Namen hörte – bereit erklärte, gemeinsame Sache mit Bütti, dem Präsidenten des Fleisch-Fachverbands, zu machen. Innerhalb eines halben Tages stellten sie eine Taskforce auf mit drei Zielen: a) die Wiederzulassung der Importe aus Brasilien, b) die Verwendung alternativer Wursthüllen und Technologien und c) die Suche nach alternativen Lieferländern.

G atmete tief durch, zufrieden, dass gehandelt wurde.

Dann stellte der Banker sich ans Steuer. Der Motor brummte tief, als er Kurs auf seinen Steg nahm.

L'Ami Louis

Am liebsten frühstückte sie, bevor sie unter die Dusche ging. Und zum Café knabberte sie gern ein Croissant, selbst wenn ihre Freundin Marie immer wieder jammerte, in einem Hörnchen steckten die Kalorien für einen ganzen Tag. Trotzdem bestellte Margaux beim Pâtissier Dalloyau auf der anderen Straßenseite von Zeit zu Zeit dreißig Buttercroissants und fror sie sofort ein. Denn aufgewärmt schmeckten sie wie frisch, und Margaux brauchte morgens nicht im Bademantel über die Straße zu laufen, wie es ihre Großmutter noch getan hatte. Vormittags war sie, die Frau eines Mechanikers in den Renault-Werken, mit Lockenwicklern unter dem Kopftuch, im Hauskittel und mit Schlappen sogar einkaufen gegangen. Wie alle anderen Arbeiterfrauen im Pariser Vorort Boulogne-Billancourt auch.

»Willst du ein oder zwei Croissants?«, fragte Margaux, als Jacques aus dem Badezimmer kam und sein Hemd, das er abends eilig und achtlos auf den Boden geworfen hatte, hochnahm und prüfte, ob er es noch einmal anziehen sollte.

»Zwei«, antwortete er und knöpfte die Hemdleiste zu. Ihm blieb keine andere Wahl. Früher lag in einem Fach von Margaux' Kleiderschrank seine Wäsche zum Wechseln, doch das war seit Langem leer. Für heute hatte er schon um neun Uhr eine Anhörung angeordnet, aber mittags könnte er schnell mit der Métro nach Hause fahren und sich umziehen.

Den Café servierte Margaux in Tassen und Kännchen vom Café de Flore, denn sie liebte den Geschmack des Café crème, wie er dort am Boulevard Saint-Germain getrunken wird. Das zweite Croissant zerbröselte fast in Jacques' Hand, so fein war der Blätterteig, doch der Pâtissier hatte gehörig Butter hineingemengt, sodass die Krumen an Lippen und Händen hängen blieben.

Er wischte sich immer wieder die Finger an der Serviette ab und nahm die Papiere von Marc, die Margaux ihm hingelegt hatte, vorsichtig hoch. Die müsste er genauer und in Ruhe studieren.

Als ein Mobiltelefon klingelte, sprang er auf, rannte ins Schlafzimmer, wo Margaux gerade ihr Handy aufnahm – nackt, wie sie gerade aus der Dusche gekommen war.

»Âllo!«, flötete sie flirtend, »was für eine Überraschung. Von dir habe ich ja lange nichts gehört.«

Sie drehte Jacques den Rücken zu, als wollte sie ungestört sprechen, doch ihr nackter Körper verführte ihn, mit beiden Händen nach ihr zu greifen. Die warme, feste Haut fasste sich gut an. Er drückte ein wenig zu und war schon erregt. Sie schüttelte sich, warf ihm einen bösen Blick zu und hauchte in das Telefon, wie sehr sie sich freue, die Person am anderen Ende der Strippe – ja, so hat man früher gesagt, als Telefone noch an Strippen hingen – zu hören. Und, ja, wiederzutreffen. Das alles kombinierte Jacques aus den Worten, die er noch hörte, als er schon wieder am Frühstückstisch im Wohnzimmer saß.

Margaux' Gesäusel nervte ihn, er fühlte sich überflüssig und stand ungeduldig auf, als sie – jetzt im Bademantel – herauskam und sagte: »Du wirst nicht ahnen, wer angerufen hat.«

»Die Steuerbehörde scheint's nicht gewesen zu sein.«

»Ein interessanter Informant, der mit Marc Leroc befreundet war. Er will mich treffen und mir Details über Marc erzählen.«

»Und wie kommt er an deine Handynummer?«

»Die hat er noch von früher.« Ein leichtes Zögern, und sie fügte hinzu: »Das war Louis.«

Es schien Jacques, als errötete Margaux leicht.

»Der Senator? Dein alter… na, wie soll ich ihn nennen… Flirt?«

»Ja, ich habe ihn eine Ewigkeit nicht mehr gesehen.« Margaux verschwieg, dass Louis' Sekretärin die Verbindung zu Marc hergestellt hatte. Denn sie hatte das Gefühl, Jacques könnte eifersüchtig werden.

»Und wie kommt es, dass der Senator etwas über Leroc weiß?«, fragte Jacques mit der betont sachlichen Stimme des Untersuchungsrichters.

»Weil er den Senatsausschuss für Geheimdienste leitet. Da kennt er eine ganze Menge Hintergründe. Und jetzt hat er meine Artikel gelesen und meint, er könnte mir noch mehr sagen.«

»Aber er weiß doch gar nicht, was du alles weißt!«

»Wie sagst du immer? Man muss allen, auch den unmöglichen, Spuren nachgehen, wenn man Erfolg haben will!«

122

»Okay«, sagte Jacques und zog seine Jacke über das leicht müffelnde Hemd. »Ich muss los. Wann triffst du ihn?«

»Heute Abend.«

»Wo geht ihr hin? Damit ich da nicht auftauche.«

Margaux zögerte einen Moment, bevor sie antwortete: »Ins L'Ami Louis.«

Untergunther

Gegen Mittag hatte sich Jacques an das Hemd gewöhnt. Und als ihn Jean anrief und fragte: »Kommst du mit in die Kantine auf eine Fritte«, verwarf er die Idee, mit der Métro nach Hause zu fahren und sich umzuziehen. Aber er schlug vor, ein paar hundert Meter weiter über die Place Dauphine zur Taverne Henri IV auf dem Pont Neuf zu gehen, wo die besten Tartines von Paris geschmiert wurden. Und dazu einen kleinen Ballon Sauvignon. »Mittags schon ein Gläschen Wein?«, fragte Jean erstaunt. »Was ist los?« Und ob Jacques sich nicht mehr an die Tropenregel halte.

Aber Jacques seufzte nur, dachte an Margaux und ihren Ami Louis und fragte sich, ob sie es mit dem Senator auch so hielte wie mit ihm? Glühbirne einschalten, ausschalten, einschalten, ausschalten. Je nach Bedarf. Gut, er war nicht besser. Aber wusste sie das?

»Heute brauche ich eine Aufmunterung. Ich habe den ganzen Vormittag mit einem völlig beknackten Fall vertrödelt«, sagte Jacques, als er mit Jean auf den engen Stühlen in der Taverne saß, und fragte schnell: »Hat die Spurensicherung schon was rausgefunden?«

»Noch nicht. Das dauert noch ein paar Tage, nehme ich an. Aber wahrscheinlich haben wir die Wohnung entdeckt, in der sich Holm Mormann versteckt hielt.«

»Und?«

»Kleines Appartement in der Rue du Commerce. Aber nett eingerichtet. Ein schnuckeliges Nid d'amour, ein Liebesnest. Wir wollen es uns heute Nachmittag vornehmen. Willst du mitkommen?«

»Nee, lass mal. Ich werde mir mal die Dokumente ansehen, die Margaux von Leroc bekommen hat.«

»Und wie lange willst du Mormanns Verhaftung noch geheim halten?«

»Ein paar Tage, eine Woche. Der soll erst einmal in der Zelle schmoren, bis er weich ist, wenn ich ihn vernehme. Hast du mitbekommen, wie er sich angestellt hat, als er den Finger in den Hintern bekommen sollte?«

Der Kommissar fiel in Jacques' Gelächter ein: »Aber er hat er die Lage gut gemeistert. Ist schon merkwürdig, wie leicht ein dahergelaufener Ausländer Commandeur de la Légion wird. Immerhin sitzt Mormann jetzt tatsächlich in einer Einzelzelle!«

Sie schwiegen. Jacques dachte, er werde wohl nie in die Légion d'honneur aufgenommen werden. Aber auch das konnte eine Ehre sein. Weil er die republikanischen Werte vom Staat zu deutlich einforderte, störte er diejenigen, die im Staat die Macht ergriffen hatten. Und die Légion d'honneur verleiht schließlich nur einer – der Staatspräsident.

Jacques schaute auf seine Uhr. Es war zehn nach zwei. Dann erklärte er: »Wenn wir die Verhaftung jetzt bekannt geben, dauert es keine fünf Minuten, und schon fallen uns die Chleuh auf den Wecker und beantragen die Auslieferung. Schließlich hat die Leipziger Staatsanwaltschaft den internationalen Haftbefehl ausgestellt. Bei uns wird er nicht gesucht. Wir hätten eigentlich keinen rechten Grund, ihn einzubuchten.«

Jacques hob sein Glas, nahm einen kleinen Schluck und überlegte, ob man die Deutschen überhaupt noch Chleuh nennen durfte, Berber! Vielleicht lieber Boches? Dann doch lieber Teutonen. Oder Ostgoten. »Ich liebe die Tartine mit Cornichons«, sagte er ein wenig entspannter.

»Und was hat dich heute früh schon so genervt?«, fragte Jean.

Jacques dachte an Margaux und das L'Ami Louis, sagte aber: »Schon was von Untergunther gehört?«

»Nee. Untergunther, klingt teutonisch!«

»Ist es aber nicht. Klingt guttural. Rhythmisch. Mehr nicht. Ein völlig frei erfundenes Wort ohne irgendeinen Sinn. Ein paar ganz nette mehr oder weniger intellektuelle Bourgeois haben es sich ausgedacht als Namen für ihre geheimnisvolle Gruppe.«

»Und, was sind sie? Terroristen?«

Jacques lachte: »Ja, in den Augen des Verwaltungschefs vom Panthéon! Die Leute haben sich nämlich ins Panthéon eingeschlichen.«

»Was, bitte schön, will man im Panthéon? In diesem riesigen Mausoleum liegen doch nur Särge! Wenn auch die Särge der Helden unserer Republik.«

»Ja, vielleicht gerade deswegen. Da stört niemand. Sie haben sich oben in den Seitenflügeln der Kuppel gemütliche Sessel hingestellt, Lampen, eine kleine Bibliothek, so wie in einem Wohnzimmer. Und da treffen sie sich nachts.«

»Wie alt?«

»Fünfunddreißig, vierzig? In den Achtzigerjahren gehörten sie offenbar einer Clique an, die nachts in den Katakomben feierte, aber im Panthéon fanden sie es viel cooler.«

»Und warum hast du sie vorgeladen?«

»Der Verwaltungschef hat sie wegen Sachbeschädigung angezeigt. Weil sie eine Kette aufgesägt haben, um ins Panthéon zu gelangen. Dort haben Sie sich dann am Schlüsselbrett bedient und Nachschlüssel hergestellt.« Jacques lachte plötzlich auf. »Einer von ihnen, Jean-Baptiste Viot, ist ein alter Uhrmacher des Hauses Bréguet an der Place Vendôme. Nachdem er festgestellt hatte, dass die riesige alte Uhr des Panthéon nicht funktioniert, hat er sie an langen Abenden repariert. Und sogar viertausend Euro an Material reingesteckt. Deshalb sind sie aufgeflogen: weil die Uhr wieder schlug.«

»Und was hast du gemacht?«

»Ich bin doch nicht blöd. Ich habe den Fall eingestellt.«

Jacques schwieg einen Moment, dann lachte er noch mal leise auf, schüttelte den Kopf und schaute Jean an: »Und stell dir vor, die Uhr steht wieder. Weil die Idioten von der Verwaltung sie nicht mehr aufgezogen haben!«

Interpol

Die Summen machten Jacques schwindelig. Millionen, zehn, zwanzig, Hunderte wurden von Konten einer Bank auf Konten anderer Banken überwiesen. Aber in krummen, nie identischen Zahlen. Und mal nach Liechtenstein, mal nach Luxemburg, mal auf die Bahamas, in britische Steueroasen. Und immer wieder landeten hohe Beträge am Ende in der Schweiz bei Gold-Genève. Die Dokumente, die Margaux ihm gegeben hatte, verwirrten ihn.

Er würde einen Spezialisten daransetzen müssen. Vor allem müsste er herausfinden, was diese merkwürdige Vollmacht über das Konto Nummer 12 345 008 von Kurt Ballak bedeutete.

Er rief Martine im Nebenzimmer an: »Such bitte mal nach Kurt Ballak. Wahrscheinlich ist er ein Politiker von der anderen Rheinseite.«

Weshalb bevollmächtigte Ballak diesen Holm Mormann, alle mit dem Konto verbundenen Vorgänge durchführen zu können, außer der Schließung?

Jacques machte sich eine Notiz. Vielleicht würde er Mormann doch noch vor dem Wochenende vernehmen.

Das Telefon klingelte.

»Hast du mal daran gedacht«, fragte Martine, »mit Françoise darüber zu sprechen? Die war doch eine der Untersuchungsrichterinnen im Fall France-Oil!«

»Danke, geniale Idee. Kannst du mich mal verbinden?«

Er hängte ein. Kurz darauf steckte Françoise den Kopf zur Tür hinein. »Was gibt's?«

»Sagt dir Kurt Ballak was?«

»Nee. Hat der mit dem Fenstersturz zu Paris zu tun?« Sie lachte.

Mit einer schnellen Handbewegung winkte Jacques seine Kollegin an seinen Schreibtisch und deutete auf die Unterlagen.

»Verstehst du das?«

Sie hielt den Kopf ein wenig schief, nahm ein Blatt hoch und rief: »Das ist aber interessant. Ich kenne diese speziellen Bankauszüge zwar nicht. Kann sie aber einordnen. Dazu brauchen wir ein paar Stunden. Und die Zeit habe ich jetzt nicht, weil ich gleich einen Zeugen vernehme. Und danach muss ich wieder zur Probe.«

»Habt ihr bald wieder einen Auftritt? Ich komme!«

Einmal war Jacques an einem Sonntagnachmittag zum Jazzkonzert mit Françoise in die Kirche Saint-Merri an der Kreuzung von Rue Saint-Martin und Rue de la Verrerie gegangen. Ihre Stimme klang in dem alten Kirchenschiff viel kräftiger. Er war erstaunt gewesen. Es war nicht himmelhochjauchzend, aber es war gut. Sehr gut, hatte er ihr später sogar gesagt. Sie bewundert und sich gewundert. Über die verschiedenen Facetten, die Menschen haben können und manchmal verbergen wollen.

»Sonntag in zwei Wochen. Bring Margaux mit. Die wird das lieben!«

Diesen Hinweis überhörte Jacques. Er fragte: »Wie sieht es morgen bei dir aus? Wegen der Überweisungen?«

»Gut. Am besten am Nachmittag, so gegen halb drei. Danach habe ich nichts mehr auf dem Kalender.«

»Danke. Halb drei ist perfekt. Sollen wir Jean dazubitten?«, fragte er noch, als Françoise schon wieder aus dem Büro eilte. Sie hielt den Türknauf in der Hand, verharrte einen Moment, überlegte und sagte dann: »Ach, lass mal. Das müssen wir beide erst einmal auseinanderklamüsern.«

Den ganzen Tag hatte er nichts von Margaux gehört, was ungewöhnlich war, doch er zog seine Hand, die er schon auf den Hörer gelegt hatte, wieder zurück. Soll sie doch anrufen. Er dachte zu viel an sie.

Es klopfte. Zweimal. Hart und fordernd. Das klang nach Kommissar Mahon, dachte Jacques und drehte sich zur Tür. Doch bevor er etwas rufen konnte, stürzte Jean schon herein, warf sich auf den Stuhl gegenüber von Jacques' Schreibtisch und rief: »Ziemliche Scheiße!«

»Was?«

»Interpol hat angefragt, ob wir einen Holm Mormann verhaftet haben.«

»Woher wissen die das? Hat einer von deinen Leuten geplaudert?«

»Jacques, ich bitte dich! Auf meine Leute kann ich mich verlassen. An denen brauchst du nicht zu zweifeln. Die Anfrage kommt aus Leipzig.«

»Ja gut, aber trotzdem muss es hier irgendwo raus-gekommen sein!« Jacques überlegte. »Ist auch nicht so schlimm. Als Grund für den Haftbefehl habe ich Mordverdacht oder Beteiligung an Mord angegeben.«

»Das reicht«, sagte Jean, »um Mormann zur Not für ein paar Jahre hier zu behalten.«

»Eben!«

»Soll ich also Interpol Bescheid geben?«

»Ja, falls du es nicht länger rauszögern kannst.«

»Die machen es ziemlich dringend.«

»Dann mach's!«

»Und was würdest du als Grund angeben…?« Der Kommissar ließ den Satz unbeendet und schaute Jacques an.

»Wofür?«

»Dass wir es bisher nicht gemeldet haben?«

»Gib keinen Grund an. Und wenn jemand fragt, dann sag einfach, es gebe keinen Grund. Außer französische Schlamperei.« Dabei lachte Jacques, und Jean fiel nach kurzem Zögern ein: »Dann fühlen sich die Deutschen in ihren Vorurteilen wieder bestätigt!«

Geld, Geld, Geld

Jérôme saß an einem Tisch weit weg vom Eingang in der Nähe der Wand. Er gab ein Zeichen mit der Hand und stand schnaufend auf, als Jacques zu ihm trat. Bellevilles Hausarzt legte Wert auf Umgangsformen. Höflichkeit, hätte er gesagt. Die Uhr hinter der Theke stand auf kurz nach zehn.

»Setz dich.«

»Wartest du schon lange?«

»Bin eben gekommen, dann hat Gaston mir gleich einen kranken Garçon vorgeführt, den habe ich angesehen, ihm ein Rezept geschrieben und bin deshalb noch nicht einmal dazu gekommen, etwas zu bestellen.«

»Behandeln lassen sie sich von dir, aber bedient wirst du nicht!«

Ein Kellner kam, stellte ein Glas Rotwein vor Jérôme und fragte Jacques: »Erst einmal ein Bier gegen den Durst?«

»Wie immer, du kennst mich schon ganz gut. Ein Bier gegen den Durst.«

An ihrem angestammten Tisch saß Madame Wu mit einer jungen Chinesin. Eine größere Gruppe schwarz gekleideter junger Leute diskutierte heftig darüber, ob sie nicht Deutsch lernen sollte, um die Texte der Musikgruppe »Tokio Hotel« zu verstehen.

Der Arzt rutschte mit seinem schweren Körper auf dem Stuhl hin und her und sagte: »Du hast aber auch ein aufregendes Leben. Ich weiß gar nicht, wie die Geschichte weitergegangen ist, nachdem ihr nachts hier plötzlich aufgebrochen seid.«

»Willst du die nackten Tatsachen…«

»Nackt ist immer gut.« Jérômes Bauch wackelte vor Lachen.

Jérôme neigte gelegentlich zu peinlich platten Sprüchen. Aber Jacques vermied es, die Augen zu rollen.

»… oder soll ich dir erzählen, was ich denke?«

»Erzähl, wie es war – deiner Meinung nach!«

»Wir wurden gerufen, weil ein Mann vom zweiundzwanzigsten Stockwerk runtergefallen ist.«

»Igitt. Selbstmord?«

»Ich gehe davon aus: Es war Mord. Denn der Mann war früher französischer Agent, später Mittelsmann in Finanzgeschäften. Er hat wohl Schmiergelder im Auftrag von großen Industrieunternehmen verteilt. Jetzt war er so dumm, in einer Pressekonferenz anzukündigen, er werde in seiner Biografie schildern, dass der damalige deutsche Bundeskanzler und dessen Partei auf Bitten des französischen Staatspräsidenten ein paar Millionen als Wahlkampfhilfe erhalten hätten.«

»Aber das weiß man doch alles schon längst. Das habe ich zig Mal in den Zeitungen gelesen.«

»Mit einem Unterschied. Vor Gericht haben die Manager von France-Oil behauptet, mehrere Millionen an den deutschen Bundeskanzler gezahlt zu haben.«

»Und haben sie es nicht?«

»Der Kanzler hat es immer abgestritten.«

133

»Das muss der doch leugnen. Hast du je einen Politiker gesehen, der so was zugegeben hat?«

»Aber sie haben auch nie beweisen können, dass er das Geld angenommen hat.«

»Und wo ist das Geld dann geblieben?«

»Eben, das sollte jetzt angeblich rauskommen.«

»Politik ist schon versaut.«

»Ach, Jérôme, sei nicht so hart. Ohne Politik gäbe es auch keine Justiz.«

»Da ich dich kenne, sage ich jetzt nicht: Die ist auch versaut.«

»Danke!«

»Also war das Mord? Jemand wollte verhindern, dass er alles aufschreibt?«

»Ja. Denn er hat behauptet zu wissen, dass noch Hunderte Millionen auf geheimen Konten lägen und immer noch als Schmiergelder verteilt würden. Übrigens auch in der Politik.«

»Und was wisst ihr über den Mörder?«

»Wenig. Wir haben ein paar Anhaltspunkte. Eine kleine Frau ist darin verwickelt, aber die allein kann es nicht gewesen sein. Ich tippe darauf, dass ein oder zwei Männer dazugehören. Die waren aber nur Handlanger. Dahinter steckt jemand, der sich Killer kaufen kann.«

»Das habe ich nie verstanden. Man kann doch nicht einfach eine Annonce aufgeben: Killer gesucht. Oder kriegt man die übers Jobcenter?«

»Es gibt eine zweite Welt, von der ein normaler Mensch nie etwas erfährt. Die Verteilung der Macht und ihrer Pfründe findet dort statt.«

»Und da geht es so brutal zu? Mörderisch?«

»Mörderisch!«

»Und wie findest du jetzt deinen Mörder?«

»Immerhin haben wir einen Deutschen festgenommen, der uns vielleicht die richtige Fährte weisen könnte. Aber wir sind ja gerade am Anfang und haben noch nicht einmal alle Spuren vom Tatort ausgewertet. Zumindest habe ich schon ein paar Dokumente über Kontenbewegungen. Vielleicht finde ich da was.«

»Das könnten doch Leute sein, die nicht wollen, dass Mitterrands Ruf beschädigt wird. Oder waren es Leute von der anderen Rheinseite? Der Kanzler kann doch wahrscheinlich den deutschen Geheimdienst losschicken.«

»Die Hintermänner können aber auch irgendwo in einem Unternehmen sitzen und versuchen, ihr Schmiergeld zu verteidigen.«

»Warum ist die Welt nur so korrupt?«, rief Jérôme aus und winkte einem Garçon zu. »Noch einen Roten.«

Er schaute Jacques an.

Der nickte.

»Zwei!«

»Das Absurde ist ja«, sagte Jacques, »dass du Schmiergelder bei der Steuer als nützliche Ausgaben absetzen konntest. Jedenfalls in Frankreich. Du gehst einfach zu einem Büro im Finanzministerium und meldest da offiziell an, was du im Ausland gezahlt hast, um einen Auftrag zu erhalten.«

»Das gibt's doch nicht! Also haben wir die Schmiergelder mit unseren Steuern bezahlt!«

»Aber es ist noch absurder. Denn die Amerikaner tun ganz ethisch und haben Schmiergelder verboten. Und Druck auf andere Länder gemacht, ähnliche Gesetze einzuführen. So konntest du in Deutschland bis 1998 Bakschisch von der Steuer absetzen. Im Jahr drauf wurdest du dafür bestraft.«

»Warum dann jetzt der Mord?«

»Ich habe heute Kontenbewegungen studiert, und die waren so schwer nachzuvollziehen, dass ich erst einmal gar nichts verstand. Das deutet darauf hin, dass die Zahlungen gründlich camoufliert werden sollten. Jetzt müssen wir rausfinden, warum. Und vielleicht führt uns das zu dem Täter oder den Tätern. Und zu deren Hintermännern.«

»Das Geld, das Geld, es geht immer nur ums Geld. Im Großen wie im Kleinen. Bei uns auch. Die Krankenhäuser sind überlastet, weshalb es Listen für Operationen gibt. Aber wenn du dem Chefarzt was unterschiebst, dann kommst du schneller dran.«

Gaston kam vorbei, zwirbelte nervös an seinem auvergnatischen Bart und zeigte verstohlen auf einen älteren Mann mit vollem schwarzem Haar. »Jetzt schaut nicht gleich hin. Monsieur Borne hat irgendeinen kleinen Job beim Mobilier national.«

»Was muss ich mir darunter vorstellen?«, fragte Jérôme.

»Der Staat besitzt kostbare Möbel, Teppiche, alte Bilder und so fort«, erklärte Jacques. »Die sind alle im Mobilier national zusammengetragen. Damit werden dann Dienstwohnungen ausgestattet. Botschaften. Das Élysée.«

»Und Monsieur Borne hat mir eben erzählt«, sagte Gaston, »dass eine Untersuchung der Cour des comptes, des Rechnungshofs, stattgefunden habe. Danach sind in den letzten zwanzig Jahren etwa siebenundzwanzigtausend Kunstwerke verschwunden.«

»Was heißt: verschwunden?«, fragte Jacques. »Möbel lösen sich doch nicht in Luft auf.«

»Aber werden von Termiten gefressen.« Jérôme lachte wieder laut.

»Angeblich ging das so«, sagte Gaston, »wenn ein Minister aus dem Amt schied, hat er mitgenommen, was ihm gefiel. Ein altes Bild, einen antiken Sekretär, eine wertvolle Tapisserie…«

»Wenn der aber im Inventar arbeitet, muss er doch wissen, wer was bekommen hat«, empörte sich Jacques.

»Na ja, da wurde vielleicht vor zehn Jahren was in ein Ministerium geliefert, aber weil die Minister so häufig wechseln, lässt sich nicht nachprüfen, wer dann was verschwinden ließ.«

»Dann haben sie einen Fehler gemacht. Ins Inventar gehört immer der Name eines Menschen und nicht der einer Behörde!«, sagte Jacques. »Eine Behörde kannst du nie zur Rechenschaft ziehen. Immer nur eine Person. Aber was soll's! Gaston, mal was viel Wichtigeres. Meinst du, ich könnte einen doppelten Whisky haben?«

»Klar! Und wie?«

»Mit zwei Stück Eis.«

Als sie die Globalisierung kritisch prüften, folgte ein zweiter Whisky, ein dritter und vierter lockerten die

Zunge, als sie Gerüchte um das unstete Liebesleben des wiederverheirateten Staatspräsidenten austauschten. Erst als Gaston gegen halb zwei Jacques dezent und ohne den Namen Margaux zu erwähnen fragte, was eigentlich sein Privatleben mache, seufzte der, murmelte etwas, zahlte und winkte zum Abschied in die Runde.

Der Angriff

Es ging alles sehr schnell. Um halb zwei hatte Jacques das Bistro Aux Folies verlassen. Um halb drei war der Spuk schon wieder vorbei, und er lag unter einer kratzigen Wolldecke auf seiner Couch. Aber er konnte nicht einschlafen. Das Adrenalin pochte noch in seinen Adern.

Als er die Haustür aufgeschlossen hatte, sah er auf der Treppe neben dem Aufzug eine in sich zusammengesunkene junge Frau kauern. Aus einer Kopfwunde unter dem Haar floss Blut über ihr Gesicht. Es sah schrecklich aus. Und gefährlich, so als verblutete sie.

Sie stöhnte.

Jacques machte Licht, holte sein Handy hervor und drückte auf die dritte Taste. Jérôme dürfte nicht weit weg sein. Die Frau stöhnte weiter.

»Keine Polizei«, presste sie hervor, »ich habe keine Aufenthaltspapiere.«

Das Handy von Jérôme klingelte dreimal, bevor er sich meldete. Jacques sagte: »Jérôme, komm sofort zu mir. Ich habe hier eine schwer blutende Frau in meinem Flur gefunden.«

»Whisky oder wirklich?«, fragte Jérôme.

»Jérôme, bitte! Schnell. Es ist ernst.«

»Welche Nummer wohnst du?«

»Neunundsechzig. Auf der Höhe der Place Fréhel.«

Jacques hockte sich neben die Frau und sagte: »Geht's? Der Arzt ist gleich da. Wir bringen Sie erst einmal in meine Wohnung.«

Keine Aufenthaltsgenehmigung? Vielleicht aus Osteuropa. Aber gut gekleidet. Jacques fühlte sich hilflos und suchte nach einem Taschentuch, um das Blut zu stillen. Warum hatte er bloß nie einen Erste-Hilfe-Kurs mitgemacht!

»Wie ist das denn passiert?«, fragte er.

Sie stöhnte nur. »Helfen Sie mir!«

Sie sprach fast ohne Akzent. Vom Aussehen her hätte sie Französin sein können oder Engländerin, auch Deutsche eher als Ukrainerin. Oder Russin.

Das Licht ging aus.

Jacques stand auf, fluchte und ging die drei Meter zum Schalter. Als er darauf drückte, hörte er hinter sich ein Geräusch. Die Frau war aufgestanden, hatte eine große Handtasche über dem linken Arm und griff mit der rechten Hand hinein.

An der Tür klopfte Jérôme. Jacques öffnete und ließ ihn herein.

Sie holte ein Taschentuch hervor und presste es auf die Kopfwunde.

»Wir bringen sie am besten zu mir rauf«, sagte Jacques und drückte auf den Knopf für den Aufzug.

Jérôme schaute auf die heftig blutende Wunde und sagte: »Sieht schlimmer aus, als es ist. Kopfwunden bluten immer entsetzlich.«

»Sollen wir Sie tragen?«, fragte Jacques, aber die Frau schüttelte leicht den Kopf.

»Geht schon.«

Sie schoben jeder einen Arm rechts und links unter die Achselhöhlen der jungen Frau, quetschten sich mit ihr in den engen Fahrstuhl, gingen in die Wohnung.

»Komm, wir legen sie auf mein Bett.«

Jacques holte ein großes Badehandtuch, legte es über das ungemachte Bett, und Jérôme bedeutete der Frau, sie möge sich hinlegen.

»Hol noch ein oder zwei Handtücher«, sagte Jérôme und beugte sich über den Kopf. Das Blut sickerte noch aus der Wunde, aber weniger stark. Ihr Gesicht, ihre Bluse, ihre Tasche, alles war völlig verschmiert. Selbst auf die Schuhe waren Bluttropfen gefallen, als sie auf der Treppe gekauert hatte.

»Das muss genäht werden. Hast du Verbandszeug hier?«

Jacques brachte einen Kasten, wie man ihn in Autos mitführt. »Reicht das?«

»Fürs Erste.« Der Arzt machte sich ans Werk und sagte: »Du solltest den Notarzt anrufen. Die Frau muss nicht nur genäht, sondern auch untersucht werden.«

Das Hospital Tenon lag nicht weit entfernt in der Rue de la Chine. Der Wagen würde in fünf Minuten da sein.

»Wie ist das denn passiert?«, fragte Jacques. »Wir müssen natürlich auch die Polizei rufen.«

»Nein!«, rief sie aufgeregt. »Keine Polizei! Keine Papiere. Bitte.«

»Lass sie mal für den Moment in Ruhe«, sagte Jérôme. »Jetzt geht es um die Verletzung und um nichts anderes.«

Jacques zögerte, doch der Arzt zog ihn autoritär aus

dem Schlafzimmer: »Gib ihr einen Cognac zur Beruhigung. Ich gehe vor die Tür und lotse die Leute vom Krankenwagen rauf.«

Als er die Flasche öffnete, sah Jacques auf der gegenüberliegenden Häuserwand schon den auf- und abblinkenden Schimmer des Blaulichts auf dem Dach des heranrasenden Notarztwagens. Aus der bauchigen Flasche goss er einen großen Schluck in das Glas, ging zum Schlafzimmer und öffnete die Tür. Die Frau lag mit geschlossenen Augen auf dem Bett, die rechte Hand hatte sie in ihre große Tasche geschoben, die sie mit der Linken festhielt.

Weil er sie nicht stören wollte, schlich er auf Zehenspitzen heran und stellte den Cognac auf das gläserne Nachttischchen. Der Ton des feinen Glases schwang noch nach, als die Frau plötzlich hochfuhr.

Sie schrie, während sie aufsprang.

Schnell zog sie mit der rechten Hand ein merkwürdig geformtes langes Messer aus der Tasche und stürzte sich auf Jacques, der ihren Arm zu fassen bekam und sich auf sie warf.

Sie schrie weiter, zappelte wie eine epileptische Klapperschlange, doch mit dem ganzen Gewicht seines Körpers drückte er sie auf das Bett. Mit beiden Händen versuchte er, die Hand mit dem Messer so weit wie möglich von sich zu drücken. Aber die Frau war drahtig. Sie probierte, die Hand nach oben zu biegen, um Jacques mit dem langen Messer zu schneiden. Der schob, um sich zu schützen, seinen Kopf ganz nah in ihre Halsbeuge. Sie roch nach dem Parfum Sarrasins. Ihre Haut fühlte sich heiß und feucht an. Deshalb sah er nicht, wie das Messer seinem Handrücken immer näher kam. Und die Klinge war so scharf, dass er den Schnitt nicht spürte. Aus einer Ader pulste Blut, aber er bemerkte die Verletzung erst, als seine Finger feucht wurden. Er hob den Kopf.

Sie schrie immer schriller. Dann tastete sie mit der linken Hand nach dem Griff des Messers. Um ihren rechten Arm zu blockieren, brauchte Jacques seine beiden Hände. Er musste das Blut laufen lassen. Jetzt sollte ich ihr meinen Kopf auf die Nase hauen, wie es die harten Kerle im Kino machen, dachte er. Aber er tat es nicht, er hatte Angst, ihr wehzutun. Irgendwie aber musste er die Oberhand behalten. Also atmete er tief ein, weil er hoffte, sie platt zu drücken und ihr damit Bewegungsspielraum zu nehmen. Sie strampelte mit den Beinen, wackelte mit dem Rumpf, und ihre Linke zappelte auf die Rechte zu und kam dem Messer immer näher. Wie könnte er sich helfen?

Er schrie laut auf.

Weshalb nicht ihre Taktik übernehmen, dachte er. Mit seinem Mund ganz nah an ihrem Ohr brüllte er, so laut er konnte.

Aber nicht irgendeinen Ton. Er schrie: »Polizei! Polizei! Polizei!« So laut er konnte.

Sie erschrak. Ihre Aufmerksamkeit ließ für eine Sekunde nach.

Zwei Krankenhelfer stürzten durch die Tür, gefolgt von einem Notarzt und Jérôme.

Sie kreischte wieder hell auf.

»Nehmt ihr das Messer weg!«, rief Jacques.

Eine starke Beruhigungsspritze. Ein neuer Notverband. Auf eine Trage gebunden, wurde die Frau abtransportiert.

Er wollte mich vergewaltigen, schluchzte sie, bevor sie wegdämmerte, er wollte mich vergewaltigen.

Und so sah die Frau auch aus. Ihre Bluse war während des Kampfes zerrissen. Auf dem nackten Busen waren Streifen blutiger Finger zu sehen. Der Verband war von ihrem Kopf gerutscht, die Wunde hatte wieder angefangen zu bluten, und das Bettzeug war rotbraun verschmiert und zerknüllt. Die Handtasche lag vor dem Bett, und Lippenstift, Puderdose und lose Geldscheine und Münzen waren auf dem Teppichboden verstreut. Das Schlafzimmer sah aus, als habe ein Schlachter darin gewütet.

Einer der Polizisten, die von dem Notarzt gerufen worden waren, hatte das dreiunddreißig Zentimeter lange Bunmei-Tako-Sashimi-Messer mit dem weißen Holzgriff in eine Plastiktüte gepackt. Auch die Schminkutensilien und das lose Geld hatte er eingesammelt, in die Handtasche fallen lassen und mitgenommen, nachdem Jacques und Jérôme die Tat kurz geschildert hatten.

Das zum Tatort erklärte Schlafzimmer wurde versiegelt, die Spurensicherung wollte es sich morgen früh vornehmen.

Mit einem speziellen Pflaster, das ihm der Notarzt reichte, zog Jérôme die Ränder der Wunde auf Jacques Hand zusammen. Ist nicht schlimm. Ich schau morgen noch mal drauf. Und wechsle dir dann den Verband.

Es war alles sehr schnell gegangen.

GG: Notruf

Rund um die Uhr kann man bei einem Schlüsseldienst unter notruf.ch eine Nummer erfragen, wenn man Hilfe benötigt, weil man ein Schloss nicht öffnen kann. Genau um fünf Uhr siebenundfünfzig morgens ging ein Anruf ein, und ein Mann fragte, ob ein Privattresor, zu dem der Eigentümer den Schlüssel verlegt habe, auch um diese Zeit geöffnet werden könne. Ja, sicher, aber dazu brauche man einen Spezialisten, den man erst wecken müsse. Rufen Sie in zwanzig Minuten wieder an. Beim zweiten Anruf erhielt der englisch sprechende Mann die Nummer eines Mobiltelefons, das er um halb acht anrufen möge. Gern geschehen, Sir. Punkt halb acht. On the dot. Darauf lege der Spezialist wert.

Um Punkt halb acht dümpelte die Riva vor dem Nordufer des Genfer Sees. G der Ältere sah nur wenig durch den leichten Nebel. Er fror. Und das Gerät summte. On the dot. Er nahm das Gespräch an, ohne einen Laut von sich zu geben. Die Stimme eines Mannes erklärte, das Ziel sei nicht erreicht worden. Sie liege verletzt im Krankenhaus. Leicht. Sie solle heute noch von der Polizei vernommen werden. Nein, sie gelte als Opfer. Möglicherweise eines Vergewaltigungsversuchs. Vielleicht lasse sich die Aussage bis morgen hinauszögern.

Pause.

G überlegte nicht lange.

»Holt sie raus. Und zwar so, dass damit das Ziel auf andere Weise erreicht wird. Das könnte klappen.«

»Wie das denn?«

»Meine Güte.« G erhob die Stimme und sagte hart: »Lasst euch was einfallen. Man kann jemanden auch töten, indem man seinen Ruf ruiniert.«

»Okay!«

Er schaltete das Handy aus und ließ es an der Außenwand der Riva ins Wasser gleiten. Dann stellte er sich ans Steuer. Der Motor brummte tief los, als G der Ältere Kurs auf seinen Steg nahm.

Aus seiner Manteltasche zog er eine kleine Plastiktüte, in die Horni liebevoll zwei Chlöpfer eingepackt hatte. G nahm eine krumme Cervela heraus und zuzelte das Wurstfleisch aus der Pelle, wobei er ein wonniges Grummeln von sich gab. Auch kalt schmeckten sie gut. G lachte leise vor sich hin, denn er dachte an den Satz von Metzger Hornecker, der voller Zorn über den drohenden Tod dieser Wurst daran erinnerte, dass der Verpackungskünstler Christo in Basel Kirschbäume umwickelt hätte: »Wenn verpackte Bäume Kunst sind, was ist dann erst eine Cervela?«

G würde heute noch einmal prüfen lassen, ob man Rinderdärme nicht aus Neuseeland importieren könnte. Denn auch dort wurde die natürliche Aufzucht betrieben wie in Brasilien. Bisher exportierten die Neuseeländer aber nur Schafdärme. G dachte darüber nach, ob er mit Metzger Hornecker nicht eine Importfirma für Rinderdärme gründen sollte. Zur Rettung der Cervela war ihm nichts zu mühsam.

Der Verdacht

Ab neun Uhr früh lief die Meldung in den Radionachrichten. Richter Jacques Ricou werde der Vergewaltigung bezichtigt. Eine verletzte Frau sei in der Nacht vom Notarzt in das Tenon-Krankenhaus im zwanzigsten Arrondissement eingeliefert worden. Sie befinde sich im Schockzustand. Das Schlafzimmer, besonders das große Bett des Untersuchungsrichters, sei nach Angaben der Polizei blutverschmiert gewesen. Ricou habe spät am Abend im Bistro Aux Folies fast eine ganze Flasche Whisky getrunken, berichteten Zeugen.

Jacques hörte die Meldung nicht, weil er um neun Uhr unter der eisigen Dusche stand. Unter dem kalten Wasser hoffte er aufzuwachen. Die verletzte Hand hielt er hoch, damit sie nicht nass würde. Und er fluchte. Es ist verdammt schwer, sich mit nur einer Hand einzuseifen und gleichzeitig den Duschkopf zu halten.

Margaux war die Erste, die ihn anrief und informieren wollte. Doch Jacques ließ sie nicht zu Wort kommen.

»Guten Morgen. Es klingt, als wärest du im Auto.«

Kam sie von ihm? Von Louis? Er hätte es nur allzu gern gewusst.

»Ja. Ich fahre schon in die Redaktion…«

Sollte er jetzt fragen, ob sie von zu Hause komme? Nein! Die Blöße würde er sich nicht geben.

»Von zu Hause?«

»Ja, Jean-Marc hat mich eben angerufen.«

»Jean-Marc?«

»Mein Chef!«

»Ach so, der.«

»Es geht um dich.«

»Wieso um mich?«

»Hast du heute noch keine Nachrichten gehört?«

»Nein. Es war gestern ein bisschen später mit Jérôme bei Gaston. Und dann habe ich noch eine Verrückte im Hausflur gefunden, die stark blutete. Die mussten wir noch verarzten…«

»Eben, darum geht's. Es heißt, du hättest versucht sie zu vergewaltigen.«

»Das ist doch verrückt. Wer behauptet das?«

Jean-Marc, ihr Chefredakteur, hatte die Agenturmeldung gelesen und Margaux den Auftrag erteilt, der Sache nachzugehen. Nach dem Motto, du kennst den doch.

In kurzen Worten erzählte Jacques ihr das Wesentliche.

»Dann musst du jetzt sofort eine eigene Presseerklärung rausjagen«, drängte ihn Margaux. »Sonst verselbstständigt sich die Falschmeldung, und du kannst sie nicht mehr einfangen. Dann wird das Gerücht zur Tatsache, Jacques.«

»Noch besser wäre es, wenn die Polizei die Meldung richtigstellte«, sagte Jacques nach kurzer Überlegung. Das würde überzeugender wirken. »Ich rufe Jean an, der soll sich darum kümmern.«

Jean Mahon verstand sofort. »Ich werde das über die Präfektur spielen. Dann ist es ganz offiziell.«

Als Jacques sich angezogen hatte und einen Kaffee trank, klingelte sein Diensthandy.

»Marie Gastaud«, meldete sich seine Chefin und fuhr ohne weitere Floskeln fort: »Ich will Sie sofort – ich betone: sofort! – in meinem Büro sehen. Die Justizministerin hat angerufen. Sie wird eine interne Untersuchung gegen Sie veranlassen und Sie möglicherweise von allen laufenden Fällen entbinden. Wann sind Sie hier?«

»Madame la Présidente, nichts an den Vorwürfen entspricht den Tatsachen«, antwortete Jacques scheinbar gelassen und machte eine kleine Pause. »Und ich gehe gerade aus meiner Wohnungstür. Es dauert höchstens zwanzig Minuten.« Na ja, sagte er sich. Mindestens. Wenn nicht zu viel Verkehr ist. Außerdem, den Kaffee werde ich jetzt ja wohl noch trinken können. Auf die paar Minuten kommt es auch nicht mehr an. Aber er war dann doch zu nervös, um sich mit dem Becher hinzusetzen.

Schließlich musste er noch zwanzig Minuten zu Hause warten, bis die Männer von der Spurensicherung endlich klingelten.

»Kann ich denn heute Abend wieder in meinem Bett schlafen?«, fragte er. Ja, sicher. Dann rief er noch Chan Cui an, eine junge Chinesin, die seit seinem Umzug für ihn putzte. Schwarz. Und ohne Aufenthaltsgenehmigung. Ach Gott ja, hatte er zu Margaux gesagt, als sie ihn fragte, weißt du, in solchen Kleinigkeiten soll man nicht päpstlicher sein als der Papst.

Ich bin sicher, der versteuert seine Putzfrau auch nicht.

Hoffentlich flog das nicht ausgerechnet jetzt auf.

Die Zwölfuhrnachrichten bei France-Inter hörte er gemeinsam mit der Gerichtspräsidentin in ihrem Büro. Sie hatte ihren Stellvertreter und einen Öffentlichkeitsreferenten des Palais de justice zu der Besprechung hinzugebeten.

Der Vergewaltigungsvorwurf kam immer noch als erste Meldung. Aber das Polizeipräsidium hatte schon richtiggestellt, es hieß jetzt, der Vorwurf sei wahrscheinlich nur eine Schutzbehauptung der verletzten Frau. Und dann wurde ein Originalton eingespielt, der Jacques überraschte. Der Nachrichtensprecher sagte: »Inzwischen hat sich ein Zeuge im Fall Ricou gemeldet, der Hausarzt Jérôme Lacroix. Ihn hat Ricou zu Hilfe geholt, weil die Frau in seinem Schlafzimmer schwer blutete.«

O-Ton Jérôme Lacroix: »Monsieur Ricou rief mich an, als er die blutende Frau in seinem Hausflur vorfand. Auf der Treppe neben der Eingangstür! Ich habe vorgeschlagen, die Verletzte in seine Wohnung zu tragen und auf sein Bett zu legen. Dann rief Ricou den Notdienst, während ich sie verband. Und anschließend bin ich auf die Straße gelaufen, um den Krankenwagen zu empfangen. Ricou wusste doch, dass wir gleich kommen würden, und war höchstens drei Minuten mit ihr allein.«

Während seiner Mittagspause stand Jérôme an der Theke von Aux Folies und verbreitete seine Meinung über Journalisten. Diese Kerle sind doch nicht auf die Wahrheit aus. Die wollen eine Sensationsmeldung so lange auskosten, wie sie können. Denn seinen Schlusssatz hätten sie unterschlagen. Weggeschnitten. Dabei sei das der Wichtigste gewesen: »Ricou konnte also gar nicht versuchen, sie zu vergewaltigen.« Eben. Darin lag doch der Kern der Botschaft. Er, Jérôme, unten auf der Straße, wartet auf den Notarztwagen. Das hätte Ricou auch gewusst. Außerdem würde Jacques so etwas grundsätzlich nie machen, oder? Würdet ihr ihm das zutrauen? Ja, wenn sie diesen letzten Satz noch gesendet hätten, in den Nachrichten, dann wäre das klar gewesen.

Auslieferungsantrag aus Leipzig

»Harry, Sie sind mein Cherub«, hauchte Karen von Rintelen in die Sprechmuschel ihres Telefons, »gestern früh haben Sie mir erst verraten, dass Mormann in Paris gefasst wurde...«

»Aber da wusste ich es nur aus meiner privaten Quelle!«

»... ja, aber heute früh liefern Sie mir auch noch die offizielle Bestätigung von Interpol und Europol nach. Haben Sie es schriftlich?«

»Eine E-Mail.«

»Dürfen Sie mir die weiterleiten, damit ich den Auslieferungsantrag stellen kann?«

»Klar. Mach ich sofort.« Kriminalkommissar Harry Spengler fuhr mit dem Cursor auf »Weiterleiten«, gab den Namen der Staatsanwältin ein und klickte auf »Senden«. »Die Mail müsste jetzt gleich bei Ihnen ankommen.«

»Nein, ist noch nicht da.« Karen schaute auf ihre flache Nomos-Uhr aus Glashütte, die sie wie einen Talisman hütete, und überlegte, ob sie ein paar Termine verschieben sollte, um heute noch den Auslieferungsantrag für Mormann auf den Weg zu bringen. In den Hörer sagte sie: »Ich melde mich, sobald ich sie gelesen habe.« Und dann hauchte sie in ihrer unnachahmlichen Art: »Bis gleich.«

Es war neun Uhr fünfzehn.

In einer Viertelstunde würde die tägliche Konferenz beginnen. Heute stand keine Gerichtssitzung für sie an, aber am Nachmittag ein Termin beim Friseur. Waschen, schneiden, föhnen. Bei Emanuel, der in der FDJ noch Walter gerufen wurde. Vielleicht weil er schwul wirkte, aber nicht war, hatte er die größten Erfolge bei gelangweilten Ehefrauen der Leipziger SUV-Szene. Emanuel und Karen lästerten gern über die gefärbten Blondinen, die ihren Mann nach dem Geldbeutel ausgesucht hatten, einen ordinär weiß gespritzten Cayenne mit nur einer Hand fuhren, weil sie die andere stets am Ohr hielten. Wegen des Handys. Zur Freisprechanlage hat das Geld wohl nicht mehr gereicht! Aber auch Karen war von Emanuels Ruf angelockt worden. Einmal war sogar ein kleines Bild von ihm in der *Gala* erschienen! Aber sie kannte wirklich keinen anderen Friseur, der so gut mit ihren Haaren umgehen konnte.

Morgen, am Samstag, würde der Frühjahrsrundgang in der ehemaligen Baumwollspinnerei stattfinden, in deren riesigen leeren Hallen sich Künstler mit ihren Ateliers und ein halbes Dutzend Galerien eingenistet hatten. Aus aller Welt würden die Fans und Sammler der Neuen Leipziger Schule anreisen, manche sogar mit ihrem eigenen Jet. Für den Abend dann hatte der Galerist Judy Lybke zu einem kleinen Essen mit einigen seiner Maler, mit Neo Rauch, Rosa Loy und Tim Eitel, eingeladen. Mit seiner Galerie Eigen-Art und seinen auffällig gestreiften Anzügen war Judy der erfolgreichste und bekannteste Galerist Leipzigs. Vielleicht Ostdeutschlands. Oder gar ganz Deutschlands. In der Welt der Sammler kannte man ihn, er war in Basel, London und Miami auf den Messen. Und wegen der Kunst, die er makelte, kamen sogar Sammler aus Südkorea, London und Denver ins alte Leipzig.

Den Termin beim Friseur könnte sie auch verschieben. Oder lieber doch nicht. Denn Judys Essen fand bei ihr statt. Sie hatte von ihren Stiefeltern eine große alte, nach der Wende mit viel Liebe renovierte, Villa geerbt, in der sie alleine wohnte. Dass sie eine ewige Junggesellin war, sorgte in der Stadt immer wieder für Gesprächsstoff. Sie wirkte viel zu sexy, als dass man in ihr eine alte Jungfer vermuten wollte. Aber diese schöne Frau, die so viel Wärme ausstrahlte, ging höchstens zwei- oder dreimal mit demselben Mann aus, und so fand nie jemand Anlass, ihr ein Verhältnis anzudichten. Meist trat sie öffentlich mit Männern auf, die in festen Händen waren. So hatte es sich auch eingebürgert, dass sie Judy für seine Einladungen ihre Villa zur Verfügung stellte. In die vier großen, repräsentativen Empfangsräume in der unteren Etage passten bequem hundert oder gar hundertfünfzig Gäste, ohne dass sie gedrängt stehen mussten. Oder es zu heiß wurde. Judy lud ein, seine Leute richteten das Fest aus und räumten am Sonntag wieder auf, während sie eher Gast als Gastgeberin spielte. Für alle war das ein bequemes Arrangement.

Ping. Die Mail war eingegangen.

Karen öffnete sie, las die drei Seiten lange Nachricht und prüfte noch einmal die einzelnen Punkte. Ja, es waren alle für den Auslieferungsantrag notwendigen Fakten vorhanden.

»Danke, Harry«, rief sie ihm kurz über das Telefon zu, während der Drucker die Mail ausspuckte, dann packte sie die Seiten und lief in den Konferenzraum auf der anderen Seite des Ganges.

Das Gemurmel verstummte, als sie eintrat und freundlich einen guten Morgen wünschte, nur Oberinspektor Juschka redete weiter auf die neben ihm sitzende junge Referendarin Evelyn ein, bis die mit dem Finger auf die Staatsanwältin wies und er mit einer Grimasse verstummte.

Es stand heute nicht viel an.

Alle freuten sich auf ein langes Frühlingswochenende.

Karen fragte leise in die Runde, ob jemand etwas zu berichten habe. Nein? Sie habe auch nicht viel. Dann hob sie die drei Seiten lange Mail von Europol hoch.

»Nur diesen einen Punkt hier! Eben ist die offizielle Bestätigung von Europol gekommen, dass Holm Mormann am Dienstag in Paris verhaftet worden ist. Herr Juschka, haben Sie diese Mitteilung auch schon gelesen?«

»Nein«, sagte der Oberinspektor, »vielleicht ist die Nachricht erst eingetroffen, als ich schon auf dem Weg zur Konferenz war.«

»Und hält Sie niemand aus Ihrem Büro auf dem Laufenden?«, fragte die Staatsanwältin leise.

»Ich vermute, man hält dies nicht für eine so aktuelle Staatsaktion«, antwortete er mit klarer Stimme, die ausdrückte, dass er ebenso dachte. Die soll sich nicht so wichtig machen.

»Sie verstehen die Eiligkeit des Verfahrens wohl nicht.« Karen schaute ihn freundlich lächelnd an. »In viereinhalb Wochen beginnt der Prozess gegen den Investor Kurt Ballak wegen Bestechung, Korruption, Geldwäsche und was sonst noch. Ich nehme an, die Presse aus der ganzen Bundesrepublik wird anreisen. Sie kennen ja die Vorgänge. Es mischt sich alles, Politik, Geld, Sex und Unterwelt.«

»Wieso Politik?«, fragte die Referendarin Evelyn, eine etwas pummelige junge Person mit wirr abstehender roter Lockenpracht. Bei der Staatsanwaltschaft arbeitete sie seit einem Monat, ihre zweite Ausbildungsstation nach dem Zivilgericht. Karen von Rintelen schaute zu ihr hinüber und erklärte: »Ballak war Wirtschaftsminister in der ersten Landesregierung von Sachsen-Anhalt nach der Wende. Das war die Zeit des Verkaufs der Raffinerie von Leuna an France-Oil. Und das spielt in dem Fall wohl auch eine Rolle. – Inspektor Juschka«, Karen zeigte auf ihn, »erläutern Sie doch, welche Rolle Holm Mormann in dem Prozess spielen könnte.«

»Ja, auf jeden Fall wäre er ein wesentlicher Zeuge«, Juschka räusperte sich, »Polizei und Staatsanwaltschaft gehen davon aus, dass Ballak mithilfe von Mormann Millionensummen im Umweg über Steueroasen gewaschen hat. Deshalb hatten wir den internationalen Haftbefehl erlassen. Wenn die Staatsanwaltschaft Mormann in dem Prozess vorführen kann, lassen sich die Vorwürfe gegen Ballak ohne Zweifel belegen.«

»Eine der Kernfragen in dem Prozess wird sein«, ergänzte Karen, »zu beweisen, woher der ursprünglich von einem Beamtengehalt lebende Ballak solche Unsummen erhielt, und zwar Millionensummen in zweistelliger Höhe, mit denen er sein Imperium in Leipzig, ja in ganz Sachsen aufbauen konnte. Geld, das er für alles einsetzte. Besonders zum Kauf von Einfluss. Vielleicht gehört der ehemalige Wirtschaftsminister Ballak zu denen, die von France-Oil bestochen worden sind. Bei dem Geschäft wurde in Frankreich viel Geld unterschlagen. Und in einem Prozess in Paris haben die französischen Manager von France-Oil angegeben, sie hätten Zigmillionen an deutsche Politiker und die Regierungspartei gezahlt. Auch an den damaligen Bundeskanzler, denn dessen Freund, der französische Staatspräsident François Mitterrand, hätte die Wiederwahl seines deutschen Partners gewährleisten wollen!«

»Das muss man sich mal vorstellen«, warf Staatsanwalt Knoch ein, »wir würden einem französischen Staatspräsidenten Geld zuschustern, nur damit der im Amt bleibt. Wenn das rauskäme, gäbe es sofort wieder eine antideutsche Kampagne in Frankreich!«

»Ob das Geld von France-Oil wirklich an den Kanzler geflossen ist«, sagte Karen von Rintelen, »das hat bisher noch keine Staatsanwaltschaft in Deutschland nachweisen können...«

»... oder wollen!«, rief Knoch.

»Wir wollen, oder etwa nicht?« Die Staatsanwältin schaute ihn mit ihren blauen, leicht falsch stehenden Augen so an, als wollte sie ausdrücken, wir sind doch alle liebe, fleißige und ehrliche Kinder, nicht wahr? Und dann sagte sie: »Vielleicht kommen wir mit Mormanns Hilfe weiter.«

»Weshalb glauben Sie denn, dass der reden wird?,« fragte die Referendarin.

Karen schwieg einen Augenblick, so als dächte sie nach. Dann sagte sie: »Mormann war fünf Jahre lang untergetaucht. Und das hat er eindeutig so geschickt bewerkstelligt, dass unsere Zielfahnder ihn nicht erwischt haben. Und die sind eigentlich einmalig gut. Nun fragen wir uns natürlich: Warum taucht er jetzt wieder auf? Dafür sprechen mindestens zwei Gründe. Zum Ersten könnte er glauben, die Straftaten, die er begangen hat, seien schon verjährt. Aber da irrt er sich. Zum Zweiten spekuliert er vielleicht darauf, dass er die Kronzeugenregelung in Anspruch nehmen kann, die seit Januar dieses Jahres in Deutschland wieder gilt. Das ist meine geheime Hoffnung. Meine große geheime Hoffnung.«

»Sie meinen, er packt aus und wird dann als Kronzeuge nicht bestraft?«

»Ja, so ähnlich! Evelyn, das ist eine gute Aufgabe für Sie. Arbeiten Sie mal übers Wochenende die Frage Mormann und Kronzeugenregelung durch. Die Akten erhalten Sie in meinem Büro. Oder machen Sie es bis Dienstag. Denn jetzt möchte ich alle bitten, die Zeit haben, sich gleich um den Auslieferungsantrag zu kümmern.«

Evelyns Gesicht verdüsterte sich, während die Staatsanwältin sprach. Wahrscheinlich hatte sie sich für das Wochenende etwas anderes vorgenommen, wagte es aber nicht, zu widersprechen.

»Mir wäre es lieb, wenn wir so vorgehen könnten«, die Staatsanwältin schaute in die Runde, »Staatsanwalt

Knoch setzt sich mit Oberinspektor Juschka und Evelyn zusammen, und sie entwerfen den Auslieferungsantrag.«

Sie schaute Juschka an: »Wir haben doch hoffentlich neben dem deutschen und dem internationalen auch einen europäischen Haftbefehl gegen Mormann erlassen?«

»Ich gehe davon aus.«

»Sie gehen davon aus«, Karen schaute auf ihre Papiere, »das heißt weder Ja noch Nein. Man kann von vielem ausgehen. Können Sie das bitte überprüfen? Und zwar jetzt. Jetzt gleich?«

Obwohl sie ihn dabei freundlich anschaute, hatte jeder in der Konferenzrunde die Kritik in ihrer Stimme gehört. Juschka, ein gestandener Polizist mit mehr als fünfundzwanzig Dienstjahren, schob mit rotem Kopf den Stuhl zurück, stand betont langsam auf und verließ den Raum.

»Ich schau nach. Bin gleich zurück.«

»Wenn wir einen europäischen Haftbefehl haben, davon gehe ich jetzt mal aus, dann können wir nach Artikel 66 SDÜ die vereinfachte Auslieferung beantragen. Und falls Mormann seiner Auslieferung zustimmt, und das könnte er tun, weil die französischen Gefängnisse unerträglich sind, dann muss er innerhalb von zehn Tagen überstellt werden. Und wir hätten ihn rechtzeitig für die Vorbereitung des Prozesses gegen Ballak hier.«

Evelyn hob die Hand und meldete sich wie in der Schule.

»Ja, Evelyn?«

»Entschuldigung, vielleicht bin ich doof. Aber was ist SDÜ?«

Alle lachten. Knoch sagte: »Das ist einer der grässlichen Begriffe, die du bei uns immer wieder hören wirst. SDÜ ist die Abkürzung für ›Schengener Durchführungsübereinkommen‹. Danach gilt im europäischen Schengenbereich, also dort, wo es keine Grenzen mehr gibt, ein einfacheres Haft- und Auslieferungsverfahren.«

Keiner ließ es sich anmerken, aber jeder hatte bemerkt, dass Knoch die Referendarin duzte. Lief da was?

Scheinbar entspannt lehnte sich Karen zurück. »Und damit wir keine Zeit verlieren, werde ich noch heute Vormittag nach Dresden ins Justizministerium fahren. Mit dem Auto schaffe ich es bequem in anderthalb Stunden. Ihr mailt mir den Auslieferungsantrag dorthin. In Dresden bereite ich mit dem zuständigen Referenten alles Notwendige vor. Denn das Gesuch muss ja vom hiesigen Ministerium an das zuständige französische Gericht gehen. Die Franzosen könnten den Antrag also schon heute Nachmittag haben, und für mich zählt von jetzt an jeder Tag.«

Es wäre ein Triumph für die Staatsanwältin, wenn es ihr als Erster gelingen würde, nachzuweisen, an welche Politiker und Parteien in Deutschland die Millionen aus den schwarzen Kassen von France-Oil geflossen sind.

Die Tür ging wieder auf, Juschka kam herein, hob den Daumen und nickte ihr zu.

Sie blickte den zwei Stühle neben ihr sitzenden

Staatsanwalt Knoch an und bat ihn zu recherchieren, von welcher Stelle in Paris die Auslieferung gefordert werden müsste. Zur Not könne er sich bei Kommissar Harry Spengler erkundigen. Der habe private Kontakte nach Frankreich.

Erst kurz vor der Autobahnabfahrt Döbeln fiel Karen der Termin beim Friseur wieder ein. Gut, dass sie eine Freisprechanlage hatte, denn es dauerte geschlagene drei Minuten, bis Emanuel die Kundin, die er gerade bediente, fertig geföhnt hatte.

»Karen«, flötete er endlich, »meine liebste Staatsanwältin. Willst du mir etwa absagen?«

»Emanuel«, sie versuchte die harte Staatsanwältin in ihre Stimme zu legen, und er lachte, »Emanuel, bei mir ist der Tag ein wenig aus den Fugen geraten. Ich weiß nicht, wann ich vom Justizministerium aus Dresden zurück bin. Es ist eine ganz irre Geschichte. Aber du musst mich heute noch drannehmen. Wegen morgen, du weißt doch. Kann ich zur Not auch noch um sieben kommen? Ich habe dir viel zu erzählen.«

Der Staranwalt

Der Stationsarzt werde das entscheiden, aber der sei in der Mittagspause, erklärte Schwester Marie dem älteren Rechtsanwalt, der fragte, wann seine Mandantin in der Lage sein würde, das Krankenhaus zu verlassen. Sie sei gestern Nacht eingeliefert worden.

Er stellte sich als Serge Normandin vor und gab ihr eine Visitenkarte. Dazu legte er einen schweren Mantel, den er über dem Arm hatte, und eine dicke Tasche an der Tür zum Schwesternzimmer ab, kramte die Karte aus der Seitentasche seiner dunklen Anzugjacke hervor und ging ein paar Schritte in den Aufenthaltsraum. Schwester Marie saß gemütlich mit einem braunen Kaffeebecher an einem runden Tisch. Weiße Flecken am angeschlagenen Rand des Bechers zeugten von seinem Alter, auch der Tisch war alt und fleckig. Der Schmutz ließ sich wohl nicht mehr abwaschen.

»Wie geht es ihr denn, Schwester?«, fragte er leise.

»Das sah schlimmer aus, als es ist«, antwortete Marie, »am stärksten leidet sie wohl unter dem Schock des Angriffs.«

»Kann ich zu ihr rein? Sie will mit mir reden.«

»Jaja, gehen Sie ruhig, Zimmer 317.«

»Wo ist das?«

»Da um die Ecke, den Gang rechts runter.« Mit dem Arm zeigte die Schwester ihm den Weg, blieb aber sitzen und setzte den Becher noch nicht einmal ab. Ihm war es recht so. Ganz vorsichtig hatte er sich vom Empfang der Notaufnahme aus durchgefragt, denn er wusste nicht, unter welchem Namen sie hier lag. In Kinderschrift hatte jemand Catherine Parr auf den Karton an der Tür 317 geschrieben. Klug gewählt. Der Name klang sowohl französisch wie britisch. Konnte aber auch in fast jedem westeuropäischen Land vorkommen. Er drückte die Klinke vorsichtig herunter und steckte seinen Kopf durch den Spalt.

Sie schien zu schlafen.

Ohne einen Laut schlüpfte er in den Raum, schlich leise zu ihrem Bett, und als sie die Augen aufschlug, hielt er den Finger an seinen Mund.

»Ich bin dein Rechtsanwalt. Serge Normandin. Madame Parr also.« Er lächelte, sie verzog keine Miene. »Ich hole dich jetzt unauffällig raus.«

Er ging zurück zur Tür. Dann fluchte er. Verdammt, kein Schlüssel, kein Riegel. Na ja, wir haben nicht viel Zeit. Das muss jetzt schnell gehen.

Behände griff er in seine schwarze Aktentasche, zog ein weißes Kästchen hervor, klappte es auf und entnahm ihm eine fertig aufgezogene Spritze. Geschickt hielt er sie mit der Nadel nach oben, drückte ein wenig Flüssigkeit heraus.

»Mach deinen Arm frei! Ich geb dir so 'ne Art Speed in die Vene, so wirkt es am schnellsten. In ein paar Minuten fühlst du dich topfit.«

Während er die Nadel so gekonnt in die Vene einführte, als setzte er jeden Tag eine Spritze, sagte sie sachlich: »Ich kann so nicht raus! Im Krankenkittel.

Der ist hinten auch noch offen. Meine eigenen Klamotten sind völlig versaut.«

»Warte, lass mich erst einmal die Spritze durchdrücken.«

Ohne ein weiteres Wort zu verlieren, nahm er dann seinen Mantel hoch, in dem er Jeans, Pullover und eine sportliche Lederjacke verstaut hatte. Aus seiner Tasche zog er Strümpfe und ein Paar flache Lederschuhe.

»Dreh dich um«, bat sie ihn.

Serge Normandin schaute zum Fenster hinaus. Man sah dem Krankenhaus sein Alter an. Es war einst von dem Chirurgen Jacques René Tenon im achtzehnten Jahrhundert geplant worden, der Bau der heutigen Gebäude hatte dann 1867 begonnen und war wegen des Krieges gegen die Deutschen erst 1872 fertiggestellt worden. Damals schon galt das Tenon, heute noch Universitätsklinik, als eines der modernsten Hospitäler von Paris. Nur der Trakt für die Notaufnahme war später, vor ein paar Jahren, entlang der Rue Belgrand errichtet worden.

Während sie sich raschelnd hinter seinem Rücken anzog, schaute Anwalt Serge Normandin auf die Uhr und tippte mit dem Zeigefinger ein Symbol auf dem Bildschirm seines iPhones an. Einen kleinen Moment horchte er an dem Gerät, sagte »Dreihundertsiebzehn Catherine Parr« und steckte es wieder ein.

Wenige Augenblicke später riss ein uniformierter Polizist die Tür auf und stürzte herein, während im Gang Schwester Marie protestierte, aber von einem zweiten Polizisten zurückgehalten wurde.

»Madame Parr?«, fragte der erste Gendarm, den

Namen französisch aussprechend. Sie nickte und schaute verwirrt zu ihrem Anwalt.

»Wir holen Sie zur Vernehmung auf dem Kommissariat ab. Vorher aber werden wir beim Hospital Hôtel-Dieu den Schweregrad Ihrer Verletzung feststellen lassen, für den Fall einer gerichtlichen Auseinandersetzung mit Ihrem Angreifer.«

»Ich bin ihr Anwalt. Das kommt überhaupt nicht in Frage«, rief Normandin, warf sich in die Brust und trat vor den Polizisten. »Haben Sie eine Vorladung?«

»Bleiben Sie ganz ruhig. Auch die haben wir.«

»Die möchte ich sehen!«

»Ronald, die Papiere!«, rief der Polizist seinem Kollegen auf dem Gang zu. Der zweite Uniformierte kam in das Zimmer, hinter ihm Schwester Marie.

»Welche Papiere?«

»Die Vorladung!«

Ronald öffnete den Knopf seiner Brusttasche, holte ein doppelt gefaltetes Dokument hervor und reichte es dem Anwalt.

Der schlug es auseinander, blickte nur kurz darauf und rief: »Und wer ist dieser Kommissar Jean Mahon, der unterschrieben hat? Von welchem Kommissariat?«

»Von der Police judiciaire.«

»Welche Police judiciaire?«

»Vom Palais de justice auf der Ile de la Cité.«

»Das ist aber ungewöhnlich. Jean Mahon? Nie gehört.« Er wandte sich an die Krankenschwester. »Ich nehme sie zur Zeugin, Schwester Marie. Wir gehen nur unter Protest mit.« Und dann rief er noch mehrmals: »Jean Mahon, den kenne ich nicht.« Und: »Was hat die Police judiciaire damit zu tun?«

Der Polizist griff die Frau am Arm. Sie schüttelte sich sofort wieder los. Schnell packte der andere ihre beiden Arme von hinten, verdrehte die Hände so brutal, dass sie vor Schmerz aufschrie, doch ohne ein Gefühl zu zeigen, legte ihr sein Kollege Handschellen an. Als sie nochmals schrie und sogar versuchte, ihn zu beißen, schlug er kurz und kräftig mit der Handkante gegen ihren Bizeps, sodass sie seitlich einknickte. Er fuhr sie an: »Unten im Wagen warten noch zwei Kollegen. Wenn Sie unbedingt wollen, können wir Sie auch als Paket runtertragen.«

»Wir kommen mit!«, rief Anwalt Serge Normandin. »Aber nur unter großem Protest. Und weil Sie Gewalt anwenden.« Dann überlegte er kurz und knurrte: »Scheißbullen!«

An der offenen Aufzugstür stand ein dritter Polizist, und als die Frau in Handschellen hineingedrängt wurde, rief Anwalt Normandin Schwester Marie zu, die im Gang hilflos stehen geblieben war: »Sie sind unsere Zeugin. Rufen Sie die Presse an. Jean Mahon heißt der Kommissar, der verantwortlich ist.«

Mormanns Karton

Ihr karges Mittagsmahl lag auf einem kleinen Tisch beim Fenster in Jacques' Büro. Zwei Baguettes, Butter, gekochten Schinken und ein paar Scheiben Gruyère hatte Martine besorgt, jeder konnte sich ein Sandwich schmieren. Bitte bring Cornichons mit, hatte Jacques sie angefleht. Und auch diesen Wunsch hatte sie ihm erfüllt, weil sie seine Lust auf die leicht säuerlichen kleinen Gurken kannte, die er besonders liebte, wenn sie nach Burgunderart etwas pfeffrig schmeckten. Heute brauchte er ein wenig Zuwendung. Aber weil Martine vergessen hatte, etwas zu trinken mitzubringen, stand nur ein Glaskrug mit Leitungswasser auf dem Tisch.

Kommissar Jean Mahon hatte schon auf Jacques gewartet, als der von der unangenehmen Sitzung bei der Gerichtspräsidentin zurückkam. Weil ihm heiß geworden war, zog Jacques seine Jacke aus, hängte sie über die Lehne seines Bürosessels, stieß einen tiefen Seufzer aus und sagte: »Sachen gibt's, die gibt's gar nicht.«

»Wie hat sich die Betonmarie verhalten?«, fragte Jean. Betonmarie war beider Spitzname für die Gerichtspräsidentin Marie Gastaud, deren leicht bläulich eingefärbte Dauerwellenfrisur stets wie zementiert auf ihrem rundlichen Kopf saß.

»So genervt habe ich sie noch nie erlebt«, sagte Jacques und stierte auf die Akten, die seinen Schreibtisch bedeckten. Nach einer Pause fügte er hinzu: »Ist ja aber auch eine verdammte Sache. Da melden die Agenturen, ich hätte versucht, eine Frau zu vergewaltigen. Sofort erhält sie Druck aus dem Justizministerium. Woraufhin selbst bei ihr die Sicherungen durchbrennen. Statt erst einmal cool zu bleiben und die Fakten zu prüfen, werde ich beschuldigt. Aber gut, dass es Zeugen wie Jérôme gibt, die das Gegenteil aussagen. Nun frage ich mich natürlich, was dahintersteckt. Ob die Frau nur ein verwirrter Junkie ist oder was?«

»Und wer kümmert sich um den Fall?«

»Mir wollen sie den nicht übertragen, weil ich selbst betroffen bin. Kann ich verstehen. Ich weiß nicht, wen es treffen wird. Aber ich werde es schon schnell genug erfahren. Spätestens, wenn ich dazu vernommen werde. Merde!«

Wieder fiel ihm ein, dass er dieses Wort doch nicht benutzen sollte, denn seine Französischlehrerin, die im guten Sinn mit Autorität versehene Madame Fourcade, hatte es als Klowort bezeichnet. Nein, Merde, Scheiße, dürfe man nicht sagen. Merde alors!

»Okay. Aber wo stehen wir?« Jacques richtete sich auf, drückte das Kreuz durch und sah Jean fragend an.

»Warte mal«, Jean nahm sein Handy, »ich will eben mal telefonieren.«

»Warum?«

»Die Frau liegt doch immer noch im Tenon?«

»Davon gehe ich aus.«

»Meiner Ansicht nach sollte sie in Sicherheitsverwahrung genommen werden. Zumindest müssen wir einen Polizisten vor ihre Tür stellen.«

»Wenn ich mich da einmische«, sagte Jacques, »wird mir das doch nur wieder vorgeworfen. Schließlich behauptet sie, ich hätte sie vergewaltigen wollen.«

»Ja, aber sie wollte dich umbringen – mit dem Sashimi-Messer. Das ist Mordversuch!«

»Ach, halt dich da raus, Jean.«

»Nee, lass uns auf sicher spielen!« Jean wählte die Nummer des diensthabenden Offiziers bei der Polizeipräfektur und schilderte ihm den Fall.

»Er wird sich drum kümmern«, sagte er nach dem Gespräch. »Auf jeden Fall liegt die Verantwortung jetzt bei denen.«

»Sag mir lieber mal«, Jacques nahm einen Bleistift, spitzte ihn und schlug eine leere Seite in seinem Notizblock auf, »ob ihr was bei Mormann gefunden habt.«

»Interessanterweise besaß er kein Handy. Auch im Appartement war kein Telefonanschluss. Da geht jemand sehr vorsichtig vor. Nur keine elektronischen Spuren hinterlassen.«

»Irgendwelche Fotos?«

»Überhaupt nichts Privates.«

»Papiere?«

»Mehrere Pässe, aus Italien, der Schweiz, Belgien, Kanada. Damit können wir seinen Weg in den letzten Wochen zurückverfolgen. Offensichtlich kam er aus dem Westen der Vereinigten Staaten. In einer seiner Jacken steckte die Rechnung eines kleinen algerischen Bistros in der Rue du Commerce nicht weit weg von dem Wohnhaus, in dem sein Appartement liegt. Und wir haben einen guten Neuzugang von der Polizeischule in Vincennes, Fabienne Lajoie. Vom Grad gerade mal Gardienne de la Paix geworden. Aber ein pfiffiges Mädchen. Die hat die Frage gestellt, weshalb hebt Mormann die Rechnung auf. Und sie ist zu dem Algerier, hat ihn ausgefragt, und was stellt sich heraus? Mormann hat den Patron des Bistros gebeten, einen Karton mit Unterlagen für ihn aufzuheben.«

»Und, was ist drin?«

»Fabienne bringt ihn gleich. Wir haben alles zunächst auf DNA-Spuren und Fingerabdrücke untersucht.«

»Wollen wir inzwischen doch noch schnell in die Kantine gehen?«, fragte Jacques.

Bevor der Kommissar noch antworten konnte, klopfte es, und eine pummelige junge Frau mit kurzen dunklen Haaren und wachen Augen brachte den Karton. Jean machte Fabienne Lajoie kurz mit Jacques bekannt, wollte aber schnell wissen, ob ihr noch etwas Besonderes aufgefallen sei. Nein. Aber sie habe den Inhalt des Kartons aufgelistet. Danke, bis später. Kurze Beine, dicker Hintern, registrierte Jacques. Dann klappte er den Deckel auf und stieß einen Pfiff aus. Die Unterlagen waren äußerst penibel sortiert und in Aktenhüllen abgeheftet. Obendrauf lag Fabiennes Liste. Das schauen wir uns doch gleich mal an. Martine, kannst du so freundlich sein, uns jetzt etwas zum Trinken zu besorgen?

Auf der Liste standen sieben Stichworte: »France-Oil«, »Leuna«, »Konten«, »Vermittler«, »Paris-Élysée«, »Bonn-Kansler«, »Dienste«. Weil weder Jacques noch Jean Deutsch sprachen, bemerkten sie nicht, dass Kanzler falsch geschrieben war.

Die Entführung

Die Frühlingssonne schien so warm, dass sich die Besucher auf dem Platz vor der Kathedrale Notre-Dame Mäntel und Jacken auszogen, auf den Bänken und Steinen saßen und Licht und Wärme genossen. Zwei Pärchen hatten sich sogar auf das kleine Rasenviereck am Rand des Parvis Notre-Dame gelegt. Die Augen geschlossen. Um den Mund ein seliges Lächeln.

Unter den Bäumen vor dem altehrwürdigen Hospital Hôtel-Dieu blies ein älterer russischer Musiker einen ruhigen Jazz auf dem Saxofon. Er brachte die Töne so wunderbar zum Schwingen, dass sich in dem Karton vor seinen Füßen die Euromünzen sammelten.

Und weil die Polizeipräfektur von Paris nur durch die Rue de la Cité von diesem Platz getrennt liegt, fiel der Polizeiwagen nicht sonderlich auf, der mit großer Geschwindigkeit in die Place du Parvis Notre-Dame vor den Eingang des Hospitals vorfuhr und dort scharf bremste. Die Seitentür wurde aufgeschoben, und zwei Polizisten in Uniform drängten einen laut protestierenden rundlichen Herrn auf die Straße. Er rief laut, seine Klientin werde entführt, aber auf die leicht verwundert vorbeilaufenden Passanten wirkte er wie ein verwirrter Alter, den die Polizei loswerden wollte. Ohne Sirene oder Blaulicht einzuschalten, aber doch mit rasantem Tempo verschwand der Wagen links in die Rue d'Arcole. Zurück blieb der zeternde Mann, der sich an eine abgeschabte Ledertasche klammerte.

»Polizei!«, rief er und: »Entführung!« Dann ging er auf die beiden Polizisten zu, die am Eingang des Hospitals Wache standen. Einer kam ihm mit zögerlichen Schritten entgegen und machte Gesten, als wollte er den Mann beruhigen. Der kramte kurz in seiner Aktentasche, zog einen Ausweis hervor und sprach den Polizisten korrekt an.

»Monsieur le Sergeant, ich bin Rechtsanwalt«, stellte sich Serge Normandin vor, »und Sie haben es ja eben selber gesehen. Ich bin von Ihren Kollegen aus dem Wagen geworfen worden. Und meine Klientin haben sie entführt.«

Einige Neugierige drehten sich um, andere blieben sogar stehen, worauf der Polizist sich zu seinem Partner umwandte und ihn herbeiwinkte.

»Monsieur, ganz ruhig…«

»Was heißt: ganz ruhig!«, schrie Normandin. »Hier begeht die Polizei ein Verbrechen unter den Augen aller Franzosen, und Sie sagen, ich solle ruhig sein!«

Der zweite Polizist, von kleinem Wuchs, trat hinzu, sagte aber kein Wort. Der erste schaute ihn an, hob die beiden Hände, drehte sie nach außen und zuckte mit den Schultern.

»Tun Sie doch was!«, rief Normandin und wandte sich an die gaffende Menge. »Die Polizei hat meine Klientin entführt, und die beiden scheinen mit denen unter einer Decke zu stecken!«

»Eh oui Monsieur!«, rief eine alte Französin Normandin zu. »So sind sie, wie Sarkozy. Große Klappe, aber wenn's drum geht zu handeln, dann gibt's nur ein epileptisches Zucken wie bei Louis de Funès!«

Der Menschenauflauf wuchs an, denn das Spektakel versprach lustig zu werden. Entschlossen griff der größere der beiden Polizisten Serge Normandin am rechten Arm, und als der sich mit einem Schulterzucken wehrte, griff der andere ihn fest am linken. »Los, kommen Sie mit.«

»Wo gehen wir hin. Wollen Sie mich auch verschwinden lassen?«

»Rüber zur Präfektur. Sie wollen doch, dass wir den Fall aufklären, oder?«

Die Aktentasche in der Hand, von zwei Polizisten eingerahmt, schritt der Anwalt mit stolzer Brust über die Straße und durch den hohen Torbogen der Polizeipräfektur. Man sah es seinem Gesicht nicht an, aber am liebsten hätte er heimlich gelächelt.

Betonmarie

Pling bing. So klang es, wenn im Vorzimmer von Betonmarie eine E-Mail eintraf. Gleich zweimal hintereinander pling-bingte es. Zweimal hatte der Absender die gleiche Mail geschickt. Das passiert schon mal, sagte sich Justine, die Sekretärin der Gerichtspräsidentin, und öffnete die erste. Absender war das Justizministerium des Landes Sachsen, unterschrieben hatte der Minister selbst. Alles war in bestem Schriftfranzösisch mit all den formellen Floskeln, was der Sekretärin aber nicht weiter auffiel. In welcher Sprache hätte das Auslieferungsbegehren denn sonst formuliert werden sollen? Doch nicht etwa in Deutsch, das versteht doch keiner! Justine druckte die vier Seiten aus und verglich sie mit der zweiten Mail. Die hatte den identischen Inhalt. Dann steckte sie die Papiere in eine rote Unterschriftsmappe, rot für eilig, klopfte und ging, ohne eine Antwort abzuwarten, in das Büro von Marie Gastaud. Leise legte sie die Mappe links neben die Präsidentin, die in die Lektüre einer Akte versenkt schien, und verließ den Raum. Es dauerte keine zwei Minuten, da klingelte ihr Telefon, und die Gerichtspräsidentin bat, mit dem Büro der Justizministerin verbunden zu werden.

Der Büroleiter dort hörte sich Marie Gastauds Wunsch, mit der Ministerin wegen eines Auslieferungsbegehrens aus Deutschland sprechen zu wollen, an und versprach, den Rückruf so bald wie möglich zu vermitteln. Es könne aber eine Stunde dauern, das Gericht möge die E-Mail vorsorglich weiterleiten.

Schon zehn Minuten später meldete sich die Justizministerin Anid Bard.

Als sie vor einem Jahr zum Siegelbewahrer ernannt worden war, hatte sie es sich vom ersten Tag an durch ihre Überheblichkeit mit den Richtern verdorben, obwohl sie selbst aus deren Stand kam. Aber sie hatte es bisher nicht weit gebracht. Ihre Karriere verdankte sie ihrer Beziehung zu dem neuen Staatspräsidenten, der ihr den wichtigen Posten angeboten hatte, weil sie aus einer Familie maghrebinischer Zuwanderer stammte. Zu diesem Prozedere gab es natürlich viele anzügliche Gerüchte. Reiner Populismus, hatte Jacques über ihre Ernennung geurteilt und von seinen Kollegen Zustimmung erhalten. Der Präsident wolle wohl seine Toleranz beweisen. Anid Bard jedoch hielt Toleranz für eine Schwäche, die sie sich in ihrem Amt nicht leisten konnte. So lief auch das Gespräch mit Marie Gastaud kurz und unangenehm ab. Und es ging dabei nicht um die Auslieferung Mormanns nach Leipzig.

Nur wenige Minuten bevor die ersten Agenturmeldungen den neuen Skandal meldeten, hatte Innenminister Claude Pic die Justizministerin Anid Bard angerufen und mit hämischem Unterton gefragt, warum es ihr denn nicht gelänge, ihre eigenwilligen Richter in Schach zu halten? Als Anid Bard verwundert fragte, was er damit meine, spielte er auf die Vorwürfe gegen den Untersuchungsrichter Jacques Ricou wegen Vergewaltigung an. Die Sache sei bereinigt, entgegnete die Justizministerin ihrem politischen Rivalen. Es sei eine falsche Beschuldigung gewesen. Ach ja? Ob sie sich da sicher sei? Und dann war seine Stimme eiskalt geworden.

Die ihr unterstehenden Richter würden zwar bei der Aufklärung der Kriminalfälle von der wiederum ihm unterstehenden Police judiciaire unterstützt, doch er bitte sie, dafür zu sorgen, dass ihre Richter seine Polizisten nicht zu illegalen Aktionen zwängen.

»Was soll das heißen?«

Na, der Polizeipräfekt von Paris habe ihm eben gemeldet, die Police judiciaire habe heute Mittag die gestern Nacht im Hospital Tenon eingelieferte und vermeintlich von Untersuchungsrichter Ricou sexuell belästigte Frau mit einem Vorführbefehl abgeholt und gegen ihren und den Willen ihres im Krankenhaus ebenfalls anwesenden Anwalts entführt. Der Anwalt sei schließlich vor dem Hospital Hôtel-Dieu aus dem Polizeiwagen geworfen worden. Von der Frau fehle seitdem jede Spur. Anwalt Serge Normandin habe sofort bei der Präfektur Bericht erstattet und Klage erhoben. Den Vorführbefehl habe Kommissar Jean Mahon von der Police judiciaire ausgefüllt und nicht, wie es das Recht wolle, ein Richter. Stecke vielleicht Ricou hinter der illegalen Aktion? Ohne Abschiedsworte beendete Innenminister Pic das Gespräch.

Anid Bard fragte ihren Bürochef schreiend, weshalb er nichts wisse. Und wer denn zuständig für diesen Misthaufen sei?

Marie Gastaud, antwortete er. Soll ich verbinden lassen?

»Innerhalb einer halben Stunde erwarte ich eine Stellungnahme von Ihnen, Madame la Présidente«, rief die Justizministerin ins Telefon. »Spätestens dann wird von mir eine öffentliche Erklärung erwartet.« Und kurz angebunden fügte sie hinzu, dem Auslieferungs- gesuch aus Sachsen solle stattgegeben werden. Schließ- lich liege gegen Holm Mormann in Frankreich nichts vor. Klack! Ohne Verabschiedung hängte sie ein.

Völlig versteinert blieb die Betonmarie sitzen. Ihr Mann, inzwischen hoher Beamter im Rechnungshof, hatte ihr einst den Namen der Justizministerin über- setzt. Anid bedeutet im Arabischen »halsstarrig«, und Bard heißt »kalt«.

Die Dokumente

Der leere Karton stand vor ihnen auf dem Tisch, von dem Martine eben noch die Baguettekrümel weggewischt hatte. Jacques zeigte Françoise die Auflistung von Mormanns Dokumenten. Am Tag zuvor hatte Jacques bei der Gerichtspräsidentin ganz offiziell die Untersuchungsrichterin Françoise Barda als Hilfe zur Aufklärung im Fall Leroc/Mormann angefordert. Sie sei aufgrund ihrer bisherigen Arbeit an ähnlichen Fällen die Einzige, die sich in dem Geflecht von merkwürdigen Buchungen auskenne. Buchungen, die nach Geldwäsche rochen. In den drei Mappen mit der Aufschrift »France-Oil«, »Leuna«, »Konten« befanden sich etwa genauso viele Papiere wie in den vier anderen, sodass Jacques sie ohne viele Worte Françoise in die Hand drückte.

»Bis wann kannst du mir dazu was sagen?«, fragte er.

»Das kommt drauf an«, antwortete sie, setzte sich auf den Besucherstuhl, öffnete die Mappe mit den Buchungen und blätterte durch die Bankauszüge. »Oh, da sind ja einige Geldinstitute und Konten, die ich schon aus dem Prozess wegen Unterschlagung gegen die France-Oil-Manager kenne. Was ist heute, Freitagnachmittag? Montag habe ich vormittags noch eine Sitzung. Aber bis Montagnachmittag habe ich wahrscheinlich grob verstanden, was da läuft. Dann können wir uns treffen. Vielleicht mit einem Daumen breit…?«

Françoise lachte. Das bedeutete ein Treffen abends nach sechs im Büro von Kommissar Jean Mahon zu einem gemeinsamen Whisky. Und zwar einen Daumen breit im Glas.

»Wenn Jean da ist, gern«, sagte Jacques, nahm die vier übrigen Mappen mit der Aufschrift »Vermittler«, »Paris-Élysée«, »Bonn-Kansler«, »Dienste«, ging um seinen Schreibtisch herum und wollte sich gerade setzen, als Martine kreidebleich in sein Büro stürzte.

Gleichzeitig klingelte Jacques' Handy, und das Display zeigte Margaux an. Er nahm das Gespräch an, obwohl Martine die Arme über Kreuz wedelte, als wollte sie ihm sagen, lass sein, lass sein, es brennt.

»Margaux?«

»Jacques, was ist denn jetzt passiert? Ich bekomme eben eine Agenturmeldung…«

Martine lief auf Jacques zu und redete los: »Du musst sofort zur Betonmarie. Du sollst des Amtes enthoben werden. Angeblich hast du mit Jean die Sashimi-Frau entführt…«

Damit Margaux nichts hörte, hielt Jacques das Handy vor die Brust, hob es wieder ans Ohr, und während Margaux redete, sagte er nur: »Hier ist die Kacke am Dampfen. Nichts stimmt!«, und schaltete das Telefon wieder aus. »Wo ist Jean?«

»Auf dem Weg zur Präsidentin.«

»Lass dir nichts gefallen«, rief Françoise kämferisch.

Sie stand mit leicht geöffnetem Mund neben Jacques, der ihr nur noch zurief: »Beeil dich mit den Akten!«, und seine Anzugjacke von der Stuhllehne riss. Beim Loslaufen wäre er fast gefallen, weil er den rechten Arm zuerst in den linken Ärmel steckte. Nochmals Merde.

Unter Druck

Nur Justine hatte die Ruhe weg und frischen Kaffee gekocht. Auf ihrem Tablett trug sie sieben Tassen in das Büro von Marie Gastaud und lächelte Jacques fröhlich zu, als der mit verbissener Miene den Raum betrat. Sie strahlte. Aber heute ging er auf ihr Mienenspiel nicht ein, ja, er schien die junge Frau nicht einmal wahrzunehmen. An anderen Tagen blieb er auf einen kleinen Schwatz vor ihrem Schreibtisch stehen, machte ihr ein Kompliment und meist auch noch eine ironische Bemerkung über die Chefin hinter der dick gepolsterten Tür.

Dass die Lage ungewöhnlich ernst war, begriff er sofort, als er die Schlachtordnung sah. Nicht nur Marie Gastauds Vertreter stand mit unbeweglichem Gesicht bei ihr, sondern auch Generalstaatsanwalt Simon Vernet und Polizeipräfekt Jacob Fouché, begleitet von Leutnant Jean Fontaine. Als er die Tür hinter sich schließen wollte, spürte er Gegendruck, drehte sich um und sah Jean Mahon, der seinen Mantel über dem Arm trug. Ohne eine Miene zu verziehen, schauten sie sich an.

»Bitte, meine Herren.« Marie Gastaud wies auf die freien Stühle ihr gegenüber. Selbst in dieser Situation beanspruchte sie ihren Stammplatz mit dem Rücken zum Fenster für sich. Im Gegenlicht fielen ihre Gesichtsfalten weniger auf.

»Machen wir es kurz, die Justizministerin möchte in zwanzig Minuten meine Stellungnahme.« Sie wies auf den Generalstaatsanwalt Vernet. »Monsieur Vernet vertritt den Conseil supérieur de la magistrature, den Hohen Rat der Magistratur. Anid Bard geht davon aus, dass Untersuchungsrichter Jacques Ricou möglicherweise von seinem Amt entbunden werden muss. Das kann, wegen der Unabhängigkeit der Richter, aber nicht die Regierung beschließen, sondern nur der Hohe Rat der Magistratur als Vertreter der Justiz. Was wir zu besprechen haben, geht von einem Bericht der Polizeipräfektur aus. Monsieur Fouché, ich bitte Sie…«

Den Namen Fouché betonte Marie Gastaud unbewusst ein wenig spitz und ironisch. Aber der Polizeipräfekt reagierte nicht darauf, er war es gewohnt, immer wieder wegen seines Namens gehänselt zu werden. Jeder wusste, dass der berüchtigte Joseph Fouché zu den Anführern der Französischen Revolution gehört und später, als Polizeiminister unter Napoléon Bonaparte, ein landesweit gefürchtetes Spitzelsystem errichtet hatte.

Der Präfekt wies mit der Hand auf den rechts neben ihm sitzenden Leutnant Fontaine. Der räusperte sich, rutschte auf seinem Stuhl nach vorn und berichtete mit einem gelegentlichen Blick auf ein vor ihm liegendes Protokoll: »Um fünfzehn Uhr siebenunddreißig meldete sich bei der diensthabenden Stelle in der Polizeipräfektur Rechtsanwalt Serge Normandin, ausgewiesen durch seinen Dienstausweis. Der Anwalt erklärte, seine Mandantin Catherine Parr habe ihn heute früh ins Krankenhaus Tenon bestellt, um ihm von dem

Vergewaltigungsversuch durch Untersuchungsrichter Jacques Ricou zu berichten, mit dem Ziel der Klagerhebung. Während des Mandantengesprächs um die Mittagsstunde seien Polizisten auf der Station erschienen. Sie hätten die Mandantin gezwungen, sich anzukleiden und ihnen zu folgen. Normandin habe kraft seines Amtes als Anwalt Protest eingelegt. Doch einer der Polizisten habe einen Vorführbefehl präsentiert – unterschrieben von Kommissar Jean Mahon. Man hole Madame Parr zur Vernehmung auf dem Kommissariat ab, sagten sie, und vorher solle im Hôtel-Dieu noch die Schwere ihrer Verletzung amtlich festgehalten werden. Um seine Mandantin zu schützen, sei er, Normandin, den Polizisten gefolgt. Als Zeugin für diesen Teil seiner Aussage gibt er Schwester Marie von der Notfallstation im Hospital Tenon an. Der Polizeiwagen sei dann zum Hôtel-Dieu an der Place du Parvis Notre-Dame gefahren, dort habe man ihn, Normandin, mit Gewalt aus dem Wagen geworfen.«

»Monsieur le commissaire?« Die Gerichtspräsidentin schaute Jean an, ohne ihre Miene zu verziehen. »Wie kommen Sie dazu, solch einen Vorführbefehl auszustellen?«

»Was erst einmal zu beweisen wäre!« Jean Mahon stand am Ende seiner Karriere kurz vor der Pensionierung. Vorgesetzte beeindruckten ihn nur noch wenig. Er sagte kurz: »Mir steht es nicht zu, einen Vorführbefehl zu beschließen, geschweige denn zu unterschreiben. Also habe ich es auch nicht getan.«

Da Mahons Ruf als untadelig galt und seine Aussagen stets der Wahrheit entsprachen, trat eine leichte

Entspannung in der Runde ein. Ohne die Hand vom Tisch zu heben, bewegte Jacques den Zeigefinger leicht nach oben, als wollte er sich melden, und Marie Gastaud nickte ihm kaum merkbar zu.

»Hat Monsieur Normandin den Vorführbefehl als Beweis vorgelegt?«, fragte er den Leutnant.

»Nein.«

»Hat er nähere Aussagen zu den Polizisten gemacht oder zu dem Wagen oder dem Kommissariat, von dem sie stammen?«

»Nein.«

»Haben Sie die Zeugin Schwester Marie vernommen?«

»Nein.«

»Haben Sie überprüft, ob Madame Parr an dem Morgen ein Telefongespräch mit Anwalt Normandin geführt hat?«

»Nein.«

Während Jacques sprach, tippte Jean Mahon mit beiden Daumen irgendwelche Texte in seinen Black-Berry, las und reichte dann das Gerät an Jacques weiter mit einem Blick, der sagen sollte, schau dir das mal an. Jacques legte es vor sich auf den Tisch und sagte dabei: »Haben Sie Fragen, Herr Generalstaatsanwalt?«

»Ja«, antwortete Simon Vernet so sachlich, dass es fast unfreundlich klang. »Madame Parr beschuldigt Sie, Monsieur Ricou, der versuchten Vergewaltigung. Ihnen ist es gelungen, einen Entlastungszeugen bei-zubringen. Nun bietet sich trotzdem der Gedanke an, dass Ihre Lage vielleicht doch nicht so eindeutig ist, und Sie wollten die Zeugin aus dem Verkehr ziehen.«

»Herr Generalstaatsanwalt«, unterbrach ihn Jacques und platzte fast vor Wut. »Wir wissen doch alle, dass es zumindest bei uns immer nur um Tatsachen geht. Vermuten können wir alle vieles. Es hat bisher noch niemand auch nur ein schwaches Indiz für die Beschuldigungen gegen mich vorgebracht. Und keine der Aussagen von Serge Normandin ist belegt.« Jacques schaute in die Runde. »Kennt jemand den Anwalt?«

»Wer kennt ihn nicht?«, nuschelte der Generalstaatsanwalt.

»So richtig kann ich ihn nicht einordnen«, sagte Marie Gastaud.

»Lassen Sie mich vorlesen, was Kommissar Mahon eben aus unserem Intranet hervorgeholt hat: Rechtsanwalt Serge Normandin, geboren 1947 auf der Insel Réunion, war lange Zeit Partner in der Kanzlei von Jacques Vergès.«

Jacques schaute hoch und blickte jedem in der Runde in die Augen, als wollte er sagen: Euch werde ich's noch zeigen.

Interessiert schienen sie ihm zuzuhören. Denn Jacques Vergès, genannt Anwalt des Teufels, kannte jeder. Er war einst mit einer algerischen Bombenlegerin verheiratet gewesen, hatte nicht nur den SS-Mann Klaus Barbie verteidigt, sondern auch den Terroristen Carlos und sogar den serbischen Diktator Slobodan Milošević. Als Saddam Hussein vor Gericht gestellt wurde, diente sich Vergès wieder an. Fast liebedienerisch, wie manche meinten.

»Vergès stammt auch von der Insel Réunion. Vergès und Normandin sind aus dem gleichen Holz geschnitzt. Mich würde jetzt interessieren, ob Serge Normandin fähig ist, Beweise wie etwa die Vorladung beizubringen, oder – und das ist meine Vermutung –, ob ich hier nicht belastet werden soll, nur weil ich mit einem Fall beschäftigt bin, der vielleicht größere Auswirkungen in der Politik – nicht nur in Paris – und in der Finanzwelt haben könnte, als ich es bisher überschaue. Eins aber fordere ich ein: Solidarität der Justiz, auch der Ministerin, bis nicht ein dringender Verdacht gegen mich vorgebracht wird, der zumindest unseren Kriterien standhält.«

Generalstaatsanwalt Simon Vernet mied den Blickkontakt mit Jacques, räusperte sich und wandte sich an Marie Gastaud.

»Monsieur Vernet.« Mit einer Geste erteilte sie ihm das Wort.

»Es geht in der Justiz nicht nur um Tatsachen, Monsieur le juge«, jetzt sah er Jacques direkt an, »sondern auch um die Findung von Tatsachen. Was haben wir auf dem Tisch? Behauptungen. Das ist richtig. Keine Tatsachen. Aber eine Reihe von Behauptungen ist unwidersprochen. Die Polizei wird vom Notarzt gerufen, weil eine heftig blutende Frau im Schlafzimmer des Untersuchungsrichters Ricou behauptet, er habe versucht, sie zu vergewaltigen. Jetzt frage ich Sie: War die Frau in Ihrem Schlafzimmer?«

»Ja, aber…« Jacques wollte aufspringen und sich verteidigen.

»Jetzt lassen Sie mich mal! War sie schwer verletzt?«

»Ja. Aber schon, als ich sie in meinem Treppenhaus vorfand.«

»Kam der Notarzt? Kam die Polizei? Beide Antworten lauten: Ja«, sagte der Generalstaatsanwalt, der die einzelnen Fragen an seinen Fingern abzählte.

»Hat die Frau Sie vor der Polizei beschuldigt? Ja! Diese Frau wird in das Krankenhaus Tenon eingeliefert. Sie ruft ihren Anwalt Serge Normandin an, der sie in der Notfallstation aufsucht.«

»Es fehlt der Beweis, dass sie den Anwalt angerufen hat!«, rief Jacques, dem es unter der Anzugjacke deutlich zu heiß wurde.

»Und wieso kam dann der Anwalt? Gut, aber das wird man recherchieren. Monsieur le juge, so geht es bei der Tatsachenfindung zu. Das kennen Sie doch wohl! Nun erscheinen Polizisten mit einem Vorführbefehl, unterschrieben von Kommissar Jean Mahon. Schwester Marie bezeugt, das gehört zu haben. Jean Mahon wiederum ist häufig Ihr Partner bei Untersuchungen. Könnte der Ihnen einen Gefallen getan haben? Die Frau und der Anwalt werden in einen Polizeiwagen verfrachtet. Nur wenige Meter von der Polizeipräfektur entfernt wird der Anwalt aus dem Polizeiwagen gedrängt – das haben zwei weitere Polizisten beobachtet. Das ist also Tatsache. Die Frau ist seitdem verschwunden. Auch das ist eine Tatsache.«

Marie Gastaud hob den linken Unterarm ein wenig an, um auf die Uhr zu schauen. Dann sagte sie: »Die Justizministerin wartet auf meinen Anruf. Wie werden Sie verfahren, Monsieur Vernet?«

»Es blieb mir nichts anderes übrig, als dem Hohen Rat vorzuschlagen, sich auf Tatsachenfindung zu begeben.«

»Sie wollen ein Verfahren gegen Untersuchungs-richter Ricou einleiten?«

»Das schulden wir wohl dem guten Ruf der Justiz. Und welche Folgerungen ziehen Sie, Madame, aus diesem Gespräch?«

»Das Recht sieht vor, dass wir Monsieur Ricou erst dann seiner Funktion entbinden können, wenn der Hohe Rat dies so entschieden hat. Sobald das der Fall sein wird, werden Sie mich sicherlich unterrichten. Und wir werden den Spruch des Rates befolgen. – Ist das recht so?«

Alle erhoben sich schweigend und verabschiedeten sich formell mit Handschlag von der Gerichtspräsidentin. Doch als Jacques gehen wollte, hielt sie ihn zurück. »Ich möchte eben noch kurz mit Ihnen sprechen.«

Als Justine ihren Kopf hereinsteckte, bedeutete ihr Marie Gastaud, sie möge die Tür schließen. Die beiden blieben mitten im Raum auf dem großen Teppich stehen, Marie Gastaud legte ihre Hand fast mütterlich auf Jacques' Arm und schaute zu ihm auf.

»Monsieur Ricou«, sagte sie, »nur ein Wort. Kann ich weiter zu Ihnen stehen?«

»Ich gebe Ihnen mein Wort.« Mehr sagte Jacques nicht, aber er richtete sich auf und sah sie mit klaren Augen an.

»Dann machen Sie weiter. Aber denken Sie daran, der Hohe Rat benötigt für seine Beratungen drei bis vier Wochen. Es wäre gut, wenn Sie die Tatsachen vorher aufklären könnten.«

Der Selbstmord

Sie musste hinter ihrem Vorhang auf ihn gelauert haben, denn kaum trat Serge Normandin durch das schwere Eingangstor, stürzte seine Concierge schon aus ihrer Pforte, in der Hand ein wenig Post, die sie dem Anwalt in die Hand drückte: »Monsieur, bei Ihnen oben ist die Polizei!«

»Ich weiß.« Ungeduldig schob Normandin sie zur Seite und drückte auf den Knopf, um den Aufzug zu holen. Sie folgte ihm: »Vier Uniformierte, Monsieur. Und eine Frau in Zivil!«

Normandin nickte, als wollte er sagen – ich weiß.

Um sie abzuwimmeln, studierte er seine Post, eine Stromrechnung der EDF, die Werbung eines Pizzadienstes, ein Bankauszug.

»Bonsoir, Madame.« Der dicke Anwalt öffnete das schmiedeeiserne Gitter des engen Aufzugs, zwängte sich in den Käfig, ließ die beiden schmalen Flügel der hölzernen Innentür zufallen und drückte auf den Knopf der vierten Etage. Er wohnte gern oben, weil es dort hell war.

Ronald, inzwischen nicht mehr in der Uniform eines Polizisten, öffnete, als Normandin seinen Schlüssel ins Türschloss stecken wollte, sagte: »Bonsoir, Serge« und ging zurück ins Wohnzimmer, aus dem eine helle Stimme zu hören war.

Serge Normandin ließ sich Zeit. Er hängte seinen Mantel in den Schrank, legte die Ledertasche auf die alte Louis-quinze-Kommode aus dem achtzehnten Jahrhundert, die der berühmte Ebenist Jean-Henri Riesener, geboren als Johann Heinrich in Gladbeck, in der Werkstatt der Ebenisten des Königs aus Nussbaum geschreinert hatte. Einlegearbeiten aus Palisander und Rosenholz an den Schubladen und an der Platte machten sie zusätzlich wertvoll. Der Anwalt öffnete mit einem der prunkvollen Griffe die kleinste der oberen Schubladen und legte seine Brieftasche hinein. Er hatte die Kommode in bestem Zustand für einen guten Preis von einem hohen Beamten erhalten, der Zugang zum Mobilier national hatte. Immer wenn er versetzt wurde, ließ der hohe Beamte sein Büro neu ausstatten. Serge Normandin liebte alte französische Möbel, und er empfand ein Wohlgefühl, als er mit der Hand leicht über den glatten Lack strich. Er zog seine Anzugjacke aus.

Die kleine Frau, Catherine Parr, saß auf dem Kanapee, hatte die Beine hochgelegt und wärmte sich die Füße mit einem Kaschmirplaid.

Ronald wandte sich zu dem eleganten Schreibtisch aus massivem brasilianischem Palisander, der auch aus der Epoche Ludwigs XV. stammte. Auf der Arbeitsfläche lagen einige Papiere und ein weißer Mac. Ronald klappte ihn auf und fragte: »Was ist dein Passwort?«

»Wieso?« Serge Normandin hasste Vertraulichkeiten. Auch wenn es um so heikle Angelegenheiten ging wie diese.

»Ich will mal ins Internet und bei ›Rue89‹ nachsehen, ob unser Ablenkungsmanöver funktioniert hat.«

»Hat es. Es hat keine halbe Stunde gebraucht, nachdem ich in der Präfektur war, da liefen die ersten Agenturmeldungen. Damit kenne ich mich doch aus«, sagte der Anwalt und setzte sich in einen der Sessel. »Ich bin nach meiner Aussage in den Presseraum gegangen und habe dort meinen Zorn losgelassen.«

»Nun gib mir mal dein Passwort!«

»Wo sind die anderen?«, fragte Serge Normandin, um abzulenken.

»Die bringen die Uniformen und den Wagen zurück und hauen dann ab«, antwortete die Frau trocken. Sie trank ein Glas Wasser.

»Dein Passwort!«

Normandin stand schnaufend auf, murmelte »mon dieu«, ging zum Schreibtisch, schob Ronald von seinem Stuhl und setzte sich. Er drehte den Laptop zur Seite, sodass niemand sehen konnte, welches Wort er eingab, und als das Programm hochfuhr, stand er wieder auf und fragte: »Wie wär's mit einer Coupe de Champagne?«

»Wenn wir was zu feiern haben«, sagte Ronald und setzte sich wieder an den Schreibtisch.

»Und du?«

»Ich trinke keinen Alkohol«, sagte Catherine Parr, »aber ich mache mir eine Tisane.«

Sie stand auf, schlüpfte in ihre Schuhe und ging so selbstverständlich in die Küche, als lebte sie in der Wohnung.

Als die Dämmerung einsetzte, stand der Anwalt mit dem dritten Glas Champagner an seinem Fenster und schaute auf die Bäume im Parc Monceau. Vor vierundzwanzig Jahren, als solche Wohnungen noch erschwinglich waren, hatte er dieses Appartement in der Avenue Van Dyck gekauft. Die Bezeichnung Avenue war ein Witz, denn die Straße war kaum hundert Meter lang und nur eine winzige Verlängerung der Avenue Hoche, die vom Triumphbogen aus zum Parc Monceau führte. Vielleicht erhielt sie die Ehre, sich Avenue nennen zu dürfen, weil hier zwei Reihen ausladender Kastanienbäume standen.

Die hohen Fenster von Normandins Appartement blickten alle auf die Allee Jacques Garnerin, auch wieder eine merkwürdige Allee, die nichts anderes war als ein Spazierweg im Park. Aber dieser Spazierweg hatte einen großen Namen verdient, denn hier war Jacques Garnerin am 22. Oktober 1797 gelandet, nachdem er in tausend Meter Höhe aus einem Heißluftballon gesprungen war. Mit einem von ihm erfundenen Fallschirm. Vor mehr als zweihundert Jahren! Erschwerend für ihn kam hinzu, dass sich am Scheitel seines Fallschirms keine Öffnung befand, sodass die verdichtete Luft über den Rand des Schirms strömte und gefährliche Pendelbewegungen verursachte. Trotzdem landete der Abenteurer heil und wurde von einer jubelnden Menge im Triumph in die Stadt getragen.

»Merde«, rief Ronald plötzlich von seinem Stuhl am Schreibtisch aus und sprang zornig auf. »Du hast einen monumentalen Fehler begangen!«

Catherine, die auf dem Kanapee eingedöst war, schreckte auf. Serge Normandin drehte sich um, noch ganz versunken in das behagliche Gefühl, das der Blick aus seinem Fenster, verbunden mit einem Moment der Stille, in ihm ausgelöst hatte.

Ronald lief auf ihn zu: »Du bist doch nicht umsonst Anwalt! Da dürfte dir solch ein Bockmist nicht unterlaufen!«

Catherine stand auf und kam auf beide zu. »Was ist?«

»Die Sache fliegt auf, wenn wir Pech haben! Normandin hat uns ins Skript geschrieben, wir sollten angeben, Kommissar Jean Mahon habe den Vorführbefehl ausgestellt!«

»Ja und?«, fragte Catherine.

»Das ist doch auch logisch«, antwortete der Anwalt. »Der Kommissar ist ein Kumpel von Ricou.«

»Quatsch! Ein Kommissar stellt keine Vorführbefehle aus. Und damit redet sich Mahon jetzt raus. Komm – lies mal!«

Auf der Internetseite des Nachrichtenportals »Rue89« nahmen die Berichte über die Vorwürfe gegen Untersuchungsrichter Jacques Ricou wegen Vergewaltigung und Entführung großen Raum ein. Die Überschrift klang reißerisch: »Justizministerin beauftragt den Hohen Rat der Magistratur, den Richter Ricou seines Amtes zu entheben.« Der Artikel war tendenziös und gegen Jacques geschrieben. Es kam beim Publikum immer gut an, wenn man die Staatsmacht kritisierte. Nur in einem halben Absatz gegen Ende des Textes wurde erwähnt, Ricou verteidige sich unter anderem damit, dass Kommissar Jean Mahon keine Vorführbefehle ausstellen dürfe. Und es auch nicht getan habe.

Catherine ging schweigend zum Kanapee, während Ronald und Serge Normandin weiter im Internet lasen. Sie holte ihre Handtasche und kam zurück. Dann gab sie Ronald mit dem Kopf ein kurzes Zeichen, geh zur Seite, und als der Anwalt sich aufrichtete und sie anschaute, hob sie eine kleine Dose vor sein Gesicht und sprühte ihn an. Ronald fing den bewusstlosen Körper auf, brach aber fast unter dem Gewicht zusammen.

»Und jetzt?«, fragte er, nachdem er Normandin auf den Teppich gelegt hatte.

»Wer solche Fehler begeht, macht Selbstmord.«

»Was passt zu ihm?«

»Er hat sich aufgehängt.«

GG: Treffen am See

Die Riva lag fest vertäut am Steg. Nach dem Essen waren die beiden Gs mit ihrem jugendlichen Generalbevollmächtigten durch den beleuchteten Garten an den See geschlendert, hatten über das laue Frühlingswetter gesprochen und gut gelaunt darüber gescherzt, dass sie den Kurssturz am letzten Jahresende schon Monate vorher geahnt, entsprechend disponiert und nun ein überragendes Ergebnis im ersten Quartal verzeichnet hätten.

»Lasst uns wieder reingehen«, sagte G der Ältere schließlich, »es gibt leider ein Problem zu besprechen.« Und an den drahtigen Mann gewandt, der einen halben Schritt vor ihm ging: »Keine leichte Aufgabe, die auf Drei G wartet.«

Scherzhaft nannten sie ihren jungen Generalbevollmächtigten »Drei G«, denn sein Vorname begann mit G.

Seine Eltern hatten ihn Gustave getauft. Die Mutter schwärmte für Gustave Flauberts *Éducation sentimentale*, und der Vater stimmte zu, meinte aber insgeheim den Maler Gustave Courbet, der den von der Literatur häufig besungenen Körperteil von Frauen so verstörend expressiv gemalt hatte.

Jeder kannte das berühmte Haarbüschel auf dem Bild *L'Origine du monde*, es war so eindeutig, dass der französische Staatspräsident Nicolas Sarkozy den Journalisten das Fotografieren verbot, als er die deutsche Kanzlerin Angela Merkel durch eine Courbet-Ausstellung im Grand Palais führte und bei diesem Bild haltmachte.

Gustave war nach einer Banklehre in Zürich vom Strategischen Nachrichtendienst SND angeheuert worden. Der Schweizer Geheimdienst brauchte Bankfachleute, weil er auch dafür zu sorgen hatte, dass die eidgenössische Marktwirtschaft »konkurrenzfähig« blieb. Gustave hatte sich in relativ kurzer Zeit ein geheimes Netzwerk in Staat und Bankenwesen aufgebaut, bis G der Ältere auf ihn aufmerksam wurde und ihn testete.

GG wurde damals erpresst.

Einem italienischen Bankier, der die Wechselstuben von GoldGenève in der Südschweiz gekauft hatte, waren in den ehemaligen Filialen archivierte Dokumente in die Hände gefallen, die eindeutig auf Geldwäsche hinwiesen.

Der Auftrag von G dem Älteren an Gustave lautete nur: das Problem lösen.

Die Filialen brannten ab, leider erstickte der italienische Bankier im Rauch. Und von den Akten blieb nur Asche übrig. Das Problem war gelöst.

Erst danach beschloss G der Ältere, Gustave auch G dem Jüngeren bei einem Abendessen in seiner Villa am See vorzustellen. Kurz darauf heuerten sie ihn an. In der Bank mit nur zweihundertfünfzig sorgsam ausgewählten und besonders gut entlohnten Mitarbeitern kam Gustave schnell voran. Nach nur fünf Jahren und einigen stillschweigend gelösten Problemen erhielt er den Titel eines Generalbevollmächtigten und war G dem Älteren direkt unterstellt. In der Bank fragte keiner, welche Aufgaben Gustave übertragen wurden. In der Bank fragte sowieso nie jemand, was ein anderer machte. Das widersprach dem Komment.

Die Arbeitsteilung zwischen beiden Eigentümern sah vor, dass G der Jüngere für die Akquisition zuständig war und für die Pflege der Kunden, was beileibe nicht einfach war. Da ging es nicht nur um fast klischeehafte Aufgaben, wie darum, den sexuellen Appetit spießiger Kunden zu stillen, ein Kinderspiel, denn dafür gab es spezielle Agenturen, sondern – was wirklich sehr viel schwerer war – innerhalb von wenigen Stunden nach Auftragseingang, und das mochte mitten in der Nacht sein, zwanzig Millionen Yuan in Schanghai an Funktionäre der Kommunistischen Partei Chinas in bar auszuzahlen. Ohne dass der chinesische Geheimdienst es je erfahren würde. Das hatte schon mehrmals gut geklappt. Einmal sogar im Auftrag des französischen Staates.

G der Ältere aber war für den Gewinn zuständig. Darunter verstanden die Partner nicht nur das Anlagegeschäft, sondern auch die Abwehr jedes Schadens von GG. Das war ebenfalls nicht immer einfach, denn die Besonderheit der Bank lag darin, dass ein großer Teil ihrer Kunden, Politiker vieler Schattierungen zum Beispiel, allerhand Gefahren ausgesetzt waren.

Nach dem Notanruf am Morgen aus Paris, den G der Ältere in seiner Riva auf dem See entgegengenommen hatte, war er unruhig geworden. Sein Bauch meldete ihm, es könnte ungemütlich werden. Deshalb saßen sie beisammen.

G der Ältere erklärte die Lage. Marc Leroc, der seine Wahrheit veröffentlichen wollte, war vom Balkon gefallen. Und Holm Mormann saß in Paris in einer Einzelzelle im Gefängnis Santé. Offenbar hatte Mormann sich seinem alten Kumpel Leroc als Zeuge angedient. Aber was wollte er von seinem großen Wissen preisgeben, was weiter geheim halten?

Mormann wusste vermutlich noch mehr als Leroc über die Geldwäsche im Zusammenhang mit der Übernahme der ostdeutschen Raffinerie Leuna durch France-Oil. Mormann war es, der belegen konnte, wer in Deutschland Geld erhalten hatte und wer in Frankreich. Denn aus dem Topf bei GG wurde immer wieder Bargeld von französischen Boten abgeholt und nach Paris gebracht.

Und Mormann besaß eine Vollmacht für Ballaks Schmiergeldkonto bei GG. Eine Vollmacht, die auf Papier von GG erteilt worden war. Außerdem hatte er Leroc eine Untervollmacht erteilt, was außer den beiden und der Bank nur Ballak wusste. Gegen den ermittelte die Staatsanwaltschaft in Leipzig, und der Prozessbeginn war abzusehen, aber Ballak würde aus eigenem Interesse schweigen.

Mormann müsste so schnell wie möglich nach Deutschland ausgeliefert werden, dort ließe sich das Problem leichter lösen. In Paris war der Fall immer noch in den Händen dieses unkontrollierbaren Richters Jacques Ricou.

Der Rechtsanwalt Normandin allerdings hatte

schnell gehandelt und seine Sache gut gemacht. Fast. Ricous Ruf war beschädigt, die Frau aus dem Krankenhaus geholt und in Sicherheit gebracht.

Noch aber war Ricou nicht erledigt. Nach den Vorwürfen der Vergewaltigung und dann auch noch der Entführung seines Opfers aus dem Krankenhaus hatten er und seine Helfer, wie Kommissar Jean Mahon, aber jede Glaubwürdigkeit nach außen verloren und waren kaum noch handlungsfähig.

Gustave nahm das feine Kristallglas aus dem neunzehnten Jahrhundert, nippte an dem Haut-Brion vom Jahrgang '82, schmeckte den kräftigen Bordeaux im Mund, spitzte die Lippen und ließ den Rotwein langsam an der Zunge vorbei in den Rachen laufen. Gott sei Dank, sagte er sich, geht der Cervela die Hülle aus! Denn sonst hätte ihm G der Ältere heute wieder Wurstsalat vorgesetzt mit dem schrecklich sauren Fendant seines Winzerfreundes oben am Berg. Dann doch lieber zartes Reh und dazu einen Château Haut-Brion.

»Ich habe seine Biografie studiert«, sagte er. »Ricou gilt zwar als der unbeugsame Richter. Aber ganz zu Anfang seiner Karriere hat er auch einmal dem Druck nicht widerstanden und alles hingeworfen.«

»Was war da?«

»Als er noch in Nizza zu Gericht saß, hat er eine reiche Japanerin, die im Négresco wohnte und im Kasino Hunderttausende im Roulette gewonnen hatte, wegen Falschspiels angeklagt. Das Kasino behauptete, dies mit einem Video beweisen zu können. Aber wenige Tage darauf erschienen ein halbes Dutzend japanischer Investoren im Hôtel Matignon beim Premierminister und drohten, für den Fall, dass die Japanerin weiter belästigt werde, den Bau einer Fabrik im Wahlkreis des Regierungschefs infrage zu stellen – wodurch dreihundert Arbeitsplätze in Gefahr geraten könnten. Damals haben ein paar kluge Leute eine schöne junge Frau auf ihn angesetzt, mit der er dann auf einen Segeltörn ging – und sie sogar heiratete. Die Japanerin war ihr Problem los.«

»Ich weiß nicht«, sagte G der Ältere, »das hat Ricou wahrscheinlich nie vergessen. Und deswegen ist er heute so hart.«

»Hart gegen sich selbst?«, fragte G der Jüngere.

»Wahrscheinlich. Ricou können wir vergessen, sobald Mormann in Deutschland ist. Aber«, G der Ältere wandte sich jetzt direkt an Gustave und holte schniefend Luft, »es können sich nicht alle vom Balkon stürzen oder aufhängen.«

»Aufhängen?«, fragte G der Jüngere, »wer hat sich aufgehängt?«

»Normandin. Er hat Mist gemacht. Es sieht aus wie ein Selbstmord. Aber bisher hat ihn noch niemand entdeckt.«

Keiner reagierte. In diesem Kreis wurde nie etwas infrage gestellt, besonders dann nicht, wenn es sich um grundsätzliche Entscheidungen handelte.

G der Ältere fuhr fort: »Gustave, Sie hatten mir einmal von einem Programm erzählt, mit dem der Strategische Nachrichtendienst liebäugelte. Sie nannten es das Programm des Vergessens? Kann man Zeugen so beeinflussen, dass sie tatsächlich spezielle Tatsachen vergessen?«

»Beim SND ist ein Versuch ganz gut gelungen. Man braucht dazu allerdings hoch qualifizierte Mediziner und so etwas wie eine Klinik. Kostet eine ganze Menge.«

»Würden Sie es empfehlen?«

»Es gibt sauberere Lösungen.«

G der Ältere schaute den Jüngeren an. Selbst Gustave konnte in ihren Gesichtern nicht lesen, welche Gedanken sie austauschten. Doch plötzlich nickte G der Ältere und sagte: »Noch ein Unfall oder Selbstmord wäre übertrieben. Damit würden wir zu viel riskieren. Versuchen wir das Programm des Vergessens.« Und nach einem weiteren Blick zu seinem Partner fügte G der Ältere hinzu: »Wie viel es auch kostet.«

Die beiden anderen nickten. Im Kamin knisterte das Holz. Gustave goss seinem Gastgeber noch ein Glas Wein ein. Es hatte sich so eingebürgert, dass er die beiden Bankiers bediente. Der Jüngere wiegte den Kopf hin und her: »Ja, anders geht es wohl nicht. Eine eindeutige Lösung ist es leider nicht.«

Beweismittel: Blut

»Die hätte dir die halbe Hand abschneiden können! Hast du mal darüber nachgedacht, eine DNA-Analyse machen zu lassen?« Jérôme stützte die Ellenbogen auf die Theke des Bistros Aux Folies und legte seinen schweren Kopf auf die zur Faust geschlossenen Hände.

Der Arzt hatte sich die Messerwunde an Jacques' Hand angesehen, eine Salbe darauf geschmiert und das Ganze mit einem Pflaster verschlossen.

Jacques setzte das Glas Rotwein ab und sah ihn verblüfft an. Weshalb sollte eine DNA-Analyse sinnvoll sein?

»Ihr habt doch sicher eine DNA-Verbrecherkartei«, sagte Jérôme und schüttelte den Kopf, als ob es nun wirklich nicht so schwer sein könnte zu verstehen, was er meinte. »Und dann vergleichst du die DNA mit deiner Kartei und findest vielleicht heraus, wer die Frau wirklich ist?«

»Warum hältst du sie gleich für eine Verbrecherin?«, fragte Jacques.

»Ich habe über ihre Wunde nachgedacht. Als ich ihr den Kopfverband anlegte, fiel mir der merkwürdige Schnitt auf. Das war keine Verletzung durch einen Angriff.«

»Warum nicht?«

»Erstens ging der Schnitt nicht sehr tief in die Haut. Zweitens war er merkwürdig gerade, so als hätte jemand die Haare an dieser Stelle sorgfältig auseinandergehalten und die Wunde vorsichtig herbeigeführt.«

»Aber sie hat doch fürchterlich geblutet!«

»Schon ein kleiner Ritzer am Kopf blutet stark. Kennst du doch vom Rasieren. Nach einem Angriff sieht eine Wunde ganz anders aus!«

Mit dem Finger zeigte Jacques auf den neben ihm sitzenden Kommissar: »Jean, was sind wir für Kindsköpfe! Gott ja, natürlich. Wenn die Frau es tatsächlich auf mich abgesehen hatte…«, und dann verstummte er.

»Wir müssen nur an das Messer kommen«, sagte Kommissar Jean Mahon.

»Wenn wir das versuchten, hieße es gleich, wir würden ein Beweismittel verschwinden lassen.«

»Hör mal«, rief Jérôme, »auf das Naheliegende kommt ihr wohl nicht. Deine ganze Bettwäsche ist doch von ihrem Blut versaut! Da habt ihr doch genug Material für eine DNA-Analyse.«

»Oje, das Bettzeug hat meine chinesische Putzfrau wahrscheinlich schon abgezogen.«

»Und was macht sie dann damit?«

»Sie gibt es in eine Wäscherei.«

»Weißt du in welche?«

»Nee. Keine Ahnung.«

»Vielleicht hat sie die Wäsche noch nicht abgeliefert, sondern macht es erst morgen. Ruf sie doch mal an.«

Die Uhr über den Regalen mit den Flaschen zeigte halb elf. Gaston schaute sie schweigend an und trocknete ein Glas ab. Jacques nahm sein Handy von der Theke und drückte auf eine Kurzwahltaste. Er hörte es klingeln. Niemand meldete sich. Er ließ es weiter klingeln. Dann schüttelte er den Kopf, doch als er den Anruf beenden wollte, meldete sich eine männliche Stimme: »Wei?«

»Guten Abend, Ricou. Verzeihen Sie mir, dass ich Sie noch so spät störe. Aber ich müsste dringend Chan Cui sprechen!«

Ein Redeschwall auf Chinesisch kam aus seinem Hörer.

»Chan Cui?«

Wieder ein unverständlicher Redeschwall.

Gaston zeigte wortlos auf Madame Wu, die schweigend an ihrem angestammten Tisch saß und an einem Glas Champagner nippte. Jacques stieg von seinem Barhocker und ging die drei Schritte zu der alten Chinesin. Er wusste nicht, dass sie es war, die ihm über Gaston die Putzfrau vermittelt hatte.

Jacques streckte Madame Wu das Handy entgegen und bat sie zu übersetzen. Er wolle Chan Cui sprechen. Sie nickte, griff nach dem Telefon und flüsterte leise einen langen Sermon. Dann nickte sie noch einmal und sagte: »Grüne Jade kommt.«

»Grüne Jade?«, fragte Jacques erstaunt.

»Chan Cui heißt Grüne Jade«, antwortete Madame Wu knapp mit starkem chinesischem Akzent und reichte ihm sein Mobiltelefon. Er dankte mit einem Augenzwinkern, und als er Chan Cuis Stimme hörte, fragte er nach der Bettwäsche. Die werde sie morgen zur Wäscherei bringen. Aber sie sei sehr schmutzig. Jean bot an, die blutigen Bezüge abzuholen. Doch offenbar wollte sie ihre Adresse nicht angeben. Aus Angst vor der Polizei. Schließlich hatte sie keine Papiere. Nein, nein, sie bringe die Wäsche in fünf Minuten zum Bistro Aux Folies. Sie wohne nicht weit entfernt.

Müde rieb sich Jacques die Augen.

Die letzte Nacht war kurz, der Tag heftig gewesen. Erst die falschen Anschuldigungen wegen Vergewaltigung, dann war die Frau aus dem Krankenhaus verschwunden, und keine Polizeistelle fand sich, die ihre Vorführung veranlasst hatte. Auch der lärmende Rechtsanwalt Serge Normandin war nicht zu erreichen. Dagegen drohte die Justizministerin geifernd, der Hohe Rat der Magistratur werde ihm endlich das Handwerk legen.

Jacques fand sie zum Kotzen.

Aber die Pariser Journalisten bastelten aus Vergewaltigung, Entführung und Absetzung des als unbequem bekannten Untersuchungsrichters in dieser an Nachrichten armen Zeit eine aufregende Geschichte. Wer den Konjunktiv nur häufig und geschickt genug benutzt, kann Spekulationen und Mutmaßungen leicht als Tatsachen erscheinen lassen.

Anscheinend hat Ricou eine Frau vergewaltigt. Sein blutendes Opfer wurde am nächsten Tag offensichtlich aus dem Krankenhaus Tenon entführt. Dabei soll Kommissar Jean Mahon von der Police judiciaire, der häufig Ricous Anweisungen ausführte, mitgewirkt haben…

Margaux hatte angerufen und gesagt, dass es den öffentlichen Druck zwar nicht mindern würde, aber sie wolle ihren Artikel für die erste Seite aus seiner Sicht schreiben. Als Jacques sie aber fragte, wie es am Wochenende mit ihnen aussähe, da war sie plötzlich kurz angebunden.

Sie müsse arbeiten. Würde zu einer Recherche verreisen.

Sofort fiel ihm Senator Louis de Mangeville ein. Mit dem war sie schon häufiger an Wochenenden auf »Recherchereise« gegangen.

Am frühen Abend dann hatte ihm Jean noch eine schmale Akte gereicht. »Lies mal, das hat mir ein Kumpel zukommen lassen.«

»Abenteuerlich«, hatte Jacques staunend gesagt, nachdem er die zwei Seiten studiert hatte. »Aus welcher Quelle stammt das?«

»Ein Abhörprotokoll des Auslandsgeheimdienstes DGSE«, hatte Jean geantwortet. »Der hört immer noch Gespräche nach Deutschland ab. Und dabei ist das rausgekommen.«

»Hören die willkürlich ab? Die Deutschen sind doch unsere besten Nachbarn.«

»Alte Gewohnheiten sterben schwer aus. Bis vor zehn Jahren wurden alle wichtigen Deutschen in Frankreich abgehört. Und das ging in die Tausende.«

»Warum denn das?«

»Ach, gleich nach dem Krieg war es logisch, den Deutschen zu misstrauen – wegen des kommunistischen Ostens und wegen ihres Strebens nach Wiedervereinigung. Und dann über die Jahre hinweg… – wie gesagt, eine alte Gewohnheit.«

Das aufgezeichnete Gespräch war am Tag nach Marc Lerocs Sturz aus der zweiundzwanzigsten Etage geführt worden. Der Anruf kam von einer der wenigen noch existierenden Telefonzellen in der Nähe des Eiffelturms und ging nach Leipzig in ein berüchtigtes Etablissement.

»Die angerufene Nummer in Leipzig war in der Abhörzentrale auf Schlummern gestellt, weil sie angeblich früher zu einer Anlaufadresse der Stasi gehört hatte.«

»Die Stasi? Junge, da pennen unser Geheimdienste ja wirklich schön. Die wurde doch vor Ewigkeiten aufgelöst!«

»Ja, das habe ich meinem Kumpel auch gesagt«, hatte Jean geantwortet. »Aber die Leute gibt es noch. Die arbeiten heute für andere Geheimdienste, für die Russen, für Verbrechersyndikate, für alte Netzwerke. Und es hat sich ja auch gelohnt.«

Die Abhöreinrichtung war auf Worte kodiert und vermutlich auf »Schweizer Bank« angesprungen.

Das Wortprotokoll begann mitten in einem Satz: »… habe die Vollmacht für das Konto der Schweizer Bank. Aber ich bin immer noch abgetaucht. Wenn ich dort erscheine und Geld abhebe, werde ich sofort verhaftet.«

Das war Mormann, vermutete Jacques.

»Du bist verrückt, überhaupt anzurufen. Wir haben dich schon längst abgeschrieben«, sagte eine rauchige Frauenstimme.

»Sag ihnen, ich brauche Geld. Und zwar reichlich. Schlag doch vor, dass du es mir bringst.«

»Warum das denn?«

»Irgendjemand muss es bringen. Du kannst es doch nicht mit der Post schicken. Und außerdem habe ich hier mitten in Paris eine nette kleine Wohnung mit einem breiten Bett.«

»Junge, ich glaube, du spinnst. Hältst du dich für Jesus und mich für eine Nonne, die sich für ihren Herrn aufspart? Ich werde mit ihm sprechen…«

»Und droh ihm, ich würde sonst sein Konto in Genf plündern. Da liegen sicher noch Millionen drauf.«

»Naja, er hat hier viel investiert. Ruf mich morgen um die gleiche Zeit wieder an.«

Damit endete das Gesprächsprotokoll.

»Und das angekündigte Telefonat fand am nächsten Tag vermutlich nicht mehr statt, oder?«, hatte Jacques gefragt.

»Nein. Sie haben daraufhin alle Telefonzellen in der Gegend ständig auf Abhören geschaltet. Aber er meldete sich nicht mehr.«

»Klar. Weil er inzwischen im Gefängnis sitzt. Am Nachmittag dieses Tages hat er an der Wohnung von Marc Leroc geklingelt, und deine Leute haben ihn festgenommen.«

Obwohl es schon spät war, hatte Jacques daraufhin die Order gegeben, Mormann am nächsten Tag, am Samstag, zum Verhör ins Gericht zu bringen.

Wann?

Er hatte kurz bei Françoise nachgefragt, ob sie dabei sein wolle.

Ja. Dann würde sie bis dahin so viele Bankauszüge wie möglich studieren.

Früher Nachmittag würde passen. Was meinst du?

Ja. Sagen wir doch drei Uhr.

Okay.

»Noch ein Glas?«, fragte Gaston.

Jacques fielen fast die Augen zu.

Er schaute wieder auf die Uhr an der Wand. Viertel nach elf. Wo blieb nur die Chinesin? Na gut, ein letztes Glas. Aber heute keinen Whisky. Nur noch ein letztes Bier. Danach schlaf ich gut.

Und dann blickte er zu Jean, der still vor sich hin trank: »Sag mal. Mir fällt auf, dass du in letzter Zeit die Abende mit mir an der Theke von Gaston verbringst. Was macht Madame?«

»Ach, verschon mich. Deine Ex hat sie in den Schokoladenverein reingezogen. Ich halt das im Moment nicht aus. Aber ich kenne sie. Bei ihr verflüchtigt sich so ein Spleen auch wieder schnell. Und…«, er zeigte plötzlich nach draußen, »da steht eine Chinesin mit zwei prallen Plastiktüten. Ist das deine…«

Jacques drehte sich um, winkte Chan Cui zu, doch die schüttelte den Kopf. Sie traute sich nicht in das Bistro. Jacques sprang von seinem Barhocker und lief hinaus, nahm ihr die Tüten ab und entschuldigte sich noch einmal, weil er sie so spät gestört habe. Fast demütig machte sie zwei Schritte rückwärts, verbeugte sich, gerne, wann immer Sie mich brauchen, Monsieur, gerne. Und verschwand. Auch Jean kam aus dem Bistro, ergriff die Tüten, schaute kurz rein, »uhooch«, das Zeug stinkt ganz bestialisch. Das ist das getrocknete Blut. Ich nehm die Tüten mit und bringe sie eben noch im Labor vorbei.

Mormanns Verhör

Fast fünfzig Minuten verharrte Mormann auf seinem Stuhl, ohne sich zu rühren. Er wartete im Besprechungszimmer im dritten Stock des Palais de justice darauf, von Jacques und Françoise vernommen zu werden. Zu Beginn seiner Flucht, die dann fünf Jahre dauerte, hatte er sich antrainiert, wie in Trance bewegungslos verharren zu können. Die Handflächen legte er auf den Tisch und entspannte die Armmuskeln. Den Bauch, das Powerhouse, wie es sein ehemaliger Pilatestrainer nannte, spannte er an, dann schaute er mit offenen Augen in sich hinein und senkte die Atemfrequenz, bis er nur noch ganz flach Luft holte.

Die Gendarmen, die ihn im Gerichtssaal bewachten, waren die Einzigen, die durch das Scharren der Füße, durch ein leises Flüstern und einige Schritte hin und her Geräusche machten. Voller Erstaunen und Bewunderung warfen sie hin und wieder einen Blick auf den Erstarrten und erzählten später Jacques davon.

Um drei Uhr nachmittags hatten vier Gendarmen Holm Mormann aus dem Gefängnis La Santé zum Verhör auf die Ile de la Cité gebracht. Er trug Handschellen, die Füße waren mit einer leichten Kette verbunden, selbst wenn er sich losgerissen hätte, wäre er nicht weit gekommen.

Jacques hatte seine Robe angelegt und auch Françoise überreden können, das Richtergewand überzuwerfen, denn, so seine Begründung, auf einen Deutschen, der auch noch Staatssekretär in der Bundesregierung gewesen war, machten äußerliche Zeichen der Autorität bestimmt Eindruck. Aber in diesem Deutschen hatte er sich getäuscht.

Nachdem Mormann Ketten und Handschellen abgenommen worden waren, stellte er sich teilnahmslos an das Fenster zum Hof und schaute hinaus. Als Jacques ihn ansprach, drehte er sich zwar um, blieb aber am Fenster stehen und weigerte sich einen kurzen Augenblick, an das Kopfende des langen Tisches in der Mitte des Raumes zu kommen, obwohl er dazu aufgefordert worden war. Erst als der Untersuchungsrichter dem im Raum verbliebenen Gendarmen mit dem Kopf ein Zeichen gab, bequemte sich Mormann und ließ sich mit einem lauten Schnaufen auf dem Stuhl nieder.

Bei Verhören, die sie gemeinsam führten, setzten sich Jacques und Françoise stets rechts und links neben den Delinquenten, sodass der nie beide Richter gleichzeitig im Blick haben und nicht sehen konnte, wie sie auf seine Aussagen reagierten. Dieser Vorgeführte reagierte allerdings gar nicht.

»Ohne meinen Anwalt werde ich kein Wort aussagen«, wiederholte er monoton.

Françoise spielte mit ihrem Bleistift und schaute auf den Block vor ihrem Platz.

»Und warum ist Ihr Anwalt nicht da?«, fragte Jacques. »Haben Sie ihn nicht benachrichtigen lassen?«

Mormann dachte nach und schwieg.

»Die Frage werden Sie doch wohl beantworten können!«

»Ich wurde erst heute, also Samstag früh, im Gefängnis von der Vorführung benachrichtigt. Daraufhin habe ich gebeten, meinen Anwalt sprechen zu können. Doch er war weder mobil noch im Büro oder in seiner Privatwohnung zu erreichen. Vielleicht ist er übers Wochenende verreist.«

»Wer vertritt Sie?«, fragte Jacques.

»Maître Serge Normandin.«

Wie aus der Pistole geschossen fragte Jacques: »Wann haben Sie Catherine Parr das letzte Mal gesehen?«

Mormann öffnete den Mund, um zu sagen, dass er diesen Namen, der ihm wirklich wildfremd war, noch nie gehört habe, aber im letzten Augenblick konnte er sich beherrschen, und so wiederholte er monoton, ohne seinen Anwalt werde er keine Frage beantworten.

Wie versteinert verharrte Françoise mit gesenktem Blick. Jacques aber ließ sich sein Erstaunen nicht anmerken. Am liebsten hätte er gefragt, wie sind Sie denn an den gekommen. Dann zuckten Erinnerungen an die Frau mit dem Messer durch sein Hirn. Ob da etwas zusammenhing?

Der Mord an Marc Leroc. Mormann als Lerocs Freund. Vertreten von Maître Serge Normandin. Ein mögliches Bindeglied zu der Frau mit dem Sashimi-Messer. Die sich als Catherine Parr ausgab und die Jacques angeblich vergewaltigen und schließlich aus dem Krankenhaus entführen lassen wollte, begleitet von ihrem Anwalt Serge Normandin.

Andererseits konnte es auch Zufall sein, dass Mormann sich diesen Anwalt gesucht hatte. Und Catherine Parr auch. Normandin vertrat nun einmal die schillerndsten Personen.

»Haben Sie Normandins Nummern parat?«

»Nein.«

Mormann verweigerte sich. Mal sehen, wie weit ich damit komme, schien er sich zu sagen. Aber Jacques war von arroganten französischen Politikern oder Geschäftsleuten Ärgeres gewohnt.

»Wir werden uns um Ihre Rechtsvertretung kümmern«, sagte er, erhob sich und gab Françoise mit einem Zeichen zu verstehen, sie möge mit ihm den Raum verlassen. Zwei Gendarmen stellten sich an die Fensterseite, zwei vor die Tür, um eine Flucht Mormanns zu verhindern.

Kaum waren sie in seinem Büro angekommen, funktionierte Jacques wie eine computergesteuerte Maschine. Er bat Françoise, einen Pflichtverteidiger für Mormann an Land zu ziehen. Wen auch immer! Wer gerade erreichbar ist.

Dann sagte er Martine, sie möge alle Telefonnummern von Anwalt Serge Normandin anrufen.

Er selbst fuhr seinen Computer hoch und gab den Namen Serge Normandin in die Suchmaschine Google ein. Vielleicht würde es ihm auf diesem Weg gelingen, Kollegen aus Normandins Kanzlei zu erreichen. Nach wenigen Klicks landete er auf einer Homepage, die – wie ein Text anzeigte – noch nicht vollständig ausgearbeitet war. Zunächst erschien ein Foto, auf dem Serge Normandin freundlich lächelnd an einem antiken Schreibtisch saß, hinter ihm eine alte Bibliothek mit wertvollen Büchern. Mit dem Zeigefinger zeigte er auf ein Papier in einem aufgeschlagenen Aktenordner. Eine rechts neben ihm stehende Anwältin, die einen eleganten Schal um den Hals trug, schaute genauso freundlich lächelnd auf den Aktenordner, während links neben Normandin eine weitere Anwältin auch freundlich lächelnd in ihrem eigenen, sehr viel schmaleren Aktenordner zu blättern schien. Wenn Jacques mit dem Cursor auf eine der Personen ging, öffnete sich ein Fenster, in dem Namen, Fachgebiete der Angeklickten und weitere Mitarbeiter verzeichnet waren. Jacques durchstöberte die Site, fand aber unter »contact« nur die Adresse der Kanzlei und eine Telefonnummer. Er kopierte alle Namen und druckte sie aus. Dreimal.

Françoise hatte schnell einen Pflichtverteidiger aufgetrieben. Aber Jacques wollte Normandin trotzdem noch finden. Vielleicht könnte der ein paar zusätzliche Fragen über die Beziehung des toten Marc Leroc zu Holm Mormann und Catherine Parr beantworten.

»Hier stehen fünfzehn Namen drauf«, sagte er zu Martine und Françoise, »jeder von uns nimmt sich fünf vor und sucht deren Telefonnummer. Ich nehme die ersten fünf, Françoise die nächsten, Martine die letzten.«

Martine konnte am schnellsten die passenden Telefonnummern zu ihren Namen herausfinden. Aber niemand antwortete.

»Das haben wir von dem schönen Frühlingswetter«,

sagte sie fröhlich und schaute zum Fenster hinaus in den blauen Himmel.

»Wärst wohl gern draußen?«, fragte Jacques, »ich geb dir dafür noch einen Namen ab. Nimm den letzten von meiner Liste.«

Françoise, die in ihr Büro gegangen war, um dort ungestört zu arbeiten, kam zurück und schüttelte den Kopf. Auch Jacques tippte verzweifelt Nummern in sein Telefon, hörte lange Klingeltöne, manchmal auch Ansagen auf Anrufbeantwortern, woraufhin er Nachrichten hinterließ, aber nie nahm jemand ab. Als sie alle Nummern angewählt hatten, wandte sich Jacques an Françoise und fragte: »Wann kommt der Pflichtverteidiger?«

»Er wollte sich sofort auf den Weg machen. Er meinte, dreißig Minuten. Ich habe ihm gesagt, er solle sich hier in deinem Büro melden.«

Im gleichen Augenblick klopfte jemand an der Tür, und das Telefon klingelte.

Jacques, der an seinem Schreibtisch stand, lehnte sich vor und hob den Hörer ab: »Ja, hallo?«

Eine weibliche Stimme sagte: »Ich hätte gern Untersuchungsrichter Ricou gesprochen.«

»Der bin ich. Mit wem spreche ich?«

»Claude Lefèvre. Sie haben mir eine Nachricht hinterlassen. Ich soll Sie wegen Maître Normandin anrufen. Ich bin die Büroleiterin seiner Kanzlei.«

»Danke, dass Sie so schnell zurückrufen.« Jacques ging um den Schreibtisch herum und setzte sich auf seinen Stuhl, während Françoise die Tür öffnete und auf den Gang trat. »Wir suchen nämlich Maître Normandin. Er vertritt jemanden, den wir heute Nachmittag um drei aus der Santé zum Verhör bestellt haben. Aber sein Verteidiger ist nicht erschienen.«

»Monsieur le juge, wusste Maître Normandin von dem Termin? Ich kenne seinen Terminkalender fast auswendig. Gestern Abend stand noch nichts drin für heute.«

»Der Termin ist kurzfristig angesetzt worden, Madame. Wissen Sie denn, wo wir Maître Normandin erreichen können?«

»Nein, ich habe leider keine Ahnung. Ich habe alle mir bekannten Nummern angerufen. Aber ich kann ein Weiteres tun. Ich wohne nur zwei Métrostationen von ihm entfernt und werde bei ihm zu Hause vorbeischauen. Vielleicht weiß die Concierge Bescheid.«

Die Concierge, ja, die Concierge weiß immer alles. Ein Schauer überkam ihn.

»Es wäre nett, Madame…«, Jacques suchte kurz nach ihrem Namen, »Madame Lefèvre, wenn Sie sich noch einmal melden würden. Ganz gleich, ob Sie ihn erreicht haben oder nicht.« Er diktierte ihr die Nummer seines Mobiltelefons und hängte ein.

Im Gang fand er Françoise im Gespräch mit dem Pflichtverteidiger Joël Marchand, einem kleinen, drahtigen Mann, Mitte vierzig, mit nach hinten gegelten pechschwarzen Haaren und scharf geschnittenem Gesicht. Jacques begrüßte ihn mit Handschlag und einem ironischen Lächeln, sie kannten sich aus kleinen Scharmützeln im Gerichtssaal. Françoise hatte ihn schon knapp in den Fall eingewiesen. Doch als sie zu dritt in den Raum traten, in dem Holm Mormann auf sie war-

217

tete, bat Joël Marchand, kurz unter vier Augen mit seinem Mandanten sprechen zu können.

Fünf Minuten später hatte er seine freundliche Miene abgelegt und war in die Rolle des Verteidigers geschlüpft. Dieses Chamäleonspiel kannten alle, die bei Gericht auftraten. Auf dem Flur gab man sich ganz als freundlicher Bekannter, im Saal wurde dann mit allen Mitteln gegeneinander gekämpft.

»Im Namen meines Mandanten«, so fing Joël Marchand an, nachdem sich alle gesetzt hatten und noch bevor Jacques und Françoise auch nur eine Frage gestellt hatten, »lege ich Beschwerde ein gegen die kurzfristig angesetzte Vernehmung. Ich beantrage die Verschiebung auf Montag, bis der reguläre Anwalt meines Mandanten wieder im Dienst ist.«

Jacques setzte ebenfalls eine strenge Miene auf und wies den Antrag kurz ab. Trotzdem erhielt er zunächst keine Antworten auf seine Fragen. Holm Mormann blockierte weiter. Schließlich zog Françoise aus ihrem Aktenordner die Vollmacht für das Konto bei Gold-Genève hervor und fragte: »Was bedeutet dieses Dokument?«

Mormann nahm es kurz in die Hand, dann schüttelte er den Kopf: »Das ist meine Privatsache.«

Daraufhin zog Jacques ein Dokument aus seinen Akten und sagte: »Aber das hier bringt Sie in direkte Beziehung zu Marc Leroc und damit zu einem Mordfall. Deshalb werden Sie jetzt reden müssen.«

»Wieso ein Mordfall?«, fragte Joël Marchand.

»Das ist unsere Arbeitshypothese«, antwortete Jacques und reichte dem Anwalt das Papier, das der nach einem kurzen Blick darauf an Holm Mormann weiterreichte. Es war eine fast identische Vollmacht, auch geschrieben auf dem schweren Briefbogen von GG, diesmal erhielt Marc Leroc das Recht, von dem Konto Nummer 12 345 008 bei GG vierteljährlich bis zu drei Millionen Dollar in bar abzuheben. Allerdings lag das Datum sehr viel später, im Januar 2003, unterzeichnet hatte es Holm Mormann, wenige Wochen nachdem er untergetaucht war.

»Das Dokument sagt doch aus, was es bedeutet«, antwortete Mormann. Mehr nicht.

»Hier haben wir auch noch eine handschriftliche Aufstellung darüber, wie viel Geld von diesem Konto bar abgeholt wurde.« Jacques legte das Blatt zwischen sich und Joël Marchand. »Da oben steht der Name Leroc. Dann eine Reihe von Daten, jeweils ein Vierteljahr auseinander, und zusätzlich im Jahr 2004 jeweils zwei Millionen Dollar, dann in allen Quartalen 2005 je drei Millionen. Hängt das etwa damit zusammen, dass im September 2005 Bundestagswahlen in Deutschland stattfanden?«

»Das müssten Sie Monsieur Leroc fragen«, sagte Holm Mormann.

»Vielleicht sollte die Partei des ehemaligen Bundeskanzlers für die Wahl ausgestattet werden. Ist das Ihre Handschrift?«

»Nein.«

»Die von Leroc?«

»Ja.«

Zum ersten Mal hatte Mormann eine Frage akzeptiert. Jacques entspannte sich ein wenig, da reichte ihm

Françoise ein weiteres Dokument mit den Worten: »Vielleicht willst du damit weitermachen.«

»Gut, dann noch eine Frage, die Sie beantworten können«, sagte er. »In den Unterlagen, die Sie bei dem Couscous-Algerier versteckt hatten, befindet sich auch ein Brief des damaligen Präsidenten von France-Oil an den Bundeskanzler in Bonn. Darin fordert France-Oil dessen Zustimmung zu fast einer Milliarde Euro staatlicher Subventionen nach dem Kauf der Raffinerie Leuna. France-Oil verspricht im Gegenzug, eine neue Raffinerie in Ostdeutschland zu bauen. Der Betrieb dieses Unternehmens werde zehntausend Arbeitsplätze auf Dauer schaffen, der Bau dreitausend für drei Jahre. Eine Milliarde staatlicher Subventionen für France-Oil wäre Grund genug, als Dank dem Bundeskanzler oder seiner Partei ein paar Millionen zuzuschustern.«

»Kein Kommentar.«

»Weshalb befindet sich dieser Brief in Ihrem Besitz?«, fuhr ihn Jacques an. »Es ist das Original mit Eingangsstempel vom Kanzleramt!«

Joël Marchand hob die Hand und fragte: »Kann ich kurz mit meinem Mandanten allein sprechen? Ganz kurz? Wir können auch dahinten in die Ecke gehen.«

Jacques sah Françoise kurz an und sagte: »Bitte!«

Es dauerte kaum eine Minute, bis sich Mormann leicht schmunzelnd wieder hinsetzte und Anwalt Marchand sagte: »Mein Mandant ist Deutscher. Er kann dem Verhör auf Französisch nicht folgen. Ich beantrage Vertagung, bis ein Dolmetscher bereitgestellt wird.«

Vielleicht hätte Jacques mehr Widerstand geleistet, wenn in diesem Augenblick nicht der Neuzugang in Jeans Truppe, die Gardienne de la Paix, schüchtern geklopft und auch gleich den Kopf durch die Tür gesteckt hätte. Jacques blickte sie fragend an, und sie ließ ein »Entschuldigung, Monsieur le juge…« in den Raum wehen. Jacques stand auf, ohne dem Pflichtverteidiger zu antworten, murmelte »einen Moment bitte« und zog die Tür hinter sich zu.

»Was gibt's, Fabienne?«

»Kommissar Mahon bat mich, Ihnen auszurichten, dass Maître Serge Normandin in seiner Wohnung tot aufgefunden worden ist. Er hat sich aufgehängt.«

Jacques holte sein Mobiltelefon aus der Jackentasche, gab den PIN-Code ein und wählte die Nummer von Jean Mahon. Der Kommissar war noch am Tatort. Die Bürochefin von Normandin hatte sich von der Concierge die Tür zum Appartement in der vierten Etage aufschließen lassen und den Anwalt tot vorgefunden. Anscheinend hatte er sich schon am Freitagabend das Leben genommen. Nein, nichts deute auf ersten Blick auf Fremdeinwirkung hin.

Als er wieder in seinem Büro saß und auf Jean wartete, der ihm noch Bericht erstatten wollte, war Jacques zufrieden. Er hatte den Eindruck, Mormann sei durch die Nachricht vom Selbstmord seines Anwalts verunsichert in seine Zelle zurückgekehrt. Françoise teilte den Eindruck, doch sie hatte sich nach einem schnellen Blick auf die Uhr − oh, schon halb sechs, dann muss ich aber los − verabschiedet. Ihre Jazzgruppe! Ja, sie würde um sechs im Bilboquet vorsingen.

»In *dem* Bilboquet? In der Rue Saint-Bénoit?«

»Ja, denen ist jemand für drei Abende ausgefallen, und sie wollen uns eine Chance geben.«

Merde! Dreimal Merde!, wünschte Jacques. So durfte er das Wort benutzen, denn so war es die Beschwörungsformel für Glück, unter Künstlern. Im Bilboquet. Donnerwetter, seit seiner Eröffnung 1947, nur zwanzig Meter neben dem Café de Flore, waren dort Charlie Parker, Sidney Bechet, Miles Davis, Duke Ellington, Stéphane Grappelli… aufgetreten. Und jetzt Françoise? Merde!

Das Telefon riss ihn aus seinen Träumen. Ein Journalist vom *Journal de Dimanche* bat um eine Stellungnahme zu seiner Amtsenthebung als Untersuchungsrichter. Merde. Kapiert ihr Journalisten denn auch gar nichts? Ich bin nicht des Amtes enthoben. Es ist nur ein Verfahren eingeleitet worden, das ist so üblich. Auch wenn mir nichts vorzuwerfen ist.

Der Tenor aller Meldungen des Tages sehe aber anders aus. Und was er zu dem Mord an Normandin zu sagen habe. Was heißt Mord? Quatsch. Aber den haben Sie doch gemeinsam mit der Frau aus dem Krankenhaus entführen lassen. Jacques sah schon die Schlagzeile: Normandin ermordet, Ricou abgesägt.

Die Staatsanwältin in Paris

Als Jacques am Montag früh seine Zeitungen am Kiosk von Nicolas holte, seufzte der nur, ah, Monsieur le juge, das tut mir aber leid. Und nachdem er im Bistro Aux Folies den Grand crème und zwei Croissants bestellt hatte, brachte Gaston sie ihm persönlich. Der Wirt zwirbelte an seinen auvergnatischen Bartspitzen und murmelte, die Presse, oje, die Presse. Auf allen Titelseiten prangte Jacques' Foto, auf einem sogar in einer Montage mit Serge Normandin. War es Mord? Diese Frage gefiel den Journalisten.

Im Büro hatte Jacques noch keine drei Sätze mit Martine gesprochen, da rief schon Justine an, er möge um fünf vor elf Uhr zur Gerichtspräsidentin kommen. Fünf vor? Merkwürdige Zeit. Ja, sie wolle kurz etwas unter vier Augen besprechen, bevor andere dazukämen. Ach so, wer denn noch? Françoise, aber die könne sie nicht erreichen. Weswegen, wisse sie auch nicht genau, sie habe auch den Namen der Person nicht verstanden, um die es gehe.

Jacques hatte Marie Gastaud noch am Samstag über den Tod des Anwalts unterrichtet und den Sonntag im Büro mit den Mormann-Akten verbracht. Am Sonntagnachmittag dann hatte er sich nicht mehr zurückgehalten und Margaux' Festnetznummer gewählt.

Wenn sie zu Hause gewesen wäre, hätte er sie vielleicht abends sehen können. Als der Anrufbeantworter angesprungen war, hatte er aufgelegt. Dreimal rief er bei ihr an. Dann ließ er es sein.

Kurz vor dem Büro der Gerichtspräsidentin hielt ihn Jean Mahon auf.

Jacques winkte ab, er müsse pünktlich zur Betonmarie, aber Jean zog ihn zur Seite und sagte: »Ganz wichtig. Mein Kontakt beim Geheimdienst sagt, sie hätten die unbestätigte Information, jemand sei hinter dir her. Sie wollen es aber nicht offiziell machen, weil sonst ihre Quelle auffliegen würde. Sie tun aber etwas zu deinem Schutz. Ich werde das auch tun, aber auch inoffiziell, denn eigentlich weiß auch ich nichts.«

Als er dann kurz nach elf eintrat, schaute Justine auf die Uhr und blickte Jacques vergrätzt an.

»Fünf vor elf. Ich habe schon einen Anschiss bekommen.«

»Pardon. Jean hat mich aufgehalten.«

»Kein Grund, sich zu verspäten.«

Marie Gastaud stand an der Fensterfront ihres Büros, das auf die Seine hinausschaute, und zeigte einer mit dem Rücken zu Jacques stehenden blonden Frau die Aussicht auf den Quai des Grands Augustins und die Place Saint-Michel auf der anderen Seite der Seine.

»Sind Sie zum ersten Mal in Paris?«, fragte sie.

»Zwei- oder dreimal war ich schon hier, aber immer nur kurz und als Touristin.«

Jacques sagte laut: »Guten Morgen, Mesdames.«

»Sie sehen, liebe Kollegin«, sagte Marie Gastaud,

sich umdrehend, »wir Franzosen nehmen es mit der Zeit nicht so genau. Obwohl selbst unser Sonnenkönig Louis quatorze sagte, Pünktlichkeit sei die Höflichkeit der Könige, weil sie als Einzige über Uhren verfügten. Darf ich Ihnen unseren geschätzten Untersuchungsrichter Jacques Ricou vorstellen, der sich bisher um Ihren Kandidaten gekümmert hat.«

Die Blonde drehte sich um und streckte ihre Hand aus. »Karen von Rintelen, Staatsanwältin aus Leipzig. Ich bin gekommen, um Sie von Holm Mormann zu befreien.«

Sie lachte leise und sah Jacques freundlich in die Augen. Der wollte sie eigentlich keines Blickes würdigen, schaute dann aber doch noch einmal zu ihr. Ja, sehr ungewöhnlich. Und die soll Staatsanwältin sein? Dafür sah sie zu gut aus. Noch nicht einmal amerikanische Serienschreiber trauten sich, eine Staatsanwältin so zu besetzen. Er gab ihr die Hand, spürte die warme, trockene und weiche Haut, die im Widerspruch zu dem festen Druck der langen Finger stand.

»Mit Mormann haben wir hier noch einiges vor«, sagte er.

»Monsieur le juge«, sagte die Gerichtspräsidentin, »dem Auslieferungsantrag von Madame von Rintelen haben wir stattgegeben. Sie erinnern sich, Justizministerin Anid Bard hat am Freitag schon die Zustimmung angeordnet.« Sie betonte das Wort »angeordnet«. Denn eine Zustimmung »gibt« man eigentlich. Und eine Anordnung ist weit mehr als eine Zustimmung. Ein Befehl. »Die Papiere sind schon unterschrieben. Ich bitte Sie, gemeinsam mit Kommissar Jean Mahon die Übergabe in die Hände der deutschen Justiz zu organisieren.«

»Madame la Présidente…«, setzte Jacques an, und als Marie Gastaud ihm das Wort abschneiden wollte, erhob er seine Stimme, »seither haben sich aber neue Fakten ergeben, die weitere Vernehmungen Mormanns notwendig machen.«

»Der Anordnung der Ministerin habe ich nichts entgegenzusetzen, merci, Monsieur le juge!« Das sagte Marie Gastaud mit ungewöhnlich milder Stimme, so als habe sie sich dem Tonfall der deutschen Staatsanwältin angepasst. Sie nickte Jacques noch einmal zu, betonte ein zweites Merci so, dass es als Befehl und Verabschiedung zu verstehen war.

Bleich vor Wut stürzte er in das Büro von Françoise, die gerade dabei war, ihren Mantel aufzuhängen. Sie strahlte und sagte: »Ist wieder ein bisschen kühler geworden. Na, was gibt's?«

Nachdem Jacques ihr den Stand der Dinge kurz geschildert hatte, war ihr das Strahlen vergangen. »Jetzt weiß ich, was vorgeht. Samstagabend klingelt bei mir das Telefon, dran ist der Kommissar aus Leipzig. Harry Spengler. Ich hab dir von ihm erzählt. Das ist der, den ich aus Montreux vom Jazzfestival kenne. Und was sagt er? Er komme am Sonntag nach Paris. Na schön. Ich hatte nichts vor. Dann sind wir gestern Abend ins Bilboquet, da hat eine grandiose Dixieband gespielt.«

»Und? Was hat der damit zu tun?«

»Er holt sehr wahrscheinlich Mormann ab!«

»Bist du sicher? Ich habe doch eben die Staatsanwältin aus Leipzig getroffen. Die soll ihn abholen.«

»Ja, aber Kommissar Harry ist die Polizeibegleitung.
O Gott. Und ich habe ihm einiges erzählt!«

»Was hast du ihm gesagt?«

»Na ja, Leroc, Mormann, Normandin…«

»Und über die Dokumente, was hast du da ausgeplaudert?«

»Ausgeplaudert! Gott sei Dank nichts Präzises.
Schließlich haben wir uns dem Jazz hingegeben.«

Françoise schlug die Hände vors Gesicht, blieb einen
Moment still sitzen, stöhnte laut und sah ihn dann mit
rot gefleckten Wangen an. »Ich habe ihn auch noch
mitgenommen…«

Jacques überhörte ihren Satz und sagte: »Wir müssen überlegen, wie wir die Auslieferung verzögern
können. Ich werde mit Jean sprechen.«

Er ging bei Martine vorbei und bat sie, unauffällig
alle Papiere aus Mormanns Karton zu fotokopieren.

»Da kannst du nix machen«, sagte Jean, als Jacques bei
ihm reinplatzte und aufgewühlt in dem kleinen Büro
von einer Seite des Raumes zur anderen lief und jeweils mit einer Faust gegen die Wand schlug. »Mal
sehen, wie wir die Auslieferung verzögern können.«

Als ihn Margaux am Nachmittag auf seinem Mobiltelefon anrief, war er kurz angebunden und sagte nur:
»Du, ich kann jetzt wirklich nicht.«

Jean kam am frühen Abend. Am Nachmittag hatte ihn
der Leipziger Kommissar Harry Spengler aufgesucht.
»Der spricht übrigens hervorragend Französisch.«

»Die Leipziger Staatsanwältin auch«, sagte Jacques. Das war ihm bisher gar nicht als etwas Besonderes aufgefallen.

»Heute ist Montag«, sagte Jean, »morgen kann ich den Abtransport noch hinauszögern. Ab Mittwoch wird's schwierig.«

»Warum?«

»Spengler wollte den Transport per Flugzeug vornehmen. Aber das ist nicht so einfach. Sowohl Air-France wie auch Lufthansa wollen ungern jemanden in Handschellen an Bord haben. Also habe ich vorgeschlagen: Wir fahren mit dem Auto.«

»Wir?«

»Du und ich müssen den Transport doch begleiten! Dann fallen wir den Deutschen in Leipzig auf den Wecker und versuchen, uns an die Ermittlung dranzuhängen.«

»Gute Idee«, sagte Jacques, und seine Laune wurde wieder besser. »Hast du schon ein Ergebnis von der DNA-Untersuchung?«

»Ist mir für morgen versprochen. Übrigens«, Jean hob den Finger, als bäte er um besondere Aufmerksamkeit, »haben wir am Seil von Normandin auch verschiedene DNA-Spuren gefunden. Mal sehen, was sich daraus ergibt. Und zuallerletzt: Unsere kleine Neue, Fabienne Lajoie, hat bei Normandin auch das Parfum Sarrasins gerochen!«

»Nicht schlecht, das Mädchen«, sagte Jacques und unterdrückte eine machohafte Bemerkung, obwohl er allein war mit Jean.

Gegen sieben klopfte Françoise noch einmal und

wirkte wie ein Mops mit eingezogenem Schwanz. So unglücklich hatte er sie noch nie erlebt.

»Habt ihr eigentlich den Zuschlag für euren Auftritt im Bilboquet erhalten?«, fragte Jacques scheinheilig.

Und Françoise sagte traurig: »Nein. So gut bin ich als Jazzsängerin dann wohl doch nicht. Kannst du vielleicht Gaston mal fragen, ob wir im Aux Folies auftreten können? Er will doch die alte Tradition wieder aufleben lassen wie einst mit der jungen Piaf und so...«

»Ich erkundige mich mal«, versprach Jacques und fragte geradeheraus, ob sie am Abend wieder verabredet sei.

Françoise wurde rot und ging.

Dann endlich kroch die Stille ins Palais de justice.

Das Zimmer mit dem Fresko

Sarrasins.

Ja, er erinnerte sich plötzlich, als er die Luft durch die Nase einsog. Sie roch nach Sarrasins.

Er lag auf dem Rücken.

Vollkommen entspannt und selig.

Durch die schweren Seidenvorhänge an den hohen Fenstern schimmerte ein erster Sonnenstrahl in den großen Raum. Jacques schaute auf das Fresko, das die ganze Decke ausfüllte. Ein kleiner nackter Engel blickte ihm von oben direkt in die Augen. Schelmisch, wie es ihm schien. Ein roter Schal schlang sich prüde zwischen seine Beine, in der Rechten hielt er einen Globus, in der Linken eine sich windende Otter. Schlangen wurden früher in der erotischen Kunst nackten Frauen als Alibi beigegeben. Der Schlangenbiss sollte als Ursache für ihren Liebestaumel gelten. Noch einmal sog Jacques die Luft ein und döste wieder weg.

Die Glocken von Notre-Dame hatten am Abend zuvor schon neun Uhr geschlagen, und vor seinem Bürofenster war Nacht. Jacques hatte auf das gerahmte Zeitungsblatt »J'accuse« an der Wand gegenüber seinem Schreibtisch gestarrt, ohne es zu sehen, und sich den Fall noch einmal durch seinen Kopf gehen lassen, als jemand dreimal kräftig klopfte. Ein Amtsdiener steckte den Kopf herein. »Bonsoir, Monsieur le juge, Besuch für Sie.«

Die blonde Staatsanwältin aus Leipzig. Fast devot entschuldigte sie sich. Ich will keinen Krieg mit Ihnen, besänftigte sie ihn, können wir das Ganze nicht besprechen. Wie sich das in Frankreich gebührt. Beim Essen?

Gute Ausgangsposition, dachte Jacques. Und er spürte plötzlich, dass er seit den beiden Croissants heute früh bei Gaston nichts mehr gegessen hatte.

Wonach ist Ihnen, fragte er sie, als sie am Quai standen. Nichts Aufregendes bitte, was kleines Französisches. Vielleicht auf dem Weg zur Rue des Saints-Pères an der Grenze zum siebten Arrondissement. Da wohne sie im Hotel. Jacques überlegte kurz, griff zu seinem Mobiltelefon und suchte Colette im Namensspeicher.

»Âllo, Colette? In einer Viertelstunde? Zu zweit in einer ruhigen Ecke?«

»Wir gehen in die Rue Mabillon ins Aux Charpentiers. Gut und gemütlich. Jacques Chirac hat hier seinen sechzigsten Geburtstag gefeiert.«

»Ach, schön«, sagte sie und hängte sich bei ihm ein, als sei das ganz natürlich in der engen Rue Saint-André-des-Arts, wo kaum ein Durchkommen war. Er spürte ihre Wärme.

Kurz vor der Rue Mazarine hielt er an, zeigte in die überdachte Cour du Commerce Saint-André und sagte: »Ein bisschen will ich doch den Bärenführer spielen. Hier, in dieser engen Gasse, lebt die Erinnerung an die Revolutionszeiten noch. Da vorn hatte der deutsche Klavierbauer Tobias Schmidt seine Werkstatt. Und dort hat er im Auftrag des Arztes Guillotin die erste halbautomatische Tötungsmaschine gebaut. Unter der verlor dann Danton, der in diesem Hof ein riesiges Appartement bewohnte, seinen Kopf. Und Marat gab hier sein Revolutionsblatt *L'Ami du peuple* heraus. Und das alles auf weniger als achtzig Metern Straße.«

Als sie beim Bistro Aux Charpentiers ankamen, hatte sich die Staatsanwältin aus Leipzig für ihn in eine Frau mit einem aufregenden Blick und einer unfassbar erotischen Stimme verwandelt.

Er empfahl ihr Bœuf à la ficelle und aß selbst eine Blanquette de veau. Ja, einen Rotwein fand Karen angemessen, nachdem sie die Coupe de Champagne ausgetrunken hatten, mit der sie von Colette, der Wirtin, empfangen worden waren. Karen trug einen Kaschmirpullover mit tiefem V-Ausschnitt, den Jacques fast »unanständig« fand. So hätte er es Jean erklärt, denn die Ansätze der Brüste waren deutlich zu sehen. Und Jacques schien es, als trage sie keinen BH.

Sie tranken noch eine zweite Flasche Rotwein. Und redeten kaum über den Fall. Wollen wir das nicht morgen im Büro erledigen? Kurz vor Mitternacht hatte Jacques sie dann ins Hôtel des Saints-Pères begleitet, die ehemalige Residenz von Daniel Gittard, dem Architekten von Sonnenkönig Louis quatorze.

Er erinnerte sich noch daran, dass Karen gesagt hatte: »Ich habe das tollste Zimmer des Hotels. Nummer hundert. La chambre à la fresque – das Zimmer mit dem Fresko.«

232

Links am Kopfende des Raumes stand ein einladendes Doppelbett, rechts eine große Badewanne unter einem Baldachin. Sie streichelte ihm sanft über das Gesicht, als er ihr vorsichtig den Pullover über den Kopf zog. Mit den Fingerkuppen tastete er über ihre Schultern, während sie den Kopf mit geschlossenen Augen zurücklehnte und es genoss, als seine Hände leicht am Hals entlang über ihre Schultern und ihre Brüste wanderten.

Der Taumel, der beide erfasste, dauerte mehr als drei Stunden. Eine so erfindungsreiche und fordernde Frau hatte Jacques in seinem Leben noch nicht getroffen. Es stimmte wohl doch, was man über das deutsche Fräuleinwunder sagte. Irgendwann fragte er, hast du das *Kamasutra* auswendig gelernt, und sie lachte fröhlich.

Karen hatte Durst. Und der Nachtportier brachte eine kalte Flasche Champagner. Prost, sagte sie auf Deutsch. Und er lachte. À la tienne – auf dich. Sie redeten, tasteten sich aneinander heran. Er stamme aus Südfrankreich. Nein, er sei Single, geschieden. Aber darüber wolle er lieber nicht reden.

»Hast du Angst vor Bindungen?«

»Das glaube ich nicht«, antwortete Jacques, »eher suche ich die perfekte Frau und habe sie noch nicht gefunden. Bisher! Man weiß ja nie.«

Und du? Wo hast du so gut Französisch gelernt? Von Mademoiselle Toucoulou! Zu DDR-Zeiten habe es eine zweisprachige Oberschule in Dresden gegeben. RoRo, Romain-Rolland-Oberschule, benannt nach dem französischen Dichter. Und da habe eine französische Kommunistin unterrichtet.

Immer wieder einen Schluck Champagner nippend, begann Karen zu erzählen.

Am Anfang ihres Lebens stand ein Drama, das sie als naturgegeben ansah, weil sie zu klein gewesen war, um es als Trauma zu erleben. Ihre Eltern versuchten mit ihrem fünf Monate alten Baby nach Westdeutschland zu fliehen, wurden aber verraten und kamen ins Zuchthaus. Das Kind wurde ihnen genommen und Pflegeeltern zur Adoption überlassen. Erich und Johanna von Rintelen waren ihr gute Ersatzeltern. Und sie gaben Karen später auch ihren Namen. Denn ihre Eltern waren zwar nach zwei Jahren Haft von der westdeutschen Regierung freigekauft worden und hatten sofort versucht, ihr Kind wiederzubekommen. Doch wenige Wochen nach der Ausweisung in die Bundesrepublik kamen sie in der Nähe von Speyer bei einem Autounfall ums Leben.

Wenn es denn ein Unfall war.

Warum?

Ich traue der Stasi alles zu.

Stiefvater Erich von Rintelen entstammte einer Fabrikantenfamilie aus Dresden, war selber aber Forscher. In Stalingrad geriet er in russische Gefangenschaft. Als überzeugter Gegner der Nazis und ihres Krieges ließ er sich von den Russen überreden, über den Sender des Nationalkomitees Freies Deutschland die Soldaten der Wehrmacht aufzurufen, ihre Waffen niederzulegen. Deshalb galt er später in der kommunistischen DDR als angesehener Mann. Karen wuchs behütet, ja, sie schmunzelte, ziemlich bürgerlich auf. Nach dem Abitur wollte sie Französisch studieren.

Aber sie beging die Dummheit, sich in einen Westdeutschen zu verlieben und wollte deshalb fliehen, was nicht gelang. Zwei Monate litt sie im Gefängnis Hoheneck, dann konnte ihr Stiefvater sie rausholen. Grässlich sei es gewesen. Ihre Stiefmutter starb dann Anfang der Achtzigerjahre an Krebs, und Karen führte den Haushalt. Aber wenige Monate vor dem Fall der Mauer schlief Erich von Rintelen eines Nachts friedlich für immer ein. Er lag am Morgen einfach tot im Bett.

Schöner Tod, sagte Jacques nach einer kleinen Pause.

Aber nicht für mich, antwortete Karen.

Sie streichelte seinen Rücken. Die Mauer fiel, und ich ging nach Leipzig. Ich wollte Staatsanwältin werden, um all die zu bestrafen, die sich in der DDR an uns vergangen hatten. Jetzt bin ich's.

Gießt du mir noch einmal nach. Ja, und Jacques füllte auch sein Glas. Pitzelt schön. Und so, als wollte sie sich trösten, wand Karin ihren warmen Körper in Jacques' Arme.

Dann waren sie ineinander verschränkt eingeschlafen.

Sarrasins, dachte Jacques, als er erneut aufwachte. Er drehte sich um und blickte in ihre offenen Augen. Schielt sie? Sie lächelte ihn an, zog unter der Decke ihre Hand hervor und legte sie auf seine Wange. Dann zog sie ihn an sich, bewegte sich langsam an seinem Körper entlang, bis sie seine Antwort spürte.

Später hielt sie ihn fest an sich gedrückt, schmiegte ihr Gesicht an seines und sagte: »Jetzt musst du mir in drei Sätzen den Fall erklären.«

»In drei Sätzen geht das nicht.«

»Doch. Du lässt alle Zweifel außen vor, erzähl einfach, wie du ihn siehst.«

»Es ist ein Pokerspiel«, sagte Jacques, »vier Karten habe ich auf der Hand, die fünfte fehlt. Beim Leuna-Deal hat France-Oil wahrscheinlich Hunderte Millionen in schwarze Kassen eingezahlt. Vermittler waren Marc Leroc und Holm Mormann. In Mormanns Karton lag auch ein Brief von France-Oil an den deutschen Bundeskanzler mit der Forderung nach Subventionen in Höhe von fast einer Milliarde. Wenn diese Subventionen gezahlt wurden, dann ist es nur logisch, dass aus den schwarzen Kassen Geld in die deutsche Politik floss. Angelpunkt wäre da euer Exminister Ballak. Der parkt das Geld bei einer Bank in der Schweiz. Die ehemaligen France-Oil-Manager behaupten, das Geld sei an Politiker in Deutschland gegangen. Das aber ist noch nicht bewiesen. Wir wissen: Leroc und Mormann hatten Zugang zum Schweizer Konto Ballaks. Auf dem liegt, meiner Ansicht nach, zumindest ein Teil des schwarzen Geldes. Während der Zeit, in der Mormann in den USA untergetaucht war, hat Leroc Millionen abgehoben – vermutlich für den Wahlkampf in Deutschland. Morgen oder übermorgen weiß ich vielleicht, um wie viel Geld es sich handelt. Da sitzt eine Kollegin dran.«

»Françoise?«, fragte sie.

»Ja, wie kommst du darauf?«

»Hat mir deine Gerichtspräsidentin gesagt.«

Was aber nicht stimmte. Karen wusste es von Kommissar Harry Spengler.

»Wir haben also France-Oil, Ballak, Mormann und Leroc. Aber irgendjemand spielt noch mit.«

Dann erzählte ihr Jacques von der Frau mit dem Sashimi-Messer und Maître Serge Normandin. Wer hat ihn aufgehängt? Derselbe, der Leroc vom Balkon geworfen hat?

»Wir müssen das fehlende Glied in der Kette finden.«

»Kann ich Mormann morgen mal sprechen?«, fragte Karen und gab ihm einen Kuss auf die Lippen.

»Ja«, seufzte Jacques, griff nach ihr und vergaß die Welt.

Besuch in der Einzelzelle

Das Metallbett war in die Wand eingedübelt, die Matratze wirkte wie mit Stroh gefüllt, und von der Decke hing an einem langen elektrischen Kabel wirklich nur eine nackte Birne. Es roch moderig im ganzen Gefängnis La Santé.

»Zwei Zellen neben mir sitzt Carlos«, sagte Holm Mormann und wirkte, als wäre er wenig stolz darauf, in der Nähe eines der brutalsten Terroristen eingesperrt zu sein. »Gestatten Sie, dass ich während unseres Gesprächs esse, die Frites werden sonst kalt.«

Karen von Rintelen nickte: »Das sieht aber lecker aus. An der Einrichtung wird gespart, aber die Gefängnisküche scheint hervorragend zu sein.«

Er steckte mit der Hand drei Frites in seinen Mund, kaute und sagte dann: »Das Steak tartare und die Frites kommen aus dem Restaurant La Closerie des Lilas. Als Commandeur de la Légion d'honneur habe ich nicht nur Anrecht auf eine Einzelzelle und darauf, dort Besuch zu empfangen, sondern ich kann mir auch das Essen aus einem Restaurant in der Nähe bringen lassen. Und die Closerie des Lilas liegt keine fünfhundert Meter entfernt am Boulevard Montparnasse.«

»Und das zahlt der französische Staat?«

»Nein. Das geht auf meine Kreditkarte. Die kann ich ja jetzt benutzen, seit jeder weiß, wo ich sitze. Übrigens, in die Closerie sollten Sie mal gehen und das Filet Hemingway essen – falls Sie Fleisch mögen. Es war eines der Lieblingsrestaurants von Hemingway in Paris. Vorher aber trinken Sie einen Aperitif an der Bar. An der Theke ist ein kleines, unauffälliges Messingschild mit dem Namen Hemingway angebracht, genau an der Stelle, an der er meistens stand. Früher hingen da sogar Lenin, Cézanne, Gauguin und Picasso rum.« Er nahm eine kleine Portion des gut gewürzten Tatars auf die Gabel.

»Die Franzosen machen Tatar besser an als die Deutschen. Die mischen Dijonsenf drunter«, sagte er.

»Herr Mormann, Sie sitzen hier ein wegen eines Haftbefehls, den ich in Leipzig gegen Sie erlassen habe«, sagte Karen von Rintelen.

»Ich wüsste gern, warum.«

»Das wissen Sie genau. Ich habe einen Auslieferungsantrag gestellt. Die französische Regierung hat dem zugestimmt. Das beschleunigte Verfahren bedarf aber Ihrer Zustimmung. Dann könnten wir Sie schon morgen nach Leipzig überführen. Meine Frage lautet deshalb: Wären Sie damit einverstanden?«

»Das ist ja mal was ganz Neues«, sagte Holm Mormann, nachdem er gegessen und einen Schluck aus dem Rotweinglas genommen hatte. »Ich werde um meine Zustimmung gebeten. Zuerst bringt man meinen Anwalt um und will mich ohne Rechtsvertretung verhören. Dann besorgt man einen Pflichtverteidiger, aber keinen Übersetzer. Vom Rechtsstaat haben die Franzosen wohl noch nichts gehört. Und dann schauen Sie sich diese Zelle an!«

»Wenn Sie einverstanden sind, sitzen Sie bald warm und trocken in Sachsen.«

Karen von Rintelen holte einen Aktendeckel aus ihrer Tasche, öffnete ihn und zog einen amtlichen Vordruck heraus.

»Sie brauchen nur diese Einverständniserklärung zu unterzeichnen.«

»Hmm. Weshalb sollte ich das tun? In Frankreich liegt nichts gegen mich vor. Hier würde ich sowieso bald wieder entlassen.«

»Irrtum. Unser Haftbefehl gilt auch in Frankreich. Das Verfahren wäre nur einfacher, wenn Sie unterschreiben würden.«

»Haben Sie es eilig? Brauchen Sie mich als Zeugen im Prozess gegen Ballak? Reden wir doch mal offen. Ich bin nach Paris gekommen, um meinem Freund Marc Leroc zu helfen. Der hat nämlich nichts Unrechtes getan. In Deutschland aber ist die Gesetzeslage ein wenig anders, deshalb können Sie mir Untreue, Bestechung und Geheimnisverrat vorwerfen. Also, Sie wollen mich schnell in Leipzig sehen, weil in vier Wochen der Prozess gegen Ballak stattfindet. Und da brauchen Sie meine Aussage. Richtig?«

»Richtig, aber nur hypothetisch, nur, wenn all Ihre Behauptungen stimmen, was ich bezweifle.«

»Dann machen wir doch mal konkret und gar nicht hypothetisch weiter.« Mormann stellte das Tablett mit Teller und Besteck auf seinem Bett ab und goss einen Schluck Roten nach.

»Die Kronzeugenregelung gilt doch wieder in Deutschland?«

»Ja, seit Anfang des Jahres.«

»Gut. Wenn die Staatsanwaltschaft Leipzig mich als Kronzeugen akzeptiert und mir schriftlich Straffreiheit zusagt, dann stimme ich meiner Auslieferung zu, schriftlich«, sagte Mormann und gab sich zufrieden wie ein Händler, der kurz vor einem lukrativen Abschluss steht.

»So einfach ist das nicht.«

»Wieso? Ist doch Ihre Entscheidung.«

»Nicht ganz, denn mindestens zwei Bedingungen sind Voraussetzung. Erstens, Sie müssen aussagen, bevor das Hauptverfahren beginnt, damit wir Ihre Angaben überprüfen können. Zweitens kann ich Ihnen nur dann Straffreiheit zubilligen, wenn Sie bei einer Verurteilung weniger als drei Jahre Freiheitsstrafe bekommen würden.«

»Aussagen kann ich gleich. Und das Strafmaß bestimmen doch Sie.«

»Das Gericht!«

»Ach Gott. Darauf haben Sie doch Einfluss. Und wenn ich daran denke, was der ehemalige Verfassungsschutzpräsident Holger Pfahls in Augsburg wegen ähnlicher Delikte bekommen hat – das waren zwei Jahre und drei Monate. Also: Kronzeugenregelung mit Straffreiheit und: Leipzig, ich komme.«

Karen von Rintelen steckte das Dokument wieder in ihren Aktendeckel und stand auf. »Das kann ich nicht allein entscheiden. Ich sehe Sie morgen wieder.«

Die DNA-Analyse

Als Jacques erst gegen Mittag im Büro erschien, hatte er für jeden eine andere Ausrede.

Martine schaute ihn mit einer bewusst übertriebenen Kopfbewegung vom Scheitel bis zur Sohle an und sagte bewundernd: »Mon Dieu, du hast dich heute aber schick angezogen. Tolles Hemd. Ich mag den Haifischkragen. Und ausnahmsweise mal eine passende Krawatte. Wow, die engen Hosen, die habe ich ja noch nie an dir gesehen.« Dann lachte sie: »Und blitzblank geputzte Schuhe. Hast du heute was Besonderes vor?«

Bevor er antworten musste, klingelte das Telefon. Schon zum dritten Mal rief Jean an. Ob er eben mal schnell vorbeischauen könne? Und als er dann in Jacques' Büro saß, rieb er sich die Hände und erklärte, die DNA-Analyse des Blutes von Catherine Parr auf Jacques' Bettwäsche gebe dem Fall eine unerwartete Wendung. Denn dieselben DNA-Spuren seien auf dem Kanapee von Serge Normandin gefunden worden, im Eingang von Marc Lerocs Appartement und auch noch in der kleinen Wohnung in der Rue du Commerce, in der Holm Mormann untergeschlüpft war.

»Und jetzt kommt der Clou: Die DNA gehört zu einer Frau, die in den vergangenen Jahren an mindestens dreiundzwanzig verschiedenen Tatorten Spuren hinterlassen hat. In Deutschland hat sie eine Polizistin kaltblütig mit einem Kopfschuss umgebracht. In England war sie an mehreren Morden und Raubüberfällen beteiligt. In Italien, in der Schweiz, in den Niederlanden haben Ermittlungsbehörden ihre DNA gespeichert. Und das Erstaunliche ist, in keiner Polizeidatei Europas passt zu diesen Angaben eine Person. Im Krankenhaus hat sie sich als Catherine Parr ausgegeben. Den Namen hat sie erfunden.«

»Hast du das schon schriftlich?«, fragte Jacques. »Das dürfte uns vollends entlasten.«

»Den Bericht bekomme ich heute Nachmittag.«

»Dann lass mir gleich ein halbes Dutzend Kopien zukommen. Eine für die Betonmarie. Und eine für Seine Exzellenz, den Idioten von Generalstaatsanwalt, und seinen Hohen Rat der Magistratur. Die können das Verfahren gegen mich gleich einbalsamieren. Stellt sich nur die Frage, wo ein Leck sein könnte, damit die Presse davon erfährt?«

»Ruf Margaux an«, schlug Jean vor.

»Nee, das ist zu offensichtlich«, antwortete Jacques. Aber er wollte Margaux ohnehin im Moment auf Distanz halten. Dann jedoch kam ihm eine Idee: »Wir könnten Joël Marchand, den Pflichtverteidiger von Mormann, damit konfrontieren. Die Frau war ja auch in dessen Wohnung in der Rue du Commerce. Also haben wir einen Grund, danach zu fragen. Und wie ich Joël Marchand kenne, wird der sich mit einem diskreten Hinweis unter den Journalisten einen Freund machen wollen.«

Am Nachmittag kam Françoise mit ihren Auswertungen der Kontenbewegungen, denen die Unterlagen aus Mormanns Karton zugrunde lagen. In Hunderten von Überweisungen von krummen Summen zwischen Luxemburg, Liechtenstein, den britischen Kanalinseln, den Bahamas und schließlich der Schweiz waren insgesamt mehr als zweihundert Millionen auf dem Konto Nummer 12 345 008 bei GG angeschwemmt worden.

Unglaubliche Summe.

Aber die wichtigsten Fragen blieben offen: Woher kam das Geld? Und wer hat wie viel davon erhalten?

Als Françoise ging und schon mit der Hand nach der Türklinke fasste, sagte sie: »Die Staatsanwältin aus Leipzig macht einen richtig sympathischen Eindruck, findest du nicht?«

»Wie kommst du denn darauf?«, fragte Jacques, und ihm wurde heiß, weil er sich ertappt fühlte.

»Ich habe sie eben bei Martine gesehen. Sie hat sich ein Büro geben lassen, um ungestört mit ihrer Dienststelle telefonieren zu können.«

Jacques reagierte nicht, aber ihn wunderte, dass sie nicht zu ihm gekommen war. Er dachte zurück an das Zimmer mit dem Fresko, hob einen Handrücken an seine Nase und sog die Luft ein. Wenn er es sich erträumte, roch er immer noch das Parfum Sarrasins. Er hoffte auf eine Fortsetzung seines Traumes.

Als er am späten Nachmittag immer noch nichts von Karen gehört hatte, fragte er Martine nach der Staatsanwältin aus Leipzig.

»Sie wollte dich nicht stören. Aber sie hat mir ihre Mobiltelefonnummer für dich hinterlassen.«

Um sieben rief er sie an und fragte, ob er sie zum Essen einladen könne. Aber sie entschuldigte sich mit ihrer sanften Stimme: »Jacques, ich habe gestern Nacht einen so paradiesischen Traum mit jeder Pore meines Wesens erlebt, dass ich gleich todmüde in unser warmes, weiches Bett falle und allein träume. Morgen sehen wir uns wieder. Ja?«

Zum ersten Mal seit seinem Umzug vor drei Wochen verbrachte Jacques einen Abend allein in seiner neuen Wohnung.

Schade, dass sein Freund, der Maler Michel Faublée, sein großes Atelier am Boulevard de Belleville aufgegeben und ein ehemaliges Bananenreifehaus im Vorort Bezons bezogen hatte. Er nannte dieses neue riesige Atelierhaus, das einmal sein Museum werden sollte, zweideutig »la Mûrisserie«. Da reift die Kunst wie ein Obst. Jacques hätte jetzt gern stumm in Michels ruhigem Atelier gesessen und ihm beim Malen zugesehen wie früher so häufig. Dabei eine Flasche Rotwein getrunken. Und nach ein paar Stunden Schweigen wäre seine Seele wieder im Lot gewesen.

Jacques knipste kein Licht an.

Vor ihm lag die Landschaft von Paris. Helle Lichter bis an den Horizont.

Und er dachte wieder an seinen Traum, den er unter dem kleinen Engel mit der Schlange in der Hand erlebt hatte.

Bald wanderte sein Blick auf die beiden Wandmalereien an den Häusern gegenüber. Auf dem einen hatte Jean Le Gac ganz realistisch über eine zehn Meter hohe

Gebäudemauer einen Detektiv gemalt. Im Anzug und auf dem Kopf ein Canotier, ein Strohhut, wie man ihn in den Zwanzigerjahren trug, hockte er da und las mit der Lupe einen Zettel, auf dem stand, der junge Detektiv solle die Verfolgung über die Rue Julien Lacroix aufnehmen. Das war die Straße, die hier von der Rue de Belleville abzweigte.

Das Bild passt zu dir, hatte Margaux gesagt, als sie letzte Woche bei ihm übernachtete. Bist du nicht in deinem Herzen auch ein Detektiv?

Ach, was war Margaux gegen den Duft von Sarrasins.

Im Dunkeln suchte Jacques in der Küche ein Glas und die Whiskyflasche, goss sich zwei Daumen breit ein, ließ zwei Eiswürfel hineinfallen und setzte sich wieder in den Sessel am Fenster.

Hatte Karen vorhin nicht gesagt: unser Bett?

Es konnte doch nicht sein, dass er sich verliebt hatte.

Er wollte einfach nur dieses Erlebnis wiederholen.

Immer wieder. Nur mit diesem Wesen. In unserem Bett.

Auf der anderen Häuserwand zur Rue Julien Lacroix hin hatte der Künstler Ben täuschend echt zwei lebensgroße Figuren angebracht. Ein Mann stand auf dem Dach und zog an einem langen Seil eine riesige Schiefertafel hoch. Ein anderer Mann balancierte auf einem Gerüst unterhalb der Tafel und richtete sie aus.

In Kinderschrift stand darauf geschrieben: »Il faut se méfier des mots« – man muss sich vor den Worten hüten.

GG: Aktion Vergessen

»Wer nimmt die letzte Cervela?«, fragte G der Ältere mit einem solch gierigen Gesichtsausdruck, dass sowohl Gustave als auch Metzger Hornecker den Kopf schüttelten. »Danke«, sagte G, nahm das Vorlegebesteck auf und legte die Wurst auf seinen Teller. Bevor er sie mit dem Messer aufschnitt, goss er seinen beiden Gästen den Fendant von Pascal Fonjallaz in die fast leeren Gläser.

G der Ältere wollte mit ihnen anstoßen.

»Auf gutes Gelingen!«

Gustave hob sein Glas, Metzger Hornecker seines, und beide schauten den Bankier an. Der blickte ihnen in die Augen und nahm einen kleinen Schluck.

»Schöner Wein zur Cervela. Und von nun an wird sie uns auch nie mehr ausgehen.«

»So Gott will!«, sagte Metzger Hornecker leise, denn was hier ausgeheckt worden war, ging ein wenig über seine Vorstellungskraft.

Politisch war die Aktion »Wurstpelle« gescheitert. Das regte G den Älteren an, den Metzger und seinen Generalbevollmächtigten in sein Haus am Genfer See zu einem Treffen einzuladen.

Er schlug ein Komplott vor.

Metzger Hornecker werde mit ungenannten Finanziers die seit Jahren finanziell schwächelnde, in der jetzigen Lage sogar vor dem Ruin stehende Firma darmimport.ch kaufen. Dieses Unternehmen würde brasilianische Rinderdärme einkaufen. Und sobald die illegale Einfuhr über Rumänien und Bulgarien die Lager in der Schweiz füllte, würde darmimport.ch die Cervelahersteller beliefern.

»Aber jeder weiß doch, dass der Vorrat der brasilianischen Rinderdärme in der Schweiz nur noch bis zum Sommer reicht«, warf Metzger Hornecker ein.

»Woher weiß man das?«, fragte G der Ältere mit schelmischem Lächeln. »Demnächst erscheinen kleine Meldungen in den wichtigen deutschen, französischen, italienischen Zeitungen, die diese Vorhersage korrigieren, denn allein bei der Firma darmimport lägen in den Kühlkammern rund zweihundert Millionen brasilianische Rinderdärme.«

»Wahnsinn!«, sagte der Metzger kopfschüttelnd. »Das wäre der Verbrauch von zehn bis fünfzehn Jahren in der ganzen Schweiz!«

»Und in zehn Jahren dürfte das Importverbot längst überfällig sein«, beruhigte ihn G der Ältere. »Herr Hornecker, die Firma darmimport ist ein altes Familienunternehmen. Deshalb hat niemand von außen Einblick in die Bücher. Und die wenigen, die die wahren Zahlen kennen, werden wir sehr gut bezahlen. Gustave wird für alles sorgen.«

Metzger Hornecker schaute G ungläubig an.

Gustave legte dem Wurshersteller eine Hand auf den Arm, nickte vertrauensvoll mit dem Kopf und sagte: »Machen Sie sich keine Sorgen.«

»Na gut. Auf gutes Gelingen!« Metzger Hornecker

hob noch einmal das Glas. »Ich muss mich jetzt aufmachen. Ich fahre noch heim nach Zürich.«

G der Ältere begleitete seinen Gast vors Haus. Und als der Metzger abgefahren war, fragte G: »Gustave, wie läuft die Aktion Vergessen?«

»Das klappt besser als gedacht. Mormann wird morgen nach Leipzig ausgeliefert. Und wir haben die Spezialisten aus New York überzeugen können. Es kostet sehr viel. Nicht nur wegen der Honorare, sondern sie bestanden darauf, mit einem Privatjet über Kanada nach Leipzig geflogen zu werden, damit später keine Spuren auf ihren kurzen Einsatz hinweisen. Räumlichkeiten und so weiter sind auch geklärt. Jetzt müssen wir nur sehen, wie wir an Mormann in Leipzig rankommen. Aber ich vermute, da können uns Ballaks alte Freunde helfen.«

»Gustave, diesmal muss es gelingen«, sagte G so ernst, dass Drei G aufschaute. »Das Konto Ballak ist wahrscheinlich schon aufgeflogen. Aber es darf nicht bekannt werden, wer hinter diesem Konto steckt, woher die Gelder kommen und wohin sie gehen. Diskretion ist der größte Wert von GG. Und dass wir unsere Kunden mit allen Mitteln schützen, das sind wir dem Ruf der Bank schuldig.«

Gustave kaute einen Moment auf der Oberlippe. Dann nickte er, nahm G den Älteren am Arm und sagte in vertraulichem Ton: »Aus New York kommt wirklich die beste Mannschaft. Aber ich habe weitere Vorsorge getroffen und die Mannschaft aus Paris auch mobilisiert. Zur Not müssen wir alles riskieren.«

»Von wo aus leiten Sie die Operation?«

»Ich muss schon am Ort sein, aber nicht sichtbar. Soll ich Ihnen alles erzählen?«

»Ja!« G der Ältere schaute ihn kalt an.

»Sollte das Programm ›Erinnerung löschen‹ durch die New Yorker nicht hundertprozentig funktionieren, wird die Mannschaft aus Paris terminal agieren.«

»Ist das nicht riskant?«

»Nein. Ich halte noch eine weitere Mannschaft im Hintergrund, von der niemand weiß. Besonders die Pariser Gruppe nicht. Diese Mannschaft inszeniert ein, na, wie soll ich es ausdrücken, ein Unglück. Dem dann selbst die Pariser Gruppe zum Opfer fällt. Nach dem Motto: Ein großes Feuer löscht alle Spuren. Sie brauchen die Details nicht alle zu kennen.«

G der Ältere schwieg, aber sein Blick drückte Hoffnung aus.

»Eben!«, sagte Gustave.

»Sie müssen Hornecker im Auge behalten«, sagte G der Ältere, als er sich von Gustave mit einem festen Händedruck verabschiedete. »Ich fürchte, für den ist das Geschäft ein wenig zu groß.«

Zimmer mit Ausblick

Blutrot ging die Sonne im Westen unter und hinterließ über Leipzig goldene Wärme. Jacques stand am Fenster seiner Suite im zwölften Stock des Westin-Hotels und wunderte sich, wie groß die Stadt wirkte. Eindrucksvoller als Lyon. Zu seinen Füßen stauten sich Autos und Straßenbahnen auf dem Willy-Brandt-Platz vor dem Bahnhof. Würdige alte Wohngebäude säumten eine breite Straße. In der Ferne stach ein moderner Wolkenkratzer mit einer schrägen Spitze aus dem Häusermeer heraus, leuchtete wie eine Wunderkerze, auf der in blauen Buchstaben »mdr« stand. Im Volksmund hieß er Weisheitszahn.

Durch einige Baulücken lugte ein moderner Kubus, riesige leuchtende Glasquadrate, die sich an den Seitenwänden öffneten, ließen auf einen öffentlich finanzierten Kulturtempel schließen. Vielleicht ein Theater oder ein modernes Opernhaus, nein, dafür war es zu klein. Ein Museum könnte es sein, davon hatte Karen ihm erzählt und von ihrem Interesse für die Neuen Leipziger Maler.

Um halb sechs hatte sie ihn mit seinem Koffer vor der großen Eingangshalle des Hotels abgesetzt und nach kurzem Zögern gefragt: »Bist du müde, oder soll ich dich um acht abholen, und wir gehen etwas essen.«

»Essen! Ich werde einen riesigen Appetit haben«,

hatte er zweideutig geantwortet, und Karen hatte mit einem leichten Lachen gezeigt, dass sie ihn verstanden hatte. »Dann sei um halb acht hier unten.«

Jacques packte seinen Koffer aus, legte, ganz gegen seine Gewohnheit, die Hemden sorgfältig in den Schrank und hängte die Hosen auf Klemmbügel, damit die Bügelfalten erhalten blieben. Langsam werde ich jetzt zum Spießer, ging ihm durch den Kopf, aber Karen war immer so elegant gekleidet, dass sie es wahrscheinlich schätzte, wenn auch er auf sein Aussehen achtete. Das kannte er noch aus den Zeiten mit Jacqueline.

Unter der Dusche dauerte es eine Weile, bis das Wasser warm wurde, aber das machte ihm nichts aus. Kaltes Wasser erfrischt. Bis das warme in den zwölften Stock kommt, dauert es eben eine Weile! Schließlich blieb er zwanzig Minuten unter dem heißen Strahl stehen, wusch sich die Haare, überlegte, ob er sich rasieren sollte, schnitt sich dann aber nur mit der Nagelschere die unordentlichen Haare an den Koteletten gerade, rieb das Kinn mit Rasierwasser ein und legte sich in ein riesiges Badetuch gewickelt aufs Bett.

Am Morgen hatten Karen und Jacques ihr Gepäck im sportlichen Audi von Kommissar Harry Spengler verstaut und waren gegen neun losgefahren. Spengler hatte sich mit seinem französisches Pendant, Kommissar Jean Mahon, schon kurz nach sechs in einem kleinen gepanzerten Gefängnistransporter in Begleitung von zwei Polizeiwagen auf den Weg gemacht, um Holm Mormann nach Sachsen zu überführen. Jacques ließ sich von Jean Mahon eine Liste der Radarfallen auf der Autobahn bis zur französischen Grenze bei Saarbrücken geben und schlug Karen vor: In Frankreich fahre ich, in Deutschland du. Das macht jeweils fast die Hälfte der neunhundertfünfzig Kilometer langen Strecke aus. Mal sehen, wer seine Etappe schneller fährt.

Jacques genoss den sportlichen Wagen, hielt die Nadel meist bei zweihundert und rollte die vierhundert Kilometer in weniger als zweieinhalb Stunden auf. Ein Schnitt von fast hundertsechzig, brüstete er sich, aber das war nicht schwer zu erreichen, denn die Strecke in den Osten Frankreichs war frei, und er nahm den Fuß nur kurz vor den jeweiligen Radarfallen vom Gashebel, zwei standen bei der Ausfahrt von Paris, eine kurz vor und eine kurz nach Reims und schließlich die letzte vor der Grenze nach Deutschland.

Während der ersten beiden Stunden versuchten Jacques und Karen, das Puzzle ihres gemeinsamen Falles zusammenzulegen. Jeder sagte, was er herausgefunden hatte.

»Was wir wissen, das habe ich dir weitgehend erzählt«, sagte Jacques. »Leroc verkündet auf einer Pressekonferenz, die Wahrheit veröffentlichen zu wollen, und alle glauben, er könne beweisen, dass France-Oil Geld an die deutsche Politik gezahlt hat. Dann wird er vom Balkon geworfen und Mormann verhaftet. Wir finden den Karton mit den Unterlagen, darin die Vollmacht und der Brief des France-Oil-Chefs an den deutschen Bundeskanzler mit der Bitte um eine Milliarde an Subventionen. Auf dem Konto in der Schweiz sind mindestens zweihundert Millionen eingegangen. Da die Abhebungen immer in bar stattfanden, können wir noch nicht nachweisen, wer davon profitiert hat. Aber nehmen wir mal an, ein großer Teil floss nach Deutschland während der Wahlkämpfe.«

»Könnt ihr das belegen?«, fragte Karen aufgeregt, »das fände ich natürlich besonders spannend!«

»Ja, dafür haben wir die Zeugenaussagen der ehemaligen France-Oil-Chefs. Sie haben in einem früheren Prozess ganz offiziell zu Protokoll gegeben, dass der ehemalige französische Staatspräsident François Mitterrand angeordnet hätte, dem deutschen Kanzler und seiner Partei mit einigen Millionen im Wahlkampf zu helfen.«

»Und Mitterrand, was hat der dazu ausgesagt?«

»Als der Prozess lief, war Mitterrand schon tot.«

»Es wäre unglaublich, wenn wir jetzt belegen könnten, dass dieses Geld über Mormann und Ballak geflossen ist!« Karen schaute ihn mit blitzenden Augen an.

Und Jacques fragte: »Da du eine Beziehung zwischen Mormann und Ballak herstellst, wüsste ich gern mehr über diesen Ballak. Sitzt er?«

»Nein, und das ist auch sehr ärgerlich«, antwortete Karen. »Wenn es nach mir gegangen wäre, würde er längst in einer Zelle schmoren. Aber der Richter hat nicht mitgespielt.«

»Wer genau ist dieser Ballak?«

»Ein Ostgewächs. In DDR-Zeiten fiel er nicht auf, machte seinen Weg völlig angepasst, mit Wehrdienst an der Mauer, aber er war kein Parteimitglied. Sein Verhalten änderte sich erst in der Wendezeit. Plötzlich tauchte Ballak bei den Montagsdemos in Leipzig auf und gehörte dann sogar zu denjenigen, die am Runden Tisch verhandelten. Er ist ein genialer Selbstdarsteller, kann also gut reden und war damals eine der neuen politischen Hoffnungen. Nach den ersten freien Wahlen wurde er in Sachsen-Anhalt Wirtschaftsminister und war so auch mit dem Verkauf der Leuna-Werke an France-Oil und mit dem Bau der neuen Raffinerie befasst. Ballak galt als Kronprinz des konservativen Ministerpräsidenten, hätte es sicher auch mal in die Bundespolitik geschafft, aber seine Partei verlor die Wahl. Opposition ist Mist, war daraufhin sein öffentliches Credo, und er machte sich selbstständig. Und da beginnt unsere Geschichte. Er verfügte plötzlich über Millionen, errichtete ein Immobilienimperium in Leipzig und fiel zunächst auf, weil er sich in zwielichtigem Milieu herumtrieb. Damals war Harry Spengler als Kommissar bei der Kripo zuständig für Bandenunwesen und so weiter. Er hörte, dass Ballak zu Sausen in einem Bordell namens Harem einlud, Leute aus der Regierung, den Behörden, sogar aus der Justiz. Im Harem wurden auch junge Mädchen vermittelt. Harry hat bei einer Razzia zwei Richter in höherem Dienstgrad mit Sechzehnjährigen erwischt, aber er konnte Ballak nichts anlasten.«

»In Paris gehen wir da einen ganz einfachen Weg«, sagte Jacques, »wir schalten das Finanzamt ein.«

»Das habe ich auch gemacht!«

»Mit welchem Ergebnis?«

»Ballak ist ein Gauner. Er hat ein unglaubliches Firmengeflecht, das er alle paar Monate verändert, sodass es sehr schwer ist nachzuvollziehen, wie seine Geldströme fließen. Zwei Dinge sind uns aufgefallen: Er hat Politikern der konservativen Partei sehr viel Geld zukommen lassen. Und zwar so offen und direkt, dass Partei und konservative Politiker wegen Verstoßes gegen das Parteienfinanzierungsgesetz belangt wurden. Ich habe die Vermutung, dass er der heimliche Pate Leipzigs werden will. Er hält sich jetzt schon eine ukrainische Schlägertruppe, die als Inkassobüro fungiert. Zwar können wir es nicht beweisen, aber diese Truppe hat wohl einen Anschlag auf Kommissar Harry Spengler versucht, weil der ihnen zu sehr auf die Pelle gerückt ist. Die Kerle schrecken vor Mord und Schießereien nicht zurück. Und über seine Verbindungen in die Politik ist es Ballak schließlich sogar gelungen, Kommissar Spengler versetzen zu lassen. Weg von der Bandenkriminalität wurde er zum Interpolbüro in Leipzig befördert. Da kann er Ballak kaum noch schaden.«

»Und was kannst du Ballak nachweisen?«

»Wir haben in dem Finanzierungsgeflecht eine Bankquittung gefunden, die belegt, dass Holm Mormann vor fünf Jahren dreihunderttausend Dollar bei GG in der Schweiz bar abgehoben und dieses Geld Ballak gebracht hat. Ballak hat den Fehler begangen, die gleiche Summe am Tag danach auf ein Konto in Leipzig einzuzahlen. Solche Beträge müssen die Banken wegen des Geldwäschegesetzes melden, was sie in diesem Fall aber unterlassen haben. Ballak war sich wahrscheinlich seiner Sache sicher, da auch der Bankvorstand zu seinen Einladungen ins Harem kam. Aber bei den Untersuchungen durch die Finanzbehörde haben wir den Beleg gefunden.«

»Und mit Holm Mormann versuchst du zu beweisen, dass France-Oil zumindest einen deutschen Politiker beim Kauf von Leuna bestochen hat?«

»Ja, und vielleicht liegt darin der Schlüssel zu einem ganzen Geflecht von politischer Korruption in der deutschen Politik«, sagte Karen.

»Vielleicht hat Mormann deshalb den Brief von France-Oil an den deutschen Bundeskanzler aufgehoben«, sagte Jacques, »ich frage mich nur, wie er an das Original gekommen ist.«

»Beim Regierungswechsel 1998 sind im Kanzleramt in Bonn alle Originale der Akten verschwunden, die mit dem Verkauf von Leuna zu tun haben. Das hat natürlich zu großer Aufregung geführt. Ein Sonderermittler wurde von der neuen Regierung eingesetzt. Aber es kam nichts dabei heraus. Das könnte sich mit einer Aussage Mormanns ändern.«

»Und warum sollte dir Mormann das jetzt sagen?«

»Wir haben ihm als Kronzeugen Straffreiheit zugesagt. Vielleicht hat er noch ein paar Millionen für sich gebunkert. Die kann er dann als freier Mensch genießen.«

Einen Augenblick lang schwieg Jacques und warf einen Blick auf die Frau neben ihm. In diesem Moment fühlte er sich glücklich. Er nahm die rechte Hand vom Steuerrad und legte sie auf den Arm von Karen, der entspannt auf der Lehne zwischen ihnen ruhte. Sie schaute ihn an, lächelte, ergriff mit ihrer Linken seine Hand, drückte die Finger und ließ sie nicht los. Einige Minuten genossen sie die Stille.

Jacques dachte wieder an den Duft von Sarrasins.

Er hatte ihn nur in jener einen Nacht an ihr wahrgenommen.

———

»Hast du nicht manchmal Angst in deinem Beruf?«,
fragte Karen. »Ich meine Angst um dein Leben.«

Sie saßen auf alten Bistrostühlen im Piagor, einem
behaglichen Restaurant mit lackierten Holztischen.
Die Wände waren hellgrün gestrichen, aus den weiten
Fenstern, die oben in sanften Rundungen endeten, sah
man den Betrieb in der Münzgasse. Während Jacques
sein Wiener Schnitzel mit grünen Saubohnen aß und
Karen Lamm in Red Pepper, goss der Wirt einen dun-
kelroten Madiran in die Weingläser. Jacques war erstaunt, diesen kräftigen Wein aus dem Béarn in einem
kleinen Restaurant in Leipzig zu finden.

»Wenn's vorbei ist«, sagte er, »weiß man häufig
nicht mehr, was man in welcher Situation verspürt hat.
Wenn du entführt würdest, könnte ich Angst um dich
haben. Weil ich nicht wüsste, was mit dir geschieht,
ob du verletzt wirst, ob ich dich wiedersehen würde.«
Jacques machte eine Pause. Karen schaute ihn ernst
an. Dann sagte er: »Es hat schon einmal jemand eine
Bombe in meinem Auto versteckt…«

»… ist die explodiert?«

»… ja, die ist hochgegangen. Die Zündung reagierte
auf meine Fernbedienung, und auf die habe ich Gott
sei Dank von ziemlich weit weg gedrückt. So wurde
die Tür rausgesprengt, vor der ich eigentlich gestanden
hätte, und niemand wurde getroffen. Da hatte ich hin-

terher einen Schrecken, aber keine Angst. Ein anderes Mal wurde ich in einem Minenfeld in Angola ausgesetzt, aber da stellte ich mir nur die Frage, kommen wir da wieder heil raus. Angst hatte ich auch da nicht.«

Die erste Flasche hatten sie schnell geleert, Jacques ließ eine zweite öffnen und fragte: »Beschäftigt dich das Thema Angst? Du wirkst nicht wie jemand, der von Angst geplagt ist.«

»Hat nicht jeder Mensch Ängste? Nur manchen gelingt es, sie besser zu verstecken. Ich habe dir ja erzählt, dass ich mich als junges Mädchen in einen Westdeutschen verliebt hatte und aus der DDR fliehen wollte. Ich wurde in dem doppelten Boden eines Lastwagens versteckt und entdeckt. Wahrscheinlich hat mich jemand verpfiffen. Manchmal wurden westdeutsche Fluchthelfer erwischt, von der Stasi umgedreht und gegen das Versprechen freigelassen, andere Fluchthelfer und deren Methoden zu verpfeifen. Die acht Wochen im Frauengefängnis Hoheneck werde ich nie vergessen. Zuerst saß ich in Einzelhaft, dann zusammen mit einer grässlichen Lesbe, die mir ständig an die Wäsche wollte. Ich habe zwei Monate vor Angst geschwitzt und bin auf vierzig Kilo abgemagert.«

»Bist du dort gefoltert worden?«, fragte Jacques.

»Seelisch, nicht wirklich körperlich. Bei der Festnahme habe ich mich gewehrt, daraufhin haben mich die Stasileute regelrecht verprügelt und mir die Nase gebrochen. Das hat entsetzlich geblutet.«

Mit dem Zeigefinger fuhr Karen über ihr leicht geknicktes Nasenbein. »Wahrscheinlich hätte ich das nicht überlebt, wenn mein Stiefvater nicht seine Beziehungen gehabt hätte und es ihm deshalb gelungen ist, mich rauszuholen. Aber die Angst habe ich nicht verloren.«

»Wovor hast du dich gefürchtet? Dass sie dich wieder einsperren?«

»Ich weiß es nicht. Das ist ja das Schlimme an der Angst. Du weißt nicht, wovor du dich fürchtest. Deshalb kannst du dich auch nicht dagegen wappnen. Wahrscheinlich kannst du dir nicht vorstellen, was es bedeutet, in einem Staat zu leben, in dem der Alltag von Geheimdiensten geprägt ist. Du hast das Gefühl, hinter jedem Vorhang steht jemand. Und hast du erst einmal ein schlechtes Gewissen, fühlst du dich immer und überall gefährdet.«

Jacques überlegte, ob er Karen von dem französischen Inlandsgeheimdienst erzählen sollte, der sogar einen Anschlag auf sein Leben vorbereitet hatte, wovon allerdings sein Freund Jean Mahon erfuhr und den Mord mit seinen Leuten verhinderte. Aber dieser eine Übergriff ließ sich wahrscheinlich nicht vergleichen mit der ständigen Bedrohung, wie Karen sie als junges Mädchen in der DDR erlebt hatte.

Sie bestand darauf, die Rechnung zu bezahlen, hakte sich auf der Straße in seinen Arm ein und zog ihn zu ihrem alten Saab.

»Wir trinken jetzt noch ein Glas Champagner bei mir«, sagte sie, küsste ihn schnell und flüchtig auf die Wange und ließ ihn wieder los, um die Autotür aufzuschließen. »Ich wohne hier gleich um die Ecke im Musikerviertel.«

Die Weite der Räume schüchterte Jacques ein. An den Wänden hingen moderne Gemälde, deren Maler er nicht kannte. Neue Leipziger, warf sie hin. Jugendstilmöbel mischten sich mit Modernem.

»Ich dachte, du bist Staatsanwältin«, sagte Jacques, »und keine Millionärin.«

»Ach, mach dir nichts draus«, sagte Karen. »Ich habe dir doch erzählt, mein Stiefvater stammte aus einer Fabrikantenfamilie. Ich habe als Erbin nach 1989 viele ehemals enteignete Immobilien zurückbekommen. Die meisten habe ich gleich verkauft und das Geld in die Renovierung dieser Villa gesteckt. Sie stammt aus der Zeit der deutschen Renaissance.«

»Und das war wann?«

»1880. Damals wurde hier nach italienischen Vorbildern gebaut.«

Jacques ging von einem Raum in den anderen, ließ sich dann auf ein weiches, modernes Sofa fallen, doch Karen zog ihn wieder hoch.

»Komm, wir holen eine Flasche Champagner und gehen nach oben.«

Als sie in der Küche den Weinschrank öffnete, sagte er: »So groß wie deine Küche ist etwa mein Wohnzimmer in Paris.«

In der Mitte stand ein langer Holztisch mit zwölf Stühlen. Eine weite Treppe führte nach oben, wo Karen ihn in einen gemütlich eingerichteten Salon bat.

Durch eine angelehnte Tür sah er das Schlafzimmer mit einem sehr großen Bett. Liegewiese, dachte er heimlich schmunzelnd.

Karen gab ihm die Flasche und sagte: »Machst du die schon mal auf? Ich komme gleich wieder.«

Sie verschwand in ihrem Schlafzimmer und zog die Tür hinter sich zu. Er drehte den Korken so geschickt aus dem Flaschenhals, dass nicht das geringste Geräusch zu hören war, goss die beiden Gläser voll, nahm einen Schluck und füllte gleich nach. Jetzt war er wieder dort angelangt, wo das Leben im Hôtel des Saints-Pères im Chambre à la fresque – im Zimmer mit dem Fresko – aufgehört hatte.

Doch dieser Reichtum hier verunsicherte ihn, wie jedes Mal, wenn er den Überfluss zu nah spürte. Er versuchte sich zu entspannen. Das wird sich schon geben, sagte er sich, zog seine Jacke aus, stellte sich ans Fenster und schaute hinaus auf den Johannapark, den er im Licht der Straßenlaternen gut überblicken konnte. Und er staunte über das pompöse Villenviertel mitten in Leipzig.

Seine Uhr zeigte erst fünf nach elf.

Der Champagner schmeckte trocken und machte ihn munter.

Um Viertel nach elf goss er sich ein zweites Glas ein.

Durch eine andere Tür, die von dem Wohnzimmer abging, sah er einen Jugendstilschreibtisch in einer gut gefüllten Bibliothek stehen.

Wo bleibt sie? Ob sie duscht? Ein Bad nimmt?

Er kannte ihre Rituale nicht. Noch nicht.

Er legte sich auf das Sofa und döste vor sich hin. Plötzlich fuhr er hoch. War er eingeschlafen? Viertel vor zwölf. Unentschlossen stand er auf, ging zum

Schlafzimmer, klopfte leise an der Tür, hörte keine Antwort und drückte die Klinke vorsichtig herunter. Er schob die Tür auf, das Licht schimmerte nur gedämpft aus einer kleinen Lampe unter einem großen Spiegel gegenüber dem Bett.

Er flüsterte ihren Namen.

Keine Antwort.

Ein flauschiges Federplumeau war auf der einen Seite des Bettes aufgeschlagen. Da lag sie. Ihre nackten Schultern ragten aus der Bettdecke heraus, mit einem Arm hielt sie ihren Kopf in ein weiches Kopfkissen eingewickelt.

Sie schlief.

Jacques gab ihr einen Kuss auf die Schulter.

Sie zuckte noch nicht einmal.

Er schloss die Tür, zog sich leise aus, löschte die Lampe und schmiegte sich an ihren weichen, wieder nach Sarrasins duftenden Körper. Sie schlief und atmete tief. So ist das Leben, sagte er sich, legte einen Arm um ihren Bauch und erinnerte sich daran, wie lange sie in Paris noch im Bett gelegen hatten, nachdem sie aufgewacht waren.

Es fiel ihm schwer einzuschlafen.

Kronzeuge auf freiem Fuß

»Mais vous êtes fou«, rief Jacques in seiner Muttersprache, »c'est pas possible!« Er sprang auf.

»Bitte respektieren Sie das Gericht!«, sagte Richter Thomas Steiff in strengem Ton. Er verstand zwar nicht, dass sein französischer Kollege seine Entscheidung, den Kronzeugen Holm Mormann mit Auflagen freizulassen, als Wahnsinn bezeichnet hatte, aber die Art, wie Jacques sein Entsetzen in den Raum rief, drückte seine Missbilligung unmissverständlich aus.

Verzweifelt schaute Jacques zu Karen, die in ihrer schwarzen Robe fremd wirkte.

Heute Nacht im Bett hatte er eine ganz andere Frau in den Armen gehalten. Sein Traum vom morgendlichen Taumel im Bett allerdings war jäh zerstört worden, als er, durch einen Kuss auf die Stirn geweckt, aufschreckte und Karen angezogen vor ihm stand.

»Aufstehen, fauler Kerl!«, strahlte sie ihn an. »Frühstück ist fertig. Ich muss gleich ins Büro.«

Kurz nach sieben war es erst, als er ihr in der Küche geduscht gegenübersaß, Assamtee trank, ein englisches Porridge vor sich sah und nicht wusste, ob er die Pampe essen wollte.

»Um acht habe ich meine Abteilungskonferenz«, sagte sie, »und irgendwann am Vormittag wird Holm

Mormann dem Haftrichter vorgeführt. Da solltest du dabei sein. Hast du einen BlackBerry?«

»Nein, wieso? BlackBerrys hat der Staatspräsident persönlich allen Ministern und hohen Beamten verboten, da die Daten über einen kanadischen Server laufen und somit jedem Zugriff ausgesetzt sind.«

»Ist aber sehr praktisch für die lautlose Vermittlung von Nachrichten. Macht nichts. Ich habe zwei, einen dienstlichen und einen privaten. Den privaten gebe ich dir mit. Der hat auch noch den Vorzug, dass sich darauf ein Navigationssystem befindet. Damit kommst du in Leipzig gut zurecht. Und ich maile dir, wann und in welchem Raum beim Landgericht die Sitzung mit dem Haftrichter stattfindet.«

Jacques ging zu Fuß zum Westin. Sie hatte ihm den Weg durch die Stadtmitte empfohlen, vorbei an der Thomaskirche, dem alten Rathaus und der Mädler-Passage, dem neuen Museum der bildenden Künste. Er nahm sich Zeit. Geführt von ihrem BlackBerry, erlaubte er sich sogar kleine Umwege. Die großzügige Architektur der alten Handelsstadt begeisterte ihn. Und obwohl es noch nicht acht Uhr früh war, liefen schon viele Menschen eilig durch die Straßen.

Die Deutschen stehen verdammt früh auf, bemerkte er, als er frisch rasiert mit Kommissar Jean Mahon im Hotel beim Frühstück saß und schon allein deswegen glücklich war, weil er einen Milchkaffee und ein Croissant bekommen hatte.

»Was sind deine Pläne?«, fragte Jean. »Willst du noch länger in Leipzig bleiben, oder fahren wir zurück?«

»Ich würde gern noch ein wenig von den Deutschen erfahren«, sagte Jacques. »Was steckt hinter der Beziehung von Holm Mormann zu Kurt Ballak? Ist da wirklich Geld von France-Oil über die Schweizer Bank in die deutsche Politik geflossen? Oder aber ist das nur eine Ausrede der ehemaligen Chefs von France-Oil, um das Geld vielleicht in die französische Politik zu leiten?«

Der BlackBerry summte, als die Meldung von Karen einging. Um elf Uhr würde der Haftprüfungstermin für Mormann im Landgericht sein.

»Wo hast du den denn her?«, fragte Jean neugierig. »Das ist der gleiche BlackBerry, wie ich einen habe. Aber sind die für Leute wie dich nicht verboten?«

»In Deutschland nicht«, antwortete Jacques und stand auf. »Beziehungen muss man haben. Diesen hier hat mir die Staatsanwältin gegeben, damit wir besser miteinander kommunizieren können.«

Mit einer Handbewegung hatte er Jean zu verstehen gegeben mitzukommen.

———

Und nun war Mormann frei.

Noch im Gerichtssaal wurden ihm die Handschellen abgenommen, sein Anwalt ließ ihm den Vortritt, als sie durch die hohe Tür traten, und als Jacques und Jean das riesige Treppenhaus erreicht hatten, war keine Spur mehr von ihm zu sehen. Harry Spengler trat mit Karen zu ihnen, und sie flüsterte Jacques ins Ohr: »Ruf mich heute Nachmittag an, ich muss zur nächsten Verhandlung. Ab fünf bin ich frei.«

»Ich halte die Entscheidung nicht für so schlimm«, sagte sie dann laut zu allen, »Holm Mormann muss sich jeden Morgen und jeden Abend auf dem Revier melden. Er darf Leipzig nicht verlassen, sonst wird er wieder eingesperrt. Ich muss weg!«

Alle drei nickten wenig überzeugt von ihrem Optimismus.

»Was machen wir jetzt?«, fragte Jean seinen deutschen Kollegen.

»Kommt mit in mein Büro«, sagte Harry Spengler, »das liegt nur wenige Meter um die Ecke, die Polizeidirektion Leipzig grenzt an die Staatsanwaltschaft.«

Jacques' Zorn hatte sich noch nicht gelegt, als sie in dem hellen Büro in der obersten Etage des Polizeigebäudes saßen.

»Der Mann kann doch nur bestochen gewesen sein! Sonst lässt man solch einen wichtigen Zeugen nicht laufen! Mormann hätte bei mir Monate in der Santé verbracht!«, sagte er aufgebracht.

»In Deutschland wägen wir lange ab, bis wir jemanden einsperren«, antwortete der deutsche Kommissar ruhig. »Jetzt ist er weg, aber wir werden ihn schon finden. Spätestens wenn er sich heute Abend bei der Polizei meldet, werden wir uns an seine Fersen heften.«

»Vielleicht kriegen wir ihn schon vorher«, sagte Jean und schaute Jacques an, »erinnerst du dich an das abgehörte Gespräch? Wir müssen nur die Telefonnummer in Leipzig rausfinden, wahrscheinlich schlüpft er da zuerst unter. Denn zu Ballak nimmt er sicher keinen direkten Kontakt auf. So dumm ist er nicht.«

Jacques erklärte Harry Spengler, dass der französische Geheimdienst ein Gespräch Mormanns von einer Telefonzelle aus in der Nähe des Eiffelturms mit einer Frau in Leipzig abgehört habe. Die Leipziger Nummer habe sich im Raster des Geheimdienstes befunden, weil sie früher als Anlaufstelle für Stasiagenten galt.

»Kann man bei euch in Paris so mir nichts, dir nichts eine Telefonzelle abhören?«

Jean und Jacques schauten sich an und lachten leise.

»Die Gesetze sind das eine«, sagte Jean, »aber die Notwendigkeiten des Geheimdienstes etwas anderes. Bei uns kann der Staatspräsident sogar, wenn es ihn denn drängt und er eifersüchtig ist, eine hübsche Schauspielerin abhören lassen.«

»Ich denke, er hat eine geheiratet«, sagte der deutsche Kommissar, »hat übrigens eine klasse Figur. Ich habe heute früh in der Zeitung ein Nacktfoto von ihr gesehen, das bei irgendeiner Auktion versteigert werden soll.«

»Nee, ich meine Mitterrand«, sagte Jean, »der ließ Freund und Feind belauschen. Zu seiner Zeit gab es im Élysée-Palast eine eigene Abhörzentrale.«

»Okay«, sagte Kommissar Spengler, »wenn ihr die Nummer habt, dann her damit. Die passende Adresse in Leipzig finden wir dann schon raus.«

Jacques rief Martine an, die jedoch auf der Abschrift des Abhörprotokolls keine Nummer fand. Daraufhin kontaktierte Jean seinen Freund beim Auslandsgeheimdienst DGSE, schrieb kurz eine Ziffernfolge auf ein Stück Papier und gab es Harry Spengler.

Vom Harem in die Schönheitsklinik

Jacques rutschte tief in den Sitz des Wagens, den Jean gemietet hatte, und schaute in die hohen Kastanienbäume, an deren Ästen sich die ersten hellgrünen Sprossen zeigten.

Sie standen vor einer elegant renovierten Gründerzeitvilla in der Mozartstraße und warteten auf Holm Mormann, der vor einer ganzen Weile in dem großen Haus verschwunden war. Seitdem war niemand mehr durch die weiß lackierte Tür der Villa gegangen. Es war jetzt kurz nach sechs, aber immer noch taghell.

»Fällt dir an den Bäumen etwas auf?«, fragte Jacques seinen Freund.

»Die sind schon weiter als in Paris, meinst du das?«

»Nein, bei uns stünden hier wahrscheinlich Platanen. Die siehst du in Deutschland überhaupt nicht. Ich habe den Eindruck, hier wachsen mehr Kastanien und Linden.«

»Ich hasse Linden«, sagte Jean, »die kleben im Frühjahr jedes Auto zu, das nur zehn Minuten darunter parkt.«

Jacques schwieg einen Augenblick. »Und was machen wir jetzt?«

»Soll ich den deutschen Kommissar anrufen?«

»Lass uns noch zehn Minuten warten, ob Mormann wieder rauskommt«, antwortete Jacques und schaute hinüber auf die große Villa, in deren Vorgarten ein weißes Schild aus teurem Kunststoff angebracht war, darauf stand »Aphrodite-Klinik für moderne Schönheit« und darunter in kleineren Buchstaben »Clinic for Modern Beauty«.

»Was stellst du dir unter ›modern beauty‹ vor?«, fragte Jacques. »Botox, was? Ich würde mich nicht wundern, wenn plötzlich Jacqueline hier rauskäme.«

»In Leipzig?«, fragte Jean.

»Jean, das habe ich doch nicht ernst gemeint! Aber warum eigentlich nicht Leipzig? Hier fällt es weniger auf als in Paris, wenn sie in der Rue de la Boétie mit Pflastern im Gesicht ins Taxi steigt.«

Während Jacques redete, tippte Jean auf die kleinen Tasten seines BlackBerry, wartete, las und lachte plötzlich laut los.

»Was ist?«, fragte Jacques.

»Ich habe den Namen der Klinik eingegeben, und unter den angebotenen Leistungen alles gefunden, was man so kennt, von Augen und Stirn über Nasen und Busen bis Beine und Po. Aber dann steht da noch: Schweißdrüsenabsaugung. Hast du davon schon mal was gehört?«

Jacques schüttelte den Kopf und lachte.

»Aber es kommt noch besser: Schamlippenverkleinerung!«

»Zeig her! Das glaube ich dir nicht.«

Jacques las und gab ihm das Gerät zurück. »Tatsächlich. Hast du schon mal davon gehört, dass sich junge

Mädchen in vielen Ländern die Jungfernhaut vor der Hochzeit wieder zunähen lassen?«

»Ach, das ist doch eine alte Geschichte«, sagte Jean.

—

Sie waren Mormann bis hierhin gefolgt.

Denn nachdem Harry Spengler die vom französischen Geheimdienst abgehörte Leipziger Telefonnummer bekommen hatte, brauchte er keine zwanzig Minuten, um herauszufinden, wem sie gehörte. Grinsend war er in sein Büro zurückgekommen. »Das ist die Nummer vom Harem, dem von Ballak betriebenen Bordell.«

»Die alte Stasinummer?«, fragte Jacques.

»Ja. Das Bordell war früher ein verstecktes Stasiquartier. Aber da wird Mormann sicher nicht wohnen. Wir müssen ihm folgen, wenn er sich heute Abend bei der Polizei gemeldet hat.«

Jacques gab Jean Mahon mit einer Kopfbewegung das Zeichen zum Aufbruch. Sie mieteten sich am Bahnhof einen Wagen und legten sich vor dem Harem auf die Lauer.

Der Ton, in dem Mormann mit der Frau am Telefon gesprochen hatte, ließ sie vermuten, dass er doch Lust verspürte, bei ihr unterzuschlüpfen.

Um kurz nach fünf war Mormann dann tatsächlich aus dem Bordell gekommen und in den Fond eines im gleichen Moment vorfahrenden Mercedes gestiegen.

Jean, der am Steuer des Leihwagens saß, war dem Auto die kurze Strecke bis zur Schönheitsklinik in der Mozartstraße gefolgt, wo Mormann und ein kleiner, knubbeliger Fünfzigjähriger hinten ausstiegen und in der Villa verschwanden, während der Wagen weiterfuhr.

»Ob Mormann sich jetzt ein neues Gesicht basteln lässt?«, fragte Jacques.

»Das macht doch keinen Sinn«, antwortete Jean Mahon mit stoischer Ruhe. »Der kommt doch sowieso ohne Strafe davon, wie ich die deutsche Justiz einschätze.«

»Oder ob er durch den Hinterausgang schon längst verschwunden ist?«, fragte Jacques weiter.

»Moment mal«, sagte Jean, gab die Adresse der Schönheitsklinik in sein Smartphone ein und fuhr mit dem Cursor auf Großaufnahme. Das Satellitenfoto zeigte die Villa von oben.

An zwei Seiten war der Garten mit einer hohen Mauer umgeben, auf der dritten gab es einen geschlossenen Zaun.

Nur von der Mozartstraße führte ein weißer Kiesweg zum Eingang der Villa.

Auf dem Plan sah Jean dann, dass auch die umliegenden Straßen Namen von Musikern trugen. Als er Jacques davon berichtete, gab der sich gebildet. Ja, wusstest du nicht, dass aus Sachsen noch im neunzehnten Jahrhundert die Hälfte der Weltproduktion von Musikinstrumenten kam? Und Leipzig heißt nicht nur Bach, sondern auch Grieg und Mendelssohn-Bartholdy. Und die größten deutschen Dirigenten kommen von hier, Furtwängler. Und auch Kurt Masur, der nicht nur ein Anführer der stillen Revolution 1989 gegen die Kommunisten war, sondern jetzt auch das Orchestre National de France in Paris leitet. Schon von ihm gehört?

Ja, aber woher er das wisse?

Von der Staatsanwältin. Die wohne gleich um die Ecke, in der Grassistraße.

Ob Grassi auch ein Musiker gewesen sei?

Keine Ahnung.

Lass uns Grassi mal googeln. Franz Dominic Grassi aus Lucca wurde 1829 Leipziger Bürger, hinterließ der Stadt sein ganzes Vermögen, das er mit Spekulationen und Wechselgeschäften gemacht hatte.

»Ah, das passt ja«, sagte Jean, »ein Vorläufer von Mormann und Ballak.«

Sie lachten.

Und dann warf Jean einen Blick von der Seite auf Jacques und fragte: »Du hast von der Staatsanwältin wohl viel erfahren. Ich vermute, sie gefällt dir. Hat übrigens eine ähnliche weibliche Ausstrahlung wie die schöne Jacqueline…«

»Die beiden kannst du doch nicht vergleichen!«

»Ein bisschen schon. Wenn du weißt, wo sie wohnt, dann warst du gestern Abend wohl auch schon bei ihr zu Hause?«

»Jean, das geht dich gar nichts an!«

Jean schwieg und schmunzelte.

»Ich vertrete mir mal die Beine«, sagte Jacques und stieg aus. Er nahm Karens BlackBerry aus der Tasche.

Noch einmal las er die Nachricht, die sie ihm geschickt hatte: Komm, sobald du kannst, nach sechs. Ich warte auf dich. Bring ein frisches Hemd für morgen früh mit. Wir essen bei mir zu Hause. Ich koche für uns zwei. Bisou – einen Kuss.

Er sah das Haus vor sich, die Küche und das große Bett. Und ihm wurde ganz warm, als er daran dachte, wie er sie berühren würde.

Er tippte eine Antwort: Es könne vielleicht ein wenig später werden, er sei Mormann auf der Spur.

Kaum hatte Jacques die Nachricht abgeschickt, klingelte das Gerät. Er schaute verwundert auf den Bildschirm. Und drückte dann auf die Taste mit dem grünen Telefonhörer.

»Hallo.«

»Ich bin's«, das war die sanfte Stimme von Karen.

Er kam nicht mehr dazu, ihr zu antworten. Denn in diesem Augenblick bog ein Motorrad mit knatterndem Auspuff von der Karl-Tauchnitz-Straße in die Mozartstraße ein. Es schlingerte hin und her, der Beifahrer auf dem Soziussitz wankte von einer Seite zur anderen, schoss in hohem Bogen durch die Luft, der Fahrer verlor die Balance und schlitterte über die Straße. Beide Männer blieben in ihren schwarzen Monturen und gewaltigen Integralhelmen regungslos auf der Fahrbahn liegen. Das Motorrad rutschte gegen die Front des Autos.

Jean sprang heraus, um den Verunglückten zu helfen.

Der Beifahrer lag mit gespreizten Armen auf dem Rücken, doch als Jean sich über ihn beugte, fuhr er blitzschnell hoch, schlang seine Arme um den Rücken des Kommissars und schlug mit einem kurzen und heftigen Ruck des Kopfes seinen Helm in dessen Gesicht.

Jean taumelte und brach zusammen.

Schon war der Mann auf den Beinen, warf Jean mit der Brust auf den Boden, drehte ihm die Arme auf den Rücken und ließ Handschellen zuschnappen. Mit einer Hand griff er in die Haare des Kommissars, zog den Kopf kurz hoch, und schlug ihn kräftig auf den harten Straßenbelag.

Jeans Körper sackte in sich zusammen.

Der Fahrer des Motorrads ging mit Jacques, der zu Jean laufen wollte, wenig sorgsamer um. Er packte ihn an den Knöcheln und zog ihm die Beine unter dem Körper weg, sodass er auf dem Rücken aufschlug. Dann sprang er auf, griff in seine Hosentasche, zog einen Gegenstand heraus und ließ eine lange Klinge aus einem Schaft springen Er hielt Jacques das Messer an die Kehle und forderte ihn mit einer Handbewegung auf, sich zu erheben.

Aus der Klinik kamen vier Männer in weißen Kitteln gerannt. Doch statt Jean und Jacques vor dem Angriff der Kerle in der schwarzen Lederkluft zu retten, packten zwei den bewusstlosen Jean unter den Achseln, während die beiden anderen Jacques an den Oberarmen griffen. In Windeseile verschwanden alle in der Villa.

Das Motorrad brauste davon.

Der Vorfall hatte drei Minuten gedauert. Und die Mozartstraße lag wieder still wie ein geschlossener Geigenkasten unter den Kastanienbäumen.

Die Wunderpille

Der große Raum hatte keine Fenster. An einer Längsseite standen Messgeräte und Computermonitore, Aufnahmegeräte und Schaltpulte auf einem langen, weißen Arbeitstisch. Durch ein Kabelwirrwarr waren sie miteinander verbunden. Auf der Gegenseite standen drei moderne Krankenhausliegen, die bequem aussahen.

Jacques schaute sich um.

In dem Zimmer gab es nur die eine schwere Tür, durch die ihn die beiden Krankenwärter hineingestoßen hatten. Was mit Jean geschehen war, wusste er nicht. Erst jetzt bemerkte er, dass er Karens BlackBerry immer noch in der Hand hielt.

Er hörte Geräusche hinter der Tür.

Schnell legte er das Gerät hinter einem Monitor ab und setzte sich auf eine der Liegen.

Ein groß gewachsener Mann mit kräftigem weißem Haar kam herein, schritt energisch auf ihn zu, sprach ihn auf Deutsch an und streckte ihm die Hand hin.

Jacques zögerte kurz, ob er sie ergreifen sollte, ließ es sein und antwortete auf Englisch: »Ich verstehe kein Deutsch.«

Der Mann nickte und wechselte die Sprache: »Entschuldigen Sie. Ihrer Aussprache nach sind Sie Franzose. Aber kein geborener Pariser. Das höre ich aus Ihrer Tonlage. Darf ich mich vorstellen, ich heiße William

Roth. Mit Akzenten beschäftige ich mich seit meiner Jugend. Denn ich selber wurde in der Schule in Brooklyn wegen meiner österreichischen Aussprache gehänselt. Wir waren 1938 vor den Nazis aus Salzburg geflohen und haben zu Hause natürlich Deutsch gesprochen. Ich habe dann alles getan, um meinen Akzent zu glätten und den von anderen imitieren zu können.«

William Roth lachte, denn den letzten Satz hatte er leicht französisch eingefärbt, so als hätte Jacques gesprochen.

»Mister Roth, mich interessiert Ihre Geschichte nicht«, sagte Jacques. »Ich würde jetzt gerne mit meinem Partner die Klinik wieder verlassen. Ich bin französischer Richter, er ist Kommissar. Wir sind auf der Straße überfallen und hierher verschleppt worden.«

William Roth trug einen weißen Kittel aus gestärkter Baumwolle, der wohl seinen Status anzeigen sollte. Aus seiner Brusttasche zog er eine kleine Karte, schaute drauf und sagte mit einem kurzen Nicken: »Monsieur Ricou, mich dagegen interessiert Ihre Geschichte. Deshalb bitte ich Sie um ein wenig Geduld.«

Roth ging zur Tür, klopfte ein rhythmisches Zeichen, jemand öffnete von außen. Er gab einige Anweisungen, und wenige Augenblicke später traten zwei der Krankenpfleger wieder auf Jacques zu. Er wich zurück. Doch sie ergriffen nur eine der drei Liegen, und Roth dirigierte sie. »Stellt sie den beiden anderen gegenüber, sodass man sich zu dritt gut unterhalten kann!«

Dann sagte er zu Jacques in freundlichem Ton: »Und wenn Sie, Monsieur Ricou, jetzt so freundlich wären, auf dieser einen bequemen Bettstatt Platz zu nehmen.«

Als Jacques zögerte, fügte er hinzu: »Seien Sie ohne Sorge, wir werden Ihnen nichts antun. Sie werden gemeinsam mit Mister Mormann und Mister Ballak an einem interessanten Experiment teilnehmen. Die beiden werden Ihnen nämlich alles erzählen, was Sie wissen wollen.«

Jacques hatte sich in die hintere Ecke des Raumes zurückgezogen. Er überlegte, ob er mit einem überraschenden Sprung über dieses Bett sein Glück versuchen sollte, sah aber die Sinnlosigkeit eines Fluchtversuchs ein. Die beiden Krankenwärter waren zu stark, sie würden ihn sofort zu Boden reißen. Da war es klüger, seine Kräfte für einen besseren Augenblick aufzusparen. Er trat einen Schritt vor und sagte: »Das können wir aber einfacher haben. Deshalb brauchen Sie uns nicht festzuhalten.«

»Dann würden Sie das Geschehen kontrollieren«, antwortete Roth mit einem Lächeln. »Aber dieses Risiko wollen wir nicht eingehen.« Er schaltete sein Lächeln ab und zeigte auf die allein stehende Liege. »Darf ich Sie bitten?«

Jacques zuckte mit den Achseln und trat in die Mitte des Raumes. Auf ein Zeichen von Roth griffen ihn die Krankenwärter am Oberarm, zogen ihm die Jacke aus und zwangen ihn, sich hinzulegen.

Aus den Seiten des Krankenbetts zogen sie mit schnellem Griff eine kleine Schublade hervor, aus der sie Handschellen mit einer Kette daran nahmen und den linken Arm von Jacques damit fesselten.

»Lassen Sie das!«, rief Jacques empört, doch da konnte er sich schon nicht mehr richtig bewegen.

»Ganz ruhig, ganz ruhig«, sprach Roth mit tiefer Stimme, so als wollte er ein aufgeregtes Pferd besänftigen.

»Was geht hier vor?«, fragte Jacques. »Sie machen sich der Freiheitsberaubung schuldig. Ich gehe davon aus, dass die Motorradfahrer zu Ihrem Team gehören. Dann haben Sie sich wegen schwerer Körperverletzung an Kommissar Jean Mahon zu verantworten. Wo ist er? Wie geht es ihm?«

»Noch mal: Regen Sie sich nicht auf, Monsieur Ricou. Ihr Kommissar wird nebenan medizinisch versorgt. Ihm geht es gut. Offenbar hat er einen harten Schädel.«

Die Tür öffnete sich. Eine Frau und zwei Männer traten ein. Alle drei mittelalt. Auch sie in weißen Kitteln. Aber ungestärkten. Sie gaben sich völlig unbeteiligt und taten so, als würden sie Jacques auf seiner Liege nicht wahrnehmen. Roth sprach leise einige Sätze zu ihnen, dann zog er einen bequemen Stuhl heran, setzte sich und legte eine Hand auf Jacques' Arm.

Jacques versuchte die Hand abzuschütteln. »Fassen Sie mich nicht an, Mister Roth!«

»Monsieur Ricou. Ich habe Ihnen gesagt, dass wir ein Experiment vornehmen wollen. Und das werden wir durchführen, ganz gleich, wie Sie sich aufführen. Entweder spielen Sie mit, oder wir werden Sie mit Gewalt ruhig stellen. Lassen Sie mich zwei Dinge erklären: Meine wissenschaftlichen Mitarbeiter werden jetzt an Ihren Kopf sechsundneunzig Elektroden anschließen. Das dauert eine ganze Weile. Sollten Sie sich wehren, werden wir Sie so festbinden, dass

Sie sich nicht mehr bewegen können. Das ist unangenehm. Oder aber Sie lassen es zu und fühlen sich besser. Es geschieht so oder so.« William Roth sah sein Opfer ruhig abwartend an.

Jacques hielt den Mund eng zusammengekniffen. Dann nickte er. »Und was ist der Zweck der Übung?«

»Wir wollen Erinnerungen löschen.« William Roth kicherte. »Und zwar Erinnerungen, von Tatsachen, die Sie gleich von Mister Mormann und Mister Ballak erfahren werden. Deshalb bringen wir die Elektroden an, sie haben einen direkten Kontakt zu den Nervenzellen Ihres Hippocampus. Der Hippocampus ist die Hirnregion, die als Portal der Erinnerung bezeichnet wird.«

Zwei der wissenschaftlichen Mitarbeiter von William Roth machten sich an Jacques' Kopf zu schaffen. Über seinen Schädel spannten sie eine Art Haarnetz aus Drähten, an denen unzählige Elektroden befestigt waren. Über die Wangenknochen verlief ein weiches Plastikröhrchen wie der Nasenriemen eines Pferdehalfters.

Jacques sah William Roth verständnislos an: »Und welchen Sinn macht es, bei uns Erinnerungen hervorzurufen und gleich wieder zu löschen?«

»Für mich als Wissenschaftler sehr viel. Denn so kann ich am menschlichen Hirn versuchen, was uns an Mäusen schon gelungen ist. Wahrscheinlich kennen Sie das Phänomen, das man ›Filmriss‹ nennt. Man trinkt auf einer wüsten Party so viel, dass man am nächsten Tag mit einer Erinnerungslücke vielleicht neben einer völlig fremden Frau aufwacht. Der Alkohol ist eine chemische Substanz, die das Kurzzeitgedächtnis beeinträchtigt.«

»Damit löschen Sie aber nicht bestimmte Erinnerungen aus, sondern alle Erinnerungen, die einen bestimmten Zeitraum betreffen.«

»Den Filmriss habe ich nur als Beispiel benutzt, damit Sie mich verstehen.«

»Sie können mir intellektuell ruhig etwas mehr zutrauen.«

»Schön. Wir arbeiten an der Gedächtnispille…«

»Das dürfte ein Milliardenprojekt für die Pharmaindustrie sein, wenn Sie die erfinden.«

»Ja, und wir sind nah dran. Aber die Konkurrenz ist groß. Wir sind nicht die Einzigen. Wir haben hier jetzt die Möglichkeit eines Versuchs an Menschen. Eine Erinnerung lässt sich natürlich nicht löschen wie eine Datei auf einem Computer. Doch wir haben herausgefunden, dass man sie überschreiben kann.«

»Woher wissen Sie, wo im Gehirn die Erinnerung liegt?«

»Das haben schon andere Neurowissenschaftler vor mir entdeckt. Die Grundlage unseres Erinnerns ist die Vernetzung von rund hundert Milliarden Nervenzellen. Die Pille für das Vergessen greift in die chemischen Prozesse, die zwischen Neuronen und Synapsen ablaufen, ein und beeinflusst so unser Gedächtnis.«

»Das klingt mir doch ein wenig zu einfach. Wie wollen Sie in den vernetzten hundert Milliarden Nervenzellen eine bewusste Erinnerung finden? Wahrscheinlich erreichen Sie doch nur den Filmriss, löschen also alle Erinnerung aus.«

»Keineswegs. Es befindet sich heute schon ein Mittel im Handel, genannt Propranolol, das Menschen daran hindert, Angst einflößende Ereignisse in ihre Erinnerung aufzunehmen. In New York geben wir Feuerwehrleuten oder Polizisten vor gefährlichen Situationen Propranolol, um die Erinnerung an traumatische Erlebnisse zu mindern.«

»Wie kann das funktionieren?«

»Schreckliche Erinnerungen werden im Gehirn emotional mit dem Stresshormon Adrenalin verbunden, ehe sie im Gedächtnis abgelegt werden. Und jedes Mal, wenn Menschen sich an das Ereignis erinnern, dann wird ein Adrenalinstoß ausgelöst. Propranolol verhindert dies.«

»Sie behaupten also, ich würde mich – wenn ich das Mittel nehme – an das, was ich gleich erfahre, nicht mehr erinnern.«

»In meinen Forschungen habe ich herausgefunden, dass die Erinnerung im Gehirn in einer Art Furche sitzt. Dort ist sie gespeichert. Wenn Sie sich aber an etwas Bestimmtes erinnern, wird die Spur weich. Und wenn Sie diese weiche Spur mithilfe von bestimmten Medikamenten daran hindern, dass sie wieder fest wird, dann löschen sie tatsächlich genau diese eine Erinnerung.«

»Das ist die blanke Theorie eines Doktor Seltsam. Und klingt für mich nach Science-Fiction.«

»Monsieur Ricou, Sie betrüben mich.«

»Weshalb?«

»Sie haben sich vorhin selber für intelligenter ausgegeben.«

»Gut, dann erklären Sie mir, wie es praktisch geht.«

»Sobald die Vorbereitungen für unser Experiment beendet sind, werden Sie sich mit Mister Mormann und Mister Ballak unterhalten. Dadurch werden die Spuren an die Erinnerungen über die besprochenen Tatsachen weich. Sie alle drei erhalten vorher das zu erprobende Medikament. Es wird verhindern, dass die Spuren sich anschließend im Gedächtnis wieder erhärten. Und so löschen wir alle Erinnerungen an das, was angesprochen wurde.«

Jacques schloss die Augen und schwieg.

Wenn es William Roth tatsächlich gelingen sollte, die Erinnerung von Mormann und Ballak an das Konto in Genf und die damit verbundenen Geldgeschäfte zu löschen, dann könnten beide nicht mehr aussagen und sogar guten Gewissens erklären, nichts zu wissen.

Mormann wäre als Kronzeuge unbrauchbar. Der Fall würde in sich zusammenfallen.

Er spürte, wie sich Ärger in seinem Kopf ansammelte; er spannte die Fäuste, doch die Kette hielt ihn fest. Es wird nicht klappen. Selbst mit noch so ausgeklügelten chemischen Mitteln wird es dem verrückten Wissenschaftler nicht gelingen, unser Gedächtnis zu manipulieren und die Erinnerung auszuradieren. Oder zu »überschreiben«, wie er es eben darstellte. Ich werde mich darauf konzentrieren, nichts zu vergessen. Ich werde mich der Chemie widersetzen. Wir werden sehen, ob der Wille des Menschen nicht doch stärker ist.

Ich will nicht! Will nicht! Will nicht!

Das Verhör

»Fühlt sich gut an«, sagte Holm Mormann gut gelaunt, als er sich auf die Liege setzte. »Monsieur Ricou, darf ich Ihnen Kurt Ballak vorstellen?«

Jacques nickte.

Er erkannte in Ballak den kleinen, knubbeligen Fünfzigjährigen, der Mormann mit dem neuen Mercedes im Harem abgeholt und zur Schönheitsklinik mitgenommen hatte. Ballak kam ein wenig unsicher auf ihn zu, streckte zögernd die Hand aus, zog sie aber gleich wieder zurück, als er sah, dass Jacques' Linke angekettet war. Das verwirrte ihn. Ballak trug einen etwas zu engen Anzug, die Manschetten des weißen Hemdes schauten weit aus den Ärmeln hervor und wurden mit glänzenden Goldknöpfen zusammengehalten. Wahrscheinlich hielt er es für chic, sich so zu kleiden wie Verkäufer in einer Herrenboutique.

Auch Mormann und Ballak zogen ihre Jacken aus und legten sich auf die Betten. Über ihre Beine breitete eine Schwester Wolldecken. William Roth zog seinen Stuhl mitten in den Raum, sodass er alle drei Patienten, wie er sie nannte, gut sehen konnte, und erklärte, wie das Experiment verlaufen würde.

»Hoffentlich bleibt es bei einem Experiment«, warf Mormann ein.

Roth achtete nicht auf ihn, sondern redete weiter.

Das Experiment werde sich in der Form eines Verhörs abspielen, auf Englisch. Das beherrschen wir alle. Jacques erhalte jetzt einen Fragenkatalog, den Mormann und Ballak ausgearbeitet hätten. Der Untersuchungsrichter könne auch beliebig viele Zusatzfragen stellen.

»Wir werden jetzt Mister Mormann und Mister Ballak auch mit Elektroden verkabeln und ihnen anschließend jeweils einen Venenkatheter legen. Per Infusionspumpe wird dann die jeweils richtige Menge des Medikaments appliziert.«

Jacques ergriff mit seiner rechten Hand die Blätter mit den Fragen, tat so, als lese er darin, konzentrierte sich in Wahrheit aber auf den Satz: Ich will nicht!

Einer der wissenschaftlichen Mitarbeiter stand auf und flüsterte William Roth einige Sätze ins Ohr. Roth nickte und wandte sich an die drei Männer auf den Liegen: »Monsieur Ricou, meine Herren, damit wir unsere Geräte richtig einstellen können, wäre es freundlich von Ihnen, wenn Sie sich ein wenig unterhielten.«

»Wir können uns doch die Zeit sinnvoll vertreiben«, sagte Mormann, der sich hier offensichtlich als Boss fühlte. »Monsieur Ricou, Sie sind doch schon verkabelt. Wollen Sie nicht ein wenig üben, während die Elektroden bei uns angebracht werden?«

»Üben?«

»Uns zu verhören.«

Jacques setzte sich auf, soweit es die Kette und die Kabel erlaubten. »Gern. Dann fangen wir mal global an.« Er schaute zu Ballak. »Jeden Fall, den ich bearbeite, sehe ich in einem größeren Zusammenhang.

Nicht die Tat allein gilt es zu untersuchen, sondern auch das Umfeld, in dem sie stattfindet. Nehmen wir den Sturz von Marc Leroc von seinem Balkon. Wir gehen davon aus, dass er ermordet worden ist. Weshalb? Vermutlich weil er ankündigte, aufdecken zu wollen, an wen das Geld aus den schwarzen Kassen geflossen ist, die France-Oil für das Leuna-Geschäft angelegt hat. Also stellt sich als Erstes die Frage: Wer hat Leroc vom Balkon in der zweiundzwanzigsten Etage geworfen? Wir haben einige Hinweise auf eine Frau, die Sie, Holm Mormann, kennen. In der Wohnung, in der Sie sich versteckt haben, sind jedenfalls DNA-Spuren von ihr gefunden worden. Also: Wer ist sie?«

»Ich habe keine Ahnung«, antwortete Mormann, doch William Roth unterbrach ihn sofort: »Sie müssen die Wahrheit sagen, Mister Mormann, sonst wird die Erinnerung an die Frau in Ihrem Gedächtnis nicht weich und kann nicht gelöscht werden.«

»Pardon, aber ich weiß es wirklich nicht«, sagte Mormann. »Marc Leroc hatte sie zum Flughafen geschickt, damit sie mich abholt und mir die Wohnung zeigt. Sie hat mich mit Geld versorgt und war die Verbindung zu Leroc.«

»Da wir DNA-Spuren der Frau auf Ihren Laken gefunden haben, vermuten wir, dass die Frau auch in Ihrem Bett geschlafen hat«, sagte Jacques.

»Ja. Ein Mal.« Mormann dachte an die Nacht mit ihr und fand es schade, dass die Erinnerung daran nun gelöscht werden sollte.

»Und trotzdem wissen Sie nicht, wer sie war und wie sie heißt?«

»Ich bin aus Cayenne gekommen und in Paris-Orly unter dem Namen Jonathan McGuire gelandet. Ich habe mich als kanadischer Ingenieur bei Arianespace ausgegeben. Als ich sie im Bett nach ihrem Namen fragte, antwortete sie nur, jeder Name, den sie sagen würde, sei so zutreffend wie Jonathan.«

»Dieselbe Frau hat später versucht, mich mit einem Messer umzubringen«, sagte Jacques, »und sie hat auch mit dem Mord an Ihrem Anwalt Serge Normandin zu tun.«

»Ich denke, Normandin hat sich aufgehängt!«

»Nein. Genauso wenig, wie Marc Leroc freiwillig vom Balkon gesprungen ist, hat sich Normandin selbst das Leben genommen. Zwei vorgetäuschte Selbstmorde in einem Fall sind ein bisschen viel. Woher hatten Sie eigentlich Kontakt zu Rechtsanwalt Normandin?«

»Er hat sich kurz nach meiner Festnahme von sich aus gemeldet.«

»Und wer könnte ihm das geraten haben?«

»Ich weiß es nicht. Vielleicht Freunde von Leroc, die heute noch im Geheimdienst arbeiten?«

»Oder aber Leute, die verhindern möchten, dass Tatsachen ans Licht kommen, die Leroc aufdecken wollte. Zum Beispiel, wohin das Geld aus den schwarzen Kassen des Leuna-Deals geflossen ist. Gehen wir doch auch hier mal ganz methodisch vor. Mich würde interessieren, Monsieur Ballak, in welchen größeren Zusammenhang Sie die schwarzen Kassen von Leuna, das Konto bei der GG-Bank in Genf und die Zahlungen an bisher nicht bekannte Politiker oder Parteien in Deutschland stellen?«

Ballak schlug die Augen nieder, blickte in Richtung William Roth und sagte dann: »Ja, ich zögere ein wenig. Wird unsere Erinnerung denn wirklich gelöscht? Insbesondere die dieses Untersuchungsrichters? Womöglich habe ich alles erzählt, und er verwendet es dann gegen uns.«

»Machen Sie sich keine Sorgen«, antwortete Roth, »wir werden Ihnen gleich die Venenkatheter legen, und unser Medikament wird genau dosiert Ihre Erinnerung löschen, genauer die Erinnerung an die Tatsachen, über die Sie hier reden. Dass unser Mittel wirkt, haben wir schon häufig getestet. Mit besten Ergebnissen.«

»Nun gut«, sagte Ballak. »Monsieur Ricou, wahrscheinlich kennen Sie sich als Franzose mit dem, was hier vorging, als das Ende der DDR absehbar war, nicht so gut aus. Deshalb werde ich Ihnen einen kurzen Überblick geben: In den letzten Monaten vor der Wiedervereinigung haben die alten SED-Machthaber einen riesigen Anteil am öffentlichen Besitz unter sich verteilt. Das ist das eine. Dann, nach der Wiedervereinigung, erfolgte die Privatisierung des DDR-Vermögens durch die Treuhandanstalt. Da haben gerissene Leute Milliardengeschäfte gemacht, und niemand hat sich je darüber beklagt, dass die Treuhand den Verkauf des DDR-Vermögens mit einem Verlust von einigen hundert Milliarden Mark abgeschlossen hat. Milliarden, die der deutsche Steuerzahler aufbrachte, Milliarden, die geschickte Geschäftemacher aus der ganzen Welt eingesackt haben. Wer die Macht hat, nimmt sich, was er kriegt. Das ist das Zweite. In diesem Zusammenhang aber müssen Sie auch die Zahlungen sehen, die über das Konto in Genf laufen.«

»Nach den Unterlagen, die in dem Karton waren, den Sie, Monsieur Mormann, bei dem algerischen Couscouswirt in der Rue du Commerce hinterlegt hatten, sind – wie wir ausgerechnet haben – etwa zweihundert Millionen Dollar aus dem Leuna-Geschäft auf das Konto in Genf geflossen. Zunächst einmal: Wer hat das Geld angewiesen, woher kam es, wie landete es auf dem Konto bei GG?«

»Jetzt werde ich doch ein wenig nervös«, sagte Mormann zu William Roth. »Wir sind mitten im Geschehen, und Sie haben uns noch nicht einmal die Venenkatheter angelegt, um uns dieses Zeug zu injizieren.«

William Roth stand über die technischen Geräte gebeugt und war in eine leise Diskussion mit seinen wissenschaftlichen Mitarbeitern vertieft. Es dauerte einige Sekunden, bis er reagierte, sich aufrichtete und zu Holm Mormann umdrehte: »Machen Sie sich keine Sorgen. Wir versuchen zunächst einmal, die Funktion der Elektroden zu justieren. Das Medikament steht bereit. Wenn Sie wollen, können wir die Katheter schon legen.«

»Dann wäre mir wohler«, sagte Mormann.

»Mir auch«, sagte Ballak.

Jacques schwieg und konzentrierte sich auf den einen Gedanken: Ich will nicht!

Eine Krankenschwester mit Haube und Atemschutz schob zwei Infusionsständer in den Raum. Einen rollte sie neben Jacques' Bett, den anderen zwischen Mormann und Ballak. Sie stellte die Räder fest und hängte drei Flaschen mit der Öffnung nach unten in die dafür vorgesehenen Halterungen.

Dann öffnete sie den linken Ärmel von Jacques' Hemd. Als sie sich über ihn beugte, empfand er ihre Nähe als angenehm. Karen fiel ihm ein. Mit der Hygiene nahmen sie es hier offenbar sehr ernst, denn die Krankenschwester stülpte sich dünne Gummihandschuhe über, bevor sie mit einer feuchten Watte die Haut in seiner Armbeuge abtupfte und eine Kanüle in die Vene schob. Jacques schaute bewusst weg. Kurz unter der Flasche war die Infusionspumpe am Schlauch angebracht, ein viereckiger Plastikkasten. Anschließend schloss die Krankenschwester auch Mormann und Ballak an ihre Infusionsflaschen an.

»Die Pumpen noch nicht anstellen!«, rief Roth ihr zu und wandte sich gleichzeitig zu seinen Versuchskaninchen um. »Wir haben ein kleines Problem mit der Elektronik. Aber das ist gleich gelöst. Unterhalten Sie sich ruhig weiter, damit wir die Signale über die Elektroden erhalten. Ich bitte Sie…«

Ich will nicht. Nach jedem Gedanken, den ich jetzt formuliere oder aufnehme, werde ich mir diesen Satz sagen. Ich will nicht. Mein Wille wird stärker sein als die Chemie dieses Doktor Seltsam.

Ich will nicht.

Jacques las in den Papieren von Mormann und Ballak und staunte. Die Gelder auf dem Konto in Genf kamen offensichtlich nicht ausschließlich aus der einzigen Quelle namens France-Oil.

»Darf ich meine Frage von vorhin wiederholen«, sagte er, aber er veränderte sie leicht: »Aus wie vielen verschiedenen Quellen kam das Geld, wer hat es angewiesen, und wie landete es auf dem Konto bei GG?«

»Es kam aus zwei unterschiedlichen Quellen«, antwortete Holm Mormann, »die eine vertrete ich, die andere Kurt Ballak. Ich spreche für das Geld, das France-Oil im Zusammenhang mit dem Kauf der Raffinerie Leuna und der Minol-Tankstellen abgezweigt hat. Angewiesen hat es Laurent Perret, der damalige Chef von France-Oil, und es ist über Liechtensteiner Stiftungen, Schweizer und Luxemburger Banken, Offshore-Firmen auf Antigua und in Panama unzählige Male hin und her bewegt worden, um es zu waschen. Schließlich landete es auf dem Konto bei der GG-Bank in Genf.«

»Und welche Politiker oder Parteien haben in Deutschland von dem Geld von France-Oil profitiert?«

»Das wird Sie erstaunen: keiner!«

»Laurent Perret, damals Chef von France-Oil, hat aber vor Gericht in Paris ausgesagt, er habe auf Bitten des französischen Staatspräsidenten einige Millionen an den damaligen deutschen Bundeskanzler gezahlt, um dessen Wiederwahl zu unterstützen.«

»Weder der Bundeskanzler noch seine Partei haben von France-Oil Geld erhalten.«

»Wie erklären Sie sich den Widerspruch?«

»Etwa dreißig führende Manager von France-Oil haben den Gewinn von mehr als dreihundert Millionen Euro unter sich aufgeteilt. Allein Laurent Perret hat mehr als fünfzehn Millionen eingesteckt. Und seiner Frau, von der er sich gerade scheiden ließ, hat er etwa drei Millionen Euro zukommen lassen. Die Ausrede, das Geld sei an deutsche Politiker gegangen, haben die Leute von France-Oil erfunden, damit sie es für sich verwenden konnten.«

»Aber wie kommt es, dass Sie im Besitz des Originalbriefs an den deutschen Bundeskanzler waren, in dem der France-Oil-Chef Hunderte von Millionen an Subventionen für den Neubau der Leuna-Raffinerie fordert?«

»Das war ziemlich einfach. Vergessen Sie nicht, dass ich früher einmal Mitglied der Bundesregierung war. Und über meine Kontakte im Kanzleramt konnte ich beim Regierungswechsel 1998 einen großen Teil unserer Korrespondenz wegschaffen. Damals sind viele Regierungsakten verschwunden. Die Presse hat boshaft von ›Bundeslöschtagen‹ gesprochen.«

»In Ihren Unterlagen haben wir auch eine Untervollmacht an Marc Leroc gefunden, die Sie ausgestellt haben. Damit hat er mehrere Millionen Euro bar abgehoben. Das war zu der Zeit, als in Deutschland Wahlkampf war. Ging das Geld nicht doch an die konservative Partei des ehemaligen Bundeskanzlers?«

»Nein. Ich wiederhole, was ich vorhin schon gesagt habe: Das Geld auf dem Konto in Genf kam aus zwei Quellen. Ich war nur zuständig für die Überweisungen aus den schwarzen Kassen von France-Oil. Das Geld ging ausschließlich an France-Oil-Manager und ist schon fast vollständig abgebucht.«

»Aber Marc Leroc hat gesagt, er werde jetzt offenlegen, wie viel Geld an den deutschen Bundeskanzler geflossen sei.«

»Das war doch der Trick. Er wollte mit seiner Behauptung die Aufmerksamkeit auf seinen Bericht lenken. Und er hätte ja auch Wort gehalten und offengelegt, wie viel Geld von France-Oil in die deutsche Politik geflossen ist: nämlich nicht ein Cent«, Mormann grinste kurz, »oder richtiger gesagt: nicht ein Centime, wie der Cent ja bei Ihnen in Frankreich heißt, Monsieur Ricou.«

»Weshalb wurde Marc Leroc dann umgebracht?«

»Vielleicht wollten die französischen Ölmanager verhindern, dass die Wahrheit rauskommt? Nämlich, dass sie das Geld unterschlagen haben.«

Jacques stutzte. Wenn die Millionen aus den schwarzen Kassen von France-Oil über das Genfer Konto ausschließlich nach Frankreich an geldgierige Ölmanager geflossen wären, weshalb führte der Fall dann nach Leipzig?

Dann fiel ihm ein, was er von Karen wusste: Kurt Ballak sei aufgeflogen, weil er eine große Summe Geldes bar auf sein Leipziger Konto eingezahlt habe.

Er sah Mormann mit unbewegter Miene an und sagte: »Haben Sie nicht noch, kurz bevor Sie untergetaucht sind, Kurt Ballak dreihunderttausend Euro in bar gebracht? Und hat er nicht den Fehler gemacht, das Geld in Leipzig einzuzahlen? So ist er doch in den Verdacht gekommen, Geld gewaschen zu haben.«

»Das ist richtig.«

»Als Wirtschaftsminister von Sachsen-Anhalt war Ballak mitverantwortlich für das Leuna-Geschäft. Aber angeblich floss doch gar kein Geld von France-Oil in die deutsche Politik. Weshalb«, Jacques sah jetzt den kleinen Mann auf seiner Liege an, »erhielten Sie, Monsieur Ballak, dann diese riesige Summe?«

Ballak antwortete nicht, sondern rief noch einmal: »Bevor wir hier ans Eingemachte gehen, Mister Roth, wäre es mir angenehm, wenn Sie jetzt endlich mit dem Löschen der Erinnerungen beginnen würden.«

»Ich habe Ihnen doch schon erklärt, dass Sie nichts zu befürchten haben«, beruhigte ihn der Forscher, »wenn wir gleich mit der Infusion beginnen, wird verhindert, dass sich die Erinnerung wieder in Ihrem Gedächtnis festsetzt.«

Doch dann schüttelte er plötzlich den Kopf, machte mit der linken Hand eine wegwerfende Bewegung, drehte sich seinen drei Patienten zu und sagte: »Mit der Elektronik hier klappt es nicht hundertzehnprozentig. Aber es reicht, um die Hirntätigkeit aufzuzeichnen. Das hat keinen Einfluss auf das Löschen der Erinnerung, sondern lediglich auf die wissenschaftliche Auswertung. Also, Schwester, stellen Sie die Infusionspumpen an.«

Der Vermögensverwalter

Jacques spürte die Hitze in seinem ganzen Körper.

Und Mormann rief: »Gott, wird mir heiß, ist das in Ordnung?«

»Keine Sorge. Das ist nur die harmlose Wirkung von Kalzium, das ich der Infusionslösung beigegeben habe«, beruhigte William Roth.

Ich will nicht, will nicht, flüsterte Jacques in sich hinein, und plötzlich überkam ihn, fast panisch, die Angst davor, dass dieses Experiment doch gelingen könnte.

Ich will nicht. Ich will nicht!

»Machen Sie weiter!«, rief Mormann Jacques zu, der versuchte, sich wieder in die Fragen auf dem Papier zu vertiefen.

Er überlegte, welche Strategie er verfolgen sollte, um das Verhör möglichst gründlich zu führen und dabei in die Länge zu ziehen. Je mehr ich frage, dachte er, desto mehr Erinnerung wird wach. Und vielleicht kann doch nicht alles gelöscht werden. Weil der Raum fensterlos war, hatte er jedes Gefühl für Zeit verloren. Verstohlen warf er einen Blick auf seine Armbanduhr. Viertel nach zehn. Also waren sie schon fast vier Stunden in der Schönheitsklinik. Wo Jean wohl geblieben war?

Nach ein paar weiteren Fragen gab Mormann zu, Geldwäscher der französischen Ölmanager gewesen zu

sein, die wiederum deutsche Politiker zum Sündenbock gemacht hatten.

Geschickt inszeniert, dachte Jacques, die französischen Richter haben es geglaubt und die Aussagen an
die deutsche Staatsanwaltschaft weitergeleitet. Die aber
hat nicht gehandelt, weil sie keine Beweise fand. Und
der Verdacht, unter der Hand Geld angenommen zu
haben, war tatsächlich am damaligen Bundeskanzler
hängen geblieben. Kein Wunder, dass die Ölmanager
jetzt versuchten, die Wahrheit zu vertuschen. Waren
ihnen dafür alle Mittel recht?

Mormann jedenfalls war die eine Geldquelle, die das
Konto in Genf aus den schwarzen Kassen von France-
Oil gefüllt hatte.

Aber Ballak? Ist der wirklich die zweite Quelle
gewesen? Hatte Mormann das nicht gesagt?

»Wenn Sie als Politiker kein Geld von France-Oil
erhalten haben«, fragte Jacques den ehemaligen Wirtschaftsminister und heutigen Bordellbesitzer Kurt Ballak, »warum läuft dann das Genfer Konto auf Ihren
Namen?«

»Das war Camouflage«, antwortete Mormann beflis-
sen.

»Die Frage habe ich Mister Ballak gestellt«, sagte
Jacques streng, »würden Sie ihn bitte antworten
lassen?«

»Ja, das war Camouflage«, sagte Ballak.

»Das müssen Sie mir erklären.«

»Versetzen Sie sich mal in die damalige Zeit: In den
Monaten vor der Wiedervereinigung und den Jahren
danach herrschte in Deutschland ein ziemliches Chaos.

SED-Funktionäre verscherbelten noch schnell dem Staat gehörende Häuser, Grundstücke oder Datschen für einen Appel und ein Ei an getreue Genossen. Und was mit dem Vermögen der SED geschehen sollte, war ganz unklar. Als es dann, im Dezember 1989, einen neuen SED-Parteichef gab, riet der dazu, die SED nicht aufzulösen und sie stattdessen in PDS umzubenennen. Nur so, als Rechtsnachfolger der SED, habe die Partei einen Anspruch auf ihr Vermögen. Andernfalls würde es an den Staat fallen. Das war ein überzeugendes Argument, denn das SED-Vermögen betrug mehr als sechs Milliarden Mark.«

Er holte tief Luft und fuhr fort: »Ich kam ins Spiel, weil ich als unbelastet galt. Aber tatsächlich war ich als Student von der Stasi geführt worden. Und weil ich über meine Kontakte im Geheimdienst auch den neuen Kassenwart der SED kannte, wurde ich von dem um Hilfe gebeten.«

»Wobei sollten Sie helfen?«

»Das Vermögen der SED zu retten. Denn ein großer Teil wurde verschoben, gespendet, an treue Genossen verliehen oder gar verschenkt. Rund zwei Milliarden Euro wurden über Ungarn, Luxemburg und Liechtenstein gewaschen. Davon ist immerhin eine halbe Milliarde auf Nimmerwiedersehen verschwunden.« Er sah Jacques an: »Zu dieser halben Milliarde gehören auch die rund zweihundert Millionen, die ich später mithilfe von Holm Mormann gewaschen habe. Sie liegen heute auf dem Genfer Konto.«

»Können Sie erklären, wie Sie das Geld gewaschen haben?«

»Am Anfang habe ich mich wie ein Kindskopf angestellt. Wir waren im Osten solche Spielchen ja nicht
gewöhnt. Ich bin mit dem Auto von Ostberlin nach
Luxemburg gefahren und habe zwanzig Millionen
Mark Bargeld in einem Koffer auf dem Rücksitz gehabt. Damit bin ich ganz naiv in die Schalterhalle einer
Bank gegangen und habe darum gebeten, ein Konto
eröffnen zu können. Aber die Bankangestellten waren
entsetzt. Sie glaubten, ich brächte Drogengelder zum
Waschen. Als ich erklärte, es seien SED-Gelder, wollten sie dafür einen Beweis. Schließlich habe ich bei
der DDR-Botschaft in Luxemburg einen Botschaftsrat
aufgetan, der mir auf offiziellem Briefpapier mit Unterschrift und Siegel bestätigte, dass es sich bei meinen zwanzig Millionen um Gelder aus dem Vermögen
der SED handele. Das hat den Bankiers gereicht. Und
so habe ich in mehreren Fahrten die mir anvertrauten
zweihundert Millionen nach Luxemburg gebracht.
Mit der Zeit aber begriff ich, dass es nicht gut wäre,
das ganze Geld in einem Land der Europäischen Union
zu belassen. Dazu kam, dass ich in der Zwischenzeit
als ehemaliges Mitglied der Ost-CDU zum Wirtschaftsminister von Sachsen-Anhalt ernannt worden
war. Und dass ich Marc Leroc und Holm Mormann
als Mittelsmänner von France-Oil im Leuna-Geschäft
kennenlernte.«

Er unterbrach kurz, bat um ein Glas Wasser und
sagte dann: »Ich will nicht verheimlichen: France-Oil
hat mir Geld angeboten. Viel Geld. Aber Sie werden
es mir vielleicht nicht glauben, das war mir zu heiß.
Ich hätte mich doch in ihre Hand begeben. Ich hatte

zu große Angst, sie könnten mich irgendwie erpressen. Als die CDU kurz darauf die Wahlen in Sachsen-Anhalt verlor, schied ich aus der Politik aus und zog nach Leipzig. Ich hatte gelernt, dass Geld mehr Macht bedeutet als ein politisches Amt. Mormann sah ich damals häufig, auch weil er sich wegen einer Dame, die er bei mir kennengelernt hatte, regelmäßig in Leipzig aufhielt.«

»Er wohnte bei Ihnen?«

»Nun, nicht in meinem Privathaus, aber er war Dauergast im Harem. Er hatte…«

»Das gehört doch wohl nicht dazu!«, rief Mormann dazwischen.

»Bitte, Mister Mormann!«, sagte Jacques streng.

Doch Mormann ließ sich nicht einschüchtern: »Das hat nun wirklich nichts mit den Geldern zu tun!«

»Vergessen wir's.« Jacques wandte sich wieder an Kurt Ballak: »Wann haben Sie das Konto bei GG eröffnet?«

»Das hat mir Mormann vorgeschlagen. Ich bat ihn, mir zu raten, wie ich das SED-Geld besser verstecken könnte. Daraufhin schlug er mir einen Deal vor: Für zehn Prozent der Summe würde er es waschen. Damit war ich einverstanden. Dann vermengte er das Geld mit den Millionen aus den schwarzen Kassen von France-Oil und schickte es über unzählige Konten in Steueroasen. Wichtig war nur, dass nach Monaten in Genf ankam, was Wochen zuvor in Luxemburg losgeschickt worden war. Minus zehn Prozent für Mormann. Die PDS würde es heute nicht geben, hätte man diese Maßnahmen damals nicht getroffen. Und ich könnte…«

»Ich hab's!«, rief einer der wissenschaftlichen Mitarbeiter laut dazwischen.

»Was haben Sie?«, fragte Roth und stand auf.

»Die Quelle für die Störungen. Hinter diesem Monitor liegt ein Gerät, das nicht hierher gehört. Sieht nach einem Handy aus.«

Roth ließ sich den von Jacques abgelegten Black-Berry geben und rief in den Raum: »Wem gehört das hier? Ihnen, Mormann? Ballak?«

Beide schüttelten die Köpfe.

»Ihnen, Monsieur Ricou?«

»Ich bitte Sie, ich bin mit Gewalt in diesen Raum gebracht worden und werde hier wider meinen Willen festgehalten. Wie sollte ich da ein Handy zwischen Ihre Geräte legen.«

Roths Gesicht war plötzlich knallrot, er öffnete die Tür und rief die Krankenwärter. »Packt Ricou in den gepolsterten Raum im Keller. Schließt ihn gut ein. Er darf keine Chance haben. Und geben Sie ihm eine Spritze, die ihn für zwei Stunden außer Gefecht setzt.«

Erinnerung

In dem dunklen Raum, in dem Jacques eingesperrt war, sah er an einer Wand einen großen Stapel Koffer. So wie jene viel diskutierte Sammlung von Koffern aus einem deutschen Konzentrationslager, die der französische Künstler Christian Boltanski aufgestellt hatte als Lebensspuren von Menschen im zwanzigsten Jahrhundert, die Opfer moderner Barbareien geworden waren. Die Ausstellung hatte Jacques vor einem halben Jahr im Centre Pompidou in Paris gesehen. Aber hier in diesen Koffern lag Bargeld. Geldscheine mit unendlich vielen Nullen und mit dem Emblem von Hammer und Sichel.

Sein Hinterkopf tat weh.

Plötzlich stand die Frau mit dem Sashimi-Messer vor ihm. Sie grinste ihn an. Redete auf ihn ein, schimpfte, wie er ihrem Gesichtsausdruck entnahm, aber er hörte sie nicht. Sie trug eine Schwesterntracht und zog wieder dieses merkwürdige Messer hervor.

Ein Blitz wischte das Bild aus.

Ich will nicht, will nicht, nicht, wiederholte er ohne aufzuhören.

Dann führten die beiden Krankenwärter ihn einen langen Gang entlang, und durch eine offene Tür hörte er ein ihm bekanntes Lachen. Das Lachen von Jean Mahon. Ein fröhliches, unverkrampftes Lachen.

Als er an der Tür vorbeigeführt wurde, stolperte er absichtlich, damit er einen Blick in den Raum werfen könnte. In einer hellen Küche saß Jean an einem großen Tisch mit zwei jungen Frauen und trank Kaffee. Als Jacques um Hilfe rief, schaute Jean erschrocken auf.

Dann roch er das Parfum Sarrasins.

Er erinnerte sich an den Geruch, den er vorhin wahrgenommen hatte, als sich die Krankenschwester mit dem Atemschutz vor dem Mund über ihn gebeugt hatte, um den Venenkatheter anzulegen. Es war Sarrasins gewesen. In seiner Erinnerung gehörte dieser Duft allein zu der nackten Haut von Karen und ihrer gemeinsamen Nacht im Chambre à la fresque. Und doch hatte er das Sarrasins auch in der Halsbeuge der Mörderin bemerkt, als er mit ihr um das Messer kämpfte. Das hatte er nur vergessen. Und Margaux hatte erzählt, dieser Duft habe noch in der Luft des Schlafzimmers von Marc Leroc gehangen. Und bei dem erhängten Serge Normandin hatte die junge Polizistin Sarrasins gerochen.

Die Krankenschwester mit dem scharfen Messer beugte sich über ihn. Wie einen Schatten nahm er die Gefahr wahr. Er wollte schreien, doch in seiner Lunge war keine Luft. Ihm wurde schwarz vor den Augen.

Jacques! Jacques! Jemand sprach ihn auf Französisch an. Er lag zugedeckt in einem Bett.

Es fiel ihm schwer, die Augenlider zu heben. Im Halbdunkel stand Jean über ihm und schüttelte ihn an der Schulter.

»Jean«, wollte er sagen, aber aus seiner Kehle kam nur ein Krächzen.

»Wach erst mal langsam auf«, hörte er ihn sagen. »Alles ist in Ordnung. Mach dir keine Sorgen, entspann dich. Wir sind ja froh, wenn du wieder wach wirst. Mach die Augen auf. Du liegst im Krankenhaus. In Leipzig. Und mit dir ist alles in Ordnung…«

»Wie viel Uhr ist es?«, fragte Jacques plötzlich mit klarer Stimme, und Jean lachte.

»Als wenn das wichtig wäre. Elf Uhr. Mittags.«

»Habt Ihr das Klinikpersonal verhaftet? Die Krankenschwester war's!«

»Hör auf zu träumen. In englischen Krimis heißt es doch immer: Der Gärtner war's. Mormann und Ballak sind verhaftet, auch die merkwürdigen Wissenschaftler und die Krankenhelfer, die uns in die Schönheitsklinik verschleppt haben. Das restliche Personal wusste gar nicht, was ablief. Die Leipziger Polizisten haben die Personalien aufgenommen, um sie als Zeugen vorladen zu können.«

»Verdammt! Die Krankenschwester war's«, rief Jacques zornig, »die roch nach Sarrasins.«

»Was meinst du?«

»Die Krankenschwester war die Frau, nach der wir suchen, deren DNA-Spuren wir analysiert haben. Das Parfum Sarrasins hat sie verraten. Das haftet tagelang an der Haut!«

»Verdammt«, rief diesmal Jean und rannte aus dem Raum, »DNA riecht eben nicht.«

Vorsichtig setzte sich Jacques im Krankenbett auf und schob die Beine über die Kante der Matratze. Die

303

Füße hingen weit über dem Boden. Er tastete seinen Kopf ab, spürte einen Verband und Schmerzen am Hinterkopf.

Als Jean wenige Minuten später außer Atem wiederkam, stand Jacques am Fenster und schaute hinaus.

»Wo sind wir hier? Die Gegend kommt mir bekannt vor.«

»Uniklinik Leipzig. Nur zwei Straßen von der Schönheitsklinik, nur zwei Straßen von der Villa in der Grassistraße entfernt.«

»Merkwürdig. Ich werde Karen fragen müssen, wie es kommt, dass sie Sarrasins benutzt.«

Jean stutzte kurz. Er hatte den deutschen Kommissar Harry Spengler angerufen und Jacques' Bemerkung über die Krankenschwester weitergegeben. Die Fahndung nach ihr war sofort eingeleitet worden.

Karens BlackBerry hatte sie gerettet.

Sie hatte mitgehört und schnell ein Aufnahmegerät mitlaufen lassen. So waren die Aussagen von Mormann und Ballak gespeichert. Und sie hatte die Einsatztruppe mobilisiert.

Als der Empfang des BlackBerry abgebrochen war, hatte Karen geglaubt, der Akku wäre leer, und beschlossen, den Einsatz freizugeben.

Mit einer Blitzbombe hatten die Sicherheitskräfte alle geblendet, die sich im Haus befanden, und schon wenige Minuten nach dem Beginn des Einsatzes Jean und Jacques in dem Kellerverlies entdeckt.

Jean hatte in der Küche Kaffee getrunken und über einen Beobachtungsmonitor an der Decke die Vorgänge in dem Behandlungsraum sehen, aber nicht hören können. Als Jacques dann von den Krankenwärtern an der Küche vorbeigeschleppt wurde, war er aufgesprungen, um ihm zu helfen. Doch sofort hatten die Wärter Jacques bewusstlos geschlagen, ihn die Treppe hinab in den Keller geworfen, Jean gegriffen, ihn gefesselt und beide zusammen in das Verlies gesperrt.

»Wann kann ich hier raus?«, fragte Jacques jetzt, der in einem Schrank seine Kleidung gefunden hatte und sie anzog. Aber er erwartete keine Antwort, sondern wickelte den Verband ab und schaute in den Spiegel. »Das geht auch so. Lass uns gehen.«

Von seinem Hotelzimmer aus versuchte er, Karen zu erreichen. Doch die hatte ihr Mobiltelefon abgestellt.

Jean stand am Fenster und blickte auf Leipzig. Die Sonne schien. Er wandte sich zu Jacques und sagte: »Da hat jemand einen ganz schönen Aufwand betrieben. Wenn du nur einmal darüber nachdenkst, was es kosten muss, solch ein Team von Wissenschaftlern aus New York anzuheuern. Wissenschaftler mit tadellosem Ruf!«

»Ja«, sagte Jacques. »Jemand muss sehr viel Geld investieren und auch über gute Beziehungen verfügen, um so etwas durchziehen zu können. Und das nennt man dann Macht. Dafür ist Ballak eine zu kleine Nummer. Mormann wiederum ist nur ein Handlanger. Dieser Jemand ist das fehlende Stück in unserem Puzzle.«

»Und wer könnte es sein?«

»Mir fallen nur drei potente Spieler ein. Erstens diejenigen, die France-Oil geplündert haben, zweitens diejenigen, die das ehemalige DDR-Geld gewaschen und versteckt haben.«

»Und wer ist Nummer drei?«

»Da habe ich eine Vermutung, aber ich kann mir kaum vorstellen, dass sie zutrifft. Wer hat so viel Geld, wer dürfte die besten Kontakte haben, wer also ist so mächtig? Ich traue mich kaum, es zu denken, aber wer sollte es sonst sein außer GoldGenève? Die Bank.«

Jean sah ihn ungläubig an: »Das klingt im ersten Moment ziemlich unwahrscheinlich. Warum sollten sich Schweizer Banker so mafiös verhalten?«

»Überleg doch mal. Haben wir nicht immer wieder erlebt, dass die Wirklichkeit die unglaublichsten Geschichten erfindet? Wenn du dir die Bank GoldGenève mal ein bisschen näher anschaust, dann stellst du fest: Sie hat besondere Kunden, von afrikanischen Diktatoren bis zum chinesischen Geheimdienst. Da liegen viele ungeklärte Millionen, nein, sogar Milliarden. Ich mit meinen mageren paar tausend Euro Gehalt im Monat kann mir diese irren Summen gar nicht vorstellen. Aber: Es gibt sie nun mal.«

»Und warum sollen Banker einen Agenten wie Marc Leroc umbringen oder umbringen lassen, weshalb hängen sie Anwalt Serge Normandin auf oder lassen ihn aufhängen?«

»Aus den gleichen Gründen, weshalb sie Mormanns und Ballaks Erinnerung löschen wollten, meine gleich mit. Es geht darum, die Kunden der Bank zu schützen. Ballak und Mormann waren doch nur Strohmänner.«

»Und wie kommen wir an die Bank ran?«

»Du kannst deinen Freund beim Geheimdienst informieren, wir werden die Staatsanwaltschaft in Genf aufmerksam machen und…«, einen Augenblick zögerte Jacques, ob er weitersprechen sollte, dann siegte das Vertrauen in Jean, »und vielleicht könnte ein gut recherchierter Artikel von Margaux einen Sturm der Entrüstung über GG auslösen, dem dann eine politische Untersuchung in der Schweiz folgt. Und so weiter, und so weiter.«

»Und dann kommen die ungeschoren davon?«, fragte Jean.

Jacques sah ihn an. »Vielleicht ist die Macht des Geldes eben doch stärker als das Recht.«

———

Den Nachmittag verbrachten Jean und Jacques im Polizeipräsidium, sie machten ihre Aussagen. Gegen fünf kam Harry Spengler, winkte Jacques zu sich und gab ihm sein Telefon.

Für Sie. Die Staatsanwältin.

Karens sanfte Stimme hatte auf ihn eine ähnliche Wirkung wie das Kalzium in seinen Venen.

Sie würde sich freuen, wenn er bei ihr in der Villa übernachtete. Allerdings bleibe sie die nächsten Tage in Dresden, da der Fall Ballak politisch so brisant sei, dass jetzt einige Politiker in Deutschland kippen könnten. Deshalb werde ihr Vorgehen vom Justizministerium in Absprache mit der Landesregierung geleitet.

»Bist du nicht völlig frei in der Untersuchung?«, wunderte sich Jacques. »Als Untersuchungsrichter kann ich alles allein bestimmen. Mir darf keiner reinreden.«

»In Deutschland sind die Staatsanwälte leider weisungsgebunden«, sagte sie. Und lachte, als Jacques sie unvermittelt fragte, seit wann sie das Parfum Sarrasins benutze.

»Soll ich es dir verraten? Ich habe deine Martine in Paris gefragt, welches Parfum sie einer Frau empfehlen würde, die dich beeindrucken will. Und da kam wie aus der Pistole geschossen ihre Antwort: Du habest eine besondere Beziehung zu Sarrasins von Serge Lutens, sagte sie. Als ich den Preis sah, habe ich kurz gezögert. Aber es war sein Geld wert.«

Jacques lachte auch, er fühlte sich wie befreit.

»Den Schlüssel zu der Villa gibt dir meine Sekretärin. Ich warne sie vor«, sagte Karen.

»Nein, lass mal«, sagte Jacques trocken. »Ohne dich ist das Bett zu leer. Wir fliegen noch heute Abend zurück nach Paris.«

Ein Nachmittag in Belleville

Als Karen seinen Kuss sanft erwiderte und ihre Arme um seinen Hals legte, löste sich in Jacques auch die letzte Anspannung.

Durch das geöffnete Fenster zur Rue de Belleville wehte warme Frühsommerluft.

Langsam wurde es dunkel.

Seine Hand glitt unter ihren Pullover. Er streichelte ihren Rücken, ließ die Hand nach vorn wandern, tastete sanft mit den Fingern über ihre Brüste.

Karen ließ den Kopf auf die Lehne der Couch sinken und schien seine Berührungen zu genießen. Sie knurrte wohlig, als er sie behutsam und langsam auszog. Und mit jedem Stück von ihr streifte er auch eines von sich ab. Ihr Pullover – sein Hemd, ihr Rock – seine Hose, die Strümpfe, die Unterwäsche. Als sie nackt mit ihm auf der Couch lag, lief ein Schauer über ihren Körper.

»Lass uns ins Bett gehen, hier wird es mir zu kalt.«

Jacques nahm sie hoch, sie kuschelte sich an seinen Hals. Er trug sie ins Schlafzimmer und ließ sie langsam auf das Bett gleiten.

Mit Bibbern und einer Gänsehaut an den Oberschenkeln verschwand sie unter der Decke, wickelte sie eng um sich.

Am Nachmittag war Jacques zum Flughafen Charles de Gaulle gefahren und hatte Karen abgeholt. In den vergangenen drei Wochen hatten sie fast täglich dienstlich miteinander telefoniert, Privates nur kurz und am Rande erwähnt. Dann aber hatte Karen eines Abends bei ihm zu Hause angerufen und gesagt, sie wolle ihn am Wochenende besuchen. Auf seine Frage, ob er das Chambre à la fresque im Hôtel des Saints-Pères für sie reservieren solle, antwortete sie nur: »Nein, ich will dich besuchen, nur dich. Ist denn dein Bett nicht groß genug?«

Jacques' Bett war breit, und Chan Cui hatte es heute früh frisch bezogen.

Jetzt lag Karen neben ihm, ein glückliches Lächeln um die Lippen, die Augen geschlossen. Doch plötzlich verkrampfte sich ihr Körper, sie setzte sich auf, versuchte abzulenken. »Wir haben noch die ganze Nacht«, flüsterte sie, »lass uns noch ein wenig warten.« Und später: »Nein! Nein! Es geht nicht.« Sie presste die Beine zusammen, warf sich auf die Seite und schluchzte. »Nein, es geht nicht. Ich kann nicht vergessen.«

Sie redeten bis zum Morgen, als es schon wieder anfing, hell zu werden. Und irgendwann sagte Jacques: »Vielleicht macht es doch Sinn, Erinnerungen zu löschen.«

Sie hatte ihm alles erzählt. Nach ihrem Fluchtversuch in den Westen war sie nicht wegen der Beziehungen ihres Stiefvaters zu den SED-Bonzen so schnell aus dem Frauenzuchthaus Hoheneck freigekommen, sie hatte sich vielmehr mit der Stasi auf ein Geschäft eingelassen.

Sie war jung gewesen damals, zu jung, um das Gefängnis ertragen zu können, zu jung, um das Angebot der Stasi zu durchschauen.

Sie dürfe nach drei Jahren in den Westen ausreisen, wenn sie bis dahin für die Stasi den Lockvogel spielen würde. Sie willigte ein, ohne zu ahnen, auf was für ein Spiel sie sich einließ.

»Wenn du so willst, war ich eine bessere Nutte«, sagte sie. »Wenn die Stasi einen besonderen Politiker aus dem Westen, einen Wirtschaftsboss, auch mal einen Journalisten aushorchen wollte, dann kam ich ins Spiel. Die Männer sollten sich in mich verlieben, ich spielte das naive Mädchen, das mächtig beeindruckt ist und lauter dumme Fragen stellt. So habe ich alles rausbekommen. Immer. Von einem CIA-Agenten sogar Einzelheiten zu dessen Kontakten in Moskau. Es war grässlich! Und ich werde das Gefühl, dass nichts echt und ehrlich sein kann, nicht mehr los.«

»Aber in unserer ersten Nacht im Hotel warst du doch ganz hingegeben, liebevoll und liebeshungrig?«

»Da warst du mein Zielobjekt. Ich wollte dich aushorchen. Ich sah in dir nur den fremden Untersuchungsrichter, der sich mir in den Weg stellt. Ganz automatisch habe ich meine Fähigkeiten eingesetzt. Ich wollte nur eins: in meinem Fall weiterkommen.«

Jacques schwieg lange und sah sie fast hilflos an, als er schließlich leise sagte: »Kannst du denn nicht unterscheiden zwischen deiner Vergangenheit und mir?«

»Deshalb bin ich ja hierher gekommen. Ich will vergessen.« Sie atmete tief ein, drehte sich zu ihm und sagte: »Weil ich dich liebe.«

Karen schwieg.

Jacques schwieg.

Durch das offene Fenster im Wohnzimmer drang der ständig über Paris schwebende Lärm.

Nebeneinander liegend starrten sie in die Luft.

Bis er mit seiner Hand nach ihr tastete.

Als die Sonne ihre ersten Strahlen aus dem Osten über den Hügel von Belleville schickte, hielten sie sich eng umschlungen und redeten immer noch.

»Warst du bei einem Arzt, einem Psychiater?«

»Ja. Das war ich. Aber die Erinnerung bleibt und sperrt sich. Sperrt mich! Es ist schrecklich. Könnte man doch nur alle Erinnerung löschen.«

»Aber wie könnten wir Schönes wahrnehmen, wenn wir uns an das Schlechte nicht erinnerten? Ohne Erinnerung wüssten wir doch auch nicht, was Glück bedeutet.«

»Aber um Glück erfahren zu können, braucht man eine starke Identität. Das hat mir mein Psy beibringen wollen. Nur eine stabile Identität führt zum Glück. Aber Identität hängt auch von Erinnerungen ab. Und gerade meine Erinnerungen machen mich schwach, nicht stark.«

»Hast du das ganze Gespräch mitgehört, das der verrückte Wissenschaftler William Roth mit mir geführt hat?«

»Ja, weitgehend, wenn ich nicht gerade mit Kommissar Spengler telefonierte.«

»Er hat das Medikament Propranolol erwähnt. Das nehmen Feuerwehrleute oder Polizisten in New York, die gefährliche Aufgaben zu erledigen haben. Sie erhalten Propranolol, um die Erinnerung an die traumatischen Erlebnisse zu mindern.«

»Und wirkt es?«, fragte Karen mit tonloser Stimme.

»Angeblich funktioniert es. Allein der Gedanke, wir könnten diesen einen schrecklichen Teil aus deiner Erinnerung löschen, ist es doch wert, darüber nachzudenken…«

»Oder aber du machst es dir einfach«, sagte Karen.

»Einfach?«

»Vergiss mich.«

»So einfach geht das nicht«, sagte Jacques.

»Warum nicht?«

»Ich liebe dich.«

Die in diesem Roman geschilderten Ereignisse beruhen auf gründlicher Recherche.

Das Bemerkenswerte an dem größten Korruptionsskandal der deutsch-französischen Geschichte ist die Unauffälligkeit, mit der er zu den Akten gelegt wurde.

Ulrich Wickert
Der Richter aus Paris

Kriminalroman. 256 Seiten.
Piper Taschenbuch

Intrigen, Korruption, Verrat, Mord – bei seinen Ermittlungen auf Martinique stößt Untersuchungsrichter Jacques Ricou auf Verbrechen, die im Schatten politischer Machtkämpfe seit Jahrzehnten ungesühnt blieben. Und auf die verführerische Kreolin Amadée, die in den Fall verwickelt ist. Ulrich Wickert erzählt von einem Mann, der Bedrohungen und Diffamierungen aushält, um die Schuld ehrenwerter Männer aufzudecken. Eine Geschichte, die in der Hölle der Gefangenenlager spielt und im Paradies auf Erden, der Karibik – mitreißend geschildert von einem Autor, der seine Leser zu fesseln weiß.

»Der grimmig-sympathische Richter Ricou beeindruckt selbst eingeschworene Mankell-Fans. Chapeau!«
Hajo Steinert im Focus

Ulrich Wickert
Die Wüstenkönigin

Der Richter in Angola. Kriminalroman. 304 Seiten.
Piper Taschenbuch

Als Untersuchungsrichter Jacques Ricou auf angesehene Männer stößt, die alle menschlichen Werte missachten, ist er entschlossen, die Verbindungen zwischen Waffenhändlern und Ölmagnaten, zynischen Politikern und skrupellosen Geheimdienstagenten mit ihren illegalen Geschäften in Angola aufzudecken. Doch je näher er sich mit dem Fall befasst, desto gefährlicher wird die Lage für ihn. Konfrontiert mit den tiefsten Niederungen der menschlichen Habgier, schlägt er selbst die Warnungen der schönen schwarzen Lyse in den Wind und fliegt nach Luanda. Und damit in den fast sicheren Tod...

»Eine packende Story, von der der Autor behauptet, sie könne ›fast‹ wahr sein.«
Der Spiegel

Ulrich Wickert

Gauner muss man Gauner nennen

Von der Sehnsucht nach verlässlichen Werten. 288 Seiten.
Piper Taschenbuch

Haben die Deutschen Angst vor der Wahrheit? Ganz offensichtlich, sagt Ulrich Wickert. Viele Jahre im Umgang mit Politikern, Wirtschaftsbossen und Meinungsmachern haben ihn eines gelehrt: Die Dinge deutlich beim Namen zu nennen und Probleme anzusprechen fordert eine Ehrlichkeit im Denken, die wir dringend brauchen.

»Ulrich Wickert nimmt kein Blatt vor den Mund. Fordert Verantwortung, Solidarität, Respekt und Ehrlichkeit im Denken – und nennt die Namen einiger Gauner, die es zu ächten gelte.«
Berliner Morgenpost

Urs Schaub

Tanner

Kriminalroman. 400 Seiten.
Piper Taschenbuch

Die Spur eines ungewöhnlichen Verbrechens führt den suspendierten Kommissar Simon Tanner von Marokko ins romantische Grenzland zur französischen Schweiz: die grausamen Morde an kleinen Mädchen. Mithilfe des dicken Kommissars Michel und des zwergenhaften Butlers Honoré, der bei der reichen und verdächtigen Familie Finidori arbeitet, wühlt Tanner die Provinzidylle schnell auf und gerät dabei selbst in Lebensgefahr … Ein Kriminalroman von hinreißender Üppigkeit und seltener erzählerischer Kraft.

»Ein Debütroman mit einem packenden Mix aus Krimi und Drama.«
Facts

Daniel Silva
Der Engländer
Roman. Aus dem Amerikanischen
von Wulf Bergner. 432 Seiten.
Piper Taschenbuch

Gabriel Allon glaubt, alles über
Verrat und Tod zu wissen. Als
der Ex-Geheimagent die Villa
des Schweizer Bankiers und
Kunstsammlers Rolfe betritt,
ist der Tod schon da – Auguste
Rolfe liegt ermordet vor ihm.
Allon begreift schlagartig, daß
er nicht als einziger Rolfes Tar-
nung gelüftet hat und daß nun
sein eigenes Leben auf dem
Spiel steht. Der Verrat, den er
begangen hat, führt Gabriel Allon zurück in eine dunkle, ge-
wissenlose Vergangenheit …

»Daniel Silva zählt zur ersten
Garde amerikanischer Thriller-
autoren. Sein neuer Roman
übertrifft alle Erwartungen.«
Die neuen Bücher

Giorgio Todde
Das Geheimnis der Nonna Michela
Ein historischer Sardinien-Krimi.
Aus dem Italienischen von Susanne
Van Volxem. 240 Seiten.
Piper Taschenbuch

Keine leichte Aufgabe erwartet
den Einbalsamierer Efisio Marini, als er den Leichnam des er-
mordeten Anwalts Giovanni
Làconi für die Ewigkeit her-
richten soll, denn der Körper
wurde von seinem Mörder
grausam verstümmelt. Doch
bringt die Untersuchung des
Herzens Überraschendes zuta-
ge: Nicht die Hand eines Menschen, sondern die Angst war
es, die zu Làconis Tod führte –
die Angst, die die ganze Stadt in
Atem hält und die Marini ahnen läßt, daß es nicht bei diesem einen Opfer bleiben wird.

»Mit viel Ironie und Poesie erzählt Todde eine Geschichte
voller sommerlicher Hitze und
Trägheit.«
Partout

Johannes Groschupf
Zu weit draußen
Roman. 176 Seiten.
Piper Taschenbuch

Der Journalist Jan Grahn verunglückt auf einer Reportage in der Wüste mit dem Helikopter – und überlebt mit schwersten Verbrennungen. Sprachlich brillant erzählt Johannes Groschupf in seinem autobiographischen Roman von der Angst eines Mannes, in das Leben zurückzukehren – und dem schwierigen Versuch, die Gespenster einer Grenzerfahrung für immer hinter sich zu lassen.

»Ein unglaubliches Buch. Nicht etwa weil die Art des Unfalls und des Überlebens so spektakulär wäre. Unglaublich ist die Ruhe und die Zartheit, mit der Johannes Groschupf von der schlimmsten Zeit seines Lebens erzählt. Kein Wort zuviel, kein falscher Ton, kein bißchen rührselig.«
Westdeutscher Rundfunk

Loriano Macchiavelli
Tödliches Gedenken
Kriminalroman. Aus dem Italienischen von Sylvia Höfer. 208 Seiten. Piper Taschenbuch

Kommissar Antonio Sarti kann sich wirklich Schöneres vorstellen, als in einer kalten Nacht ein abgelegenes Partisanen-Denkmal zu bewachen, doch er erfüllt seine Pflicht. Um so ärgerlicher, daß ein kurzer Moment allzu menschlicher Unaufmerksamkeit respektlosen Schmierfinken schändliches Handeln ermöglicht. Unverzüglich verfolgt er die flüchtigen Übeltäter. Einen findet er tatsächlich und schon nach wenigen Metern: ausgestreckt am Boden liegend, mit zertrümmertem Schädel ...

»Es lohnt, diesen Autor zu entdecken. Loriano Macchiavelli verbindet Spannung, Sozialgeschichte und skurrilen Humor auf wunderbar leichtfüßige und spielerische, man ist geneigt zu sagen: italienische Weise.«
Hamburger Abendblatt